Αίλουρος

Дмитрий Глебов

Черный троллейбус

РОМАН

Оформление Ирины Глебовой

Ailuros Publishing
New York
2014

Dmitriy Glebov
Black Trolleybus
Novel

Ailuros Publishing
New York
USA

Подписано в печать 30 мая 2014 года.

Редактор Елена Сунцова.

Прочитать и купить книги издательства «Айлурос» можно на его официальном сайте: **www.elenasuntsova.com**

ISBN 978-1-938781-25-4

ГЛАВА I

Однако ведь Сам Христос установил
именно такой способ общения с учениками:
не просто через проповедь, молитвы или обряды —
но через Таинство Причастия Телу и Крови Христа:
«ядущий Мою Плоть и пиющий Мою Кровь
пребывает во Мне» (Ин. 6, 56).

Протоиерей П. Великанов

1. Тыдыщ!

— Вы, главное, бухлом озаботьтесь, — внушал Костет своим корешам Жеке и Вовке. — Я вам шашлык подгоню — первый класс, языки проглотите. Погодка-то какая — ни облачка, а небо, блин, тоже смотрите, какое красивое. А то ведь каникулы пройдут, в путягу опять, а шашлыков так и не пожрем этим летом. В лесопарке народу полно, но я место знаю. Оно такое, что редко кто появляется, потому что всем вломак туда топать. Так там поэтому даже мусора не очень много — подзасрали, конечно, но не так, как везде. Утром и встретимся, часов в десять, чтобы весь день пробухать, как солидные люди.

Жека с Вовкой воодушевленно закивали, но потом посмотрели друг на друга и погрустнели. Им припомнился позорный случай, после которого зареклись на всю жизнь с шашлыком связываться. Костету о нем ничего не рассказывали, а то бы он на них сильно обиделся. Тем летом они специально подгадали такой момент, когда он с мамашей на дачу уехал, и развернулись.

Это была вынужденная мера — с Костетом дружили с детства, очень уважали его, но с бабами он держаться не умел категорически и всегда все портил. Жека с Вовкой честно пытались научить его грамотно подкатывать и хохмить, но эффект был прямо противоположный. От этих уроков Костет в общении с бабами терял остатки естественности и заикался, как заведенный: «К-к-к-к-ка-ка-кую м-м-м-музыку л-л-любишь с-слушать?»

Если сейчас на него посмотрите, то возразите, что вроде нормально с ним все. Адекватный почти, хоть и не образец привлекательности. Так и есть, но это все оздоравливающее действие судостроительной путяги — одних она калечит, других исправляет. А тогда они еще в школе учились, только-только в девятый класс перешли, и задумали двух баб развести на разврат. Олю с Машей, про которых ходили слухи, что они и за бутылку пива могут приятное сделать.

Подошли к делу самым ответственным образом, так как для Вовки с Жекой все должно было произойти впервые, — яркое воспоминание на всю жизнь. Яги накупили для раскрепощения души, гондонов для безопасности, одеяльца, чтоб развалиться, — все, как положено.

Шашлык брали в магазине, в пластиковых ведерках. К срокам реализации, что на этикетках, никаких вопросов не возникало. Зато сам шашлык, когда его вскрыли, подозрительно завонял. В то время как раз была жара под тридцать градусов, так что удивляться нечему. И пока бабы организованно писали и совещались о чем-то в кустах, Жека с Вовкой рассудили, что термообработка разрешит все проблемы.

Но проблем она не разрешила, а только прибавила новых. Сомнительный шашлык у них внешне сгорел, а внутри оказался сырым и жестким. Но есть-то что-то надо, не голодать же теперь. Оля с Машей хотели из вежливости похвалить горелое, недожаренное и тухлое мясо — ребята ведь старались, готовили. Но, когда распробовали, передумали. И это было еще не все: основные неприятности начались позже, — всех четверых прямо там, в парке, многократно пробрал понос. Само собой, никакого разврата не состоялось, а состоялась вместо него глубокая душевная травма.

А тут, получается, напрасно они Костета в тот раз с собой не взяли. По уверенному его виду ясно было, что он-то подход к шашлыку знает. Костет ведь никогда уверенно не выглядел, даже когда на сто процентов был в чем-то уверен. Глазки бегают, ручки потные трясутся, язык заплетается. Еще когда краснеть вдруг начнет — резко, густо, фатально. Кто это видел, тужились вспомнить, краснел ли кто на их глазах насыщенней, чем вот этот, прыщавенький. И нет. Никого краснее как-то не вспоминалось.

Любопытно выходило, если его ущипнуть в такой момент, например, за щеку. Место щипка оставалось в течение двух минут бледно-голубоватым, навевающим мысли о неизбежности смерти. И только потом медленно розовело, выравниваясь с остальной кожей. Вот такой у Костета был замечательный талант краснеть. Может, в нем и таилась причина его небывалой застенчивости. Талантливые, они ведь часто застенчивые.

Хотя Костет и до того, как речь зашла о шашлыке, вел себя как-то совсем нетипично. Всегда лохом считался, а в тот день совсем шебутным стал. Словно бы специально поставил перед собой цель — взять да удивить всех. Подрался с незнакомым быком прямо у гипермаркета, да так, что Жека с Вовкой вынуждены были вмешаться. Но не для того, чтобы Костету подсобить, как раньше бывало, а для того лишь, чтобы он того мужика не прибил. Раза три его об асфальт мордой треснул.

Главное, шли себе мирно за пивом, — на баклаги хорошую скидку по акции обещали. А тут подваливает мудила, кило сто двадцать, в спортивных штанах и кожаной куртке, и давай стебаться над Костетовыми усами. Сам насосался дешевого пойла, выбрал кого подохлее и раздухарился, — кайф почувствовать себя мужиком без ущерба для здоровья.

Костет страшно не любил, когда над его усами стебутся. Хотя, ради справедливости, отметим, что усы у него всегда были весьма убогими. Он их специально отрастил, чтобы выглядеть взрослее, только они в этом смысле почти не работали. До того дня они были просто редкими и длинными, как у китайских старцев из фильмов про кун-фу, но что с нее возьмешь, с юношеской растительности.

А сегодня его усы, ко всем своим достоинствам, почему-то сделались зелеными и почти светящимися, как первая трава весной, только значительно тоньше. Жека с Вовкой посчитали, что он их специально зеленкой намазал, чтоб росли гуще. Думали пошутить по этому поводу, но Костет взглянул на них так грозно, что сразу поняли, что не стоит. Удивились, конечно, но мало ли — взрыв какой-нибудь гормональный у пацана. Вон и прыщи как-то гуще высыпали.

А вот мужик у гипермаркета не понял, а прыщи его только сильнее раззадорили. «Слышь, усач, пойди сюда на пять сек. Ты чо, Сталин, что ли? Внук его какой незаконнорожденный...» «Свали, долбоящер». «Слышь... не, ну ты не обурел?» А дальше — четверть минуты, и все было кончено. Тыдыщ, хрясь, буп-буп-буп (это Костет того мужика трижды лобешником об асфальт). Но, главное, обошлось, — смотались раньше, чем набежала охрана.

2. Так бывает

Костет не соврал по поводу своих шашлыков — промаринованные, сочные, отлично поджаренные, разве что сладковатые слегка, но это им только прибавило. Вовка с Жекой чуть ли не давились от восторга. Дожили почти до семнадцати лет и не подозревали, какими шашлыки, оказывается, бывают. Каждый про себя удивлялся, откудова у Костета (он ведь даже пельмени не мог отварить без приключений) такие кулинарные сверхвозможности. Шел бы тогда уж не на судоремонтника, а сразу в повара, причем в шеф. Хотели спросить, но как-то не получалось, — рот то шашлыком был занят, то водкой, то грубой какой-нибудь шуткой.

Сам повар ел вместе с ними, но при этом хитро щурился, держал правую руку в кармане ветровки, а загадочно-зеленые усы его будто пульсировали. Потом он возьми да и брякни, что да, Настюха эта — пальчики оближешь. Жека с Вовкой решили, что шутка удачная, и заржали. Они давно знали Костетову бабу, еще до того, как та стала Костетовой бабой (что случилось недавно). Хоть жирновата, но весьма аппетитная в сексуальном смысле. Как говорится в народе, «ябвдул». Отсмеявшись, выпили, закусили шашлыком, еще раз выпили, еще раз закусили, и еще раз и то и другое. А затем Костет вдруг сразу осунулся, побледнел, а редкие и длинные усы его почернели, как раньше.

— Смотри, Вовка, — поразился Жека, ткнув товарища локтем в ребра. — Что это с ним? Смотри, лицо у него как всегда сделалось. И прыщей меньше стало — как звезды потухли. А усы... Усы у него больше не зеленые.

Вовка присмотрелся — и действительно. Костет наклонил голову набок, скорчил жалкую капризную рожу и затрясся, как от холода. Потом чихнул, да так горестно, что чих этот, казалось, на целую неделю приблизил осень. Крик улетающих на зиму птиц и шелест опавшей листвы услышали Вовка с Жекой в этом чихе.

— Пацаны, — простонал Костет. — Вы только не психуйте, но вы сейчас и вправду Настюху съели. Из нее шашлык был... Со мной что-то странное творилось... Я только сейчас как-то в себя пришел... А ведь мог и вас запросто порешить. Думал об этом, ножик специально в кармане держал.

В подтверждение он достал нож, вымазанный в чем-то засохшем-бордовом.

Когда Костет выложил еще кое-какие подробности, Жека с Вовкой окончательно убедились, что он не шутит, и, конечно же, охренели. Не выходя из этого состояния, налили водки себе и покаявшемуся повару-душегубу. Выпили, не чокаясь, — правда, закусывать стали теперь не шашлыком, а маринованными огурчиками с помидорками. Лицо у Костета в очередной раз изменилось, и Жека с Вовкой испугались, что, блин, на тебе, сейчас проблюется. Но Костет блевать не стал, а принялся рыдать с протяжными завываниями.

— Ну, ты это, не плачь, мужик же, — принялись утешать его пацаны, то похлопывая, то поглаживая по ритмично вздрагивающей спине.

— На-а-а-астенька! — мычал Костет.

— Нету ее больше, — внушали Жека с Вовкой. — Была, да сплыла. Все там будем.

— Лю-лю-любил ее... — прохлюпал Костет.

— Не, ну ты же не специально, — сказал ему Жека. — Тем более что по любви. Это вообще фигня какая-то — людей за непреднамеренное сажать. Если они случайно убили, то сажать-то их зачем? Им самим, небось, от своих дел херово. К тому же у тебя усы только сейчас обратно почернели. А всю дорогу зелеными были. Как-то это все связано. Жопой чую.

— А меня теперь еще и посадят, да? — поднял покрасневшие глаза Костет.

— Ну, а ты как думал? — не выдержал Вовка. — Ты ее убил, расчленил, в маринаде замочил, а потом шашлыки пожарил. Это ж почти как в песне «КиШа»: «Если мясо мужики, пивом запивали...» Еще, возможно, и нас за соучастие приплетут...

— Я вообще только сейчас все понял... все, что наделал... после водки... — пробубнил Костет, высморкался в салфетку и перестал плакать.

Почувствовал вдруг, что плакать сейчас не время. Пацаны правы — Настюху уже не вернешь, а в тюрьму ему не хотелось. Костет ведь и сам догадался, что в этом деле был лишь жертвой, как и она. Оба они стали жертвами запредельной мистической силы, и усы его позеленели не случайно — это Жека точно подметил. То, что Костет влип в историю — это да, но когда и с чего эта история началась, не знали пока что ни он, ни его кореша. А между тем история эта началась даже не с позеленевших усов, но с золотого уса.

3. Любовная коллизия

Если верить Википедии, золотой ус, или каллизия душистая — это ничего особенного, подумаешь, «крупное растение с двумя типами побегов. Одни прямостоячие, мясистые, до 2 метров высоты, с нормально развитыми листьями длиной 20-30 сантиметров, шириной 5-6 сантиметров. Другие — горизонтальные с недоразвитыми листьями, длинными трубчатыми, облегающими побег влагалищами, ресничками по краю. От ствола уса отходят горизонтальные коленчатые побеги — усы, заканчивающиеся молодыми розетками. Этими розетками каллизия и размножается. Цветы мелкие и ароматные, в свисающих соцветиях».

Если же верить Костетовой мамаше, Инге Петровне, то золотой ус — это средство от всех болезней, включая рак и СПИД. И если бы не происки врачей-вредителей из коварного Минздрава, то благодаря золотому усу уже давно бы построилось царство божие на земле. Вот она и кормила своего сына Костю этим чудесным растением в разнообразных видах — сушеном, вареном, тушеном и остальных.

Костет не верил в чудесные свойства уса и употреблял его, чтобы скандалов лишний раз не было. «Ну как ты не понимаешь?! — визжала порою мамаша, пробивая его молчаливое сопротивление. — Это не ты не хочешь кушать золотой ус, это врачи-вредители внушили тебе, что он невкусный! У них бизнес, а нам болеть!» После этих слов Инга Петровна обычно принималась рыдать, то ли от бессилия, то ли напротив.

В последнее время скандалов не было вовсе, поскольку мамаша наконец-то нашла ключик к сердцу своего сына, чтобы пустить в него ус. А ключик этот заключался в настаивании уса на спирту. Этот рецепт был у Костета любимым. Жека и Вовка тоже его оценили и частенько захаживали к другу на рюмку уса. Так что все были довольны, а Инга Петровна просто счастлива. Она ведь твердо знала, что от такого богом данного растения, как ус, плохо быть не может, даже если он на спирту.

Когда в одну из соседних квартир заселилась россиянка корейского происхождения Тамара Цой, Инга Петровна сразу к ней прикипела. Так же, как и она, Цой была повернута на золотом усе и знала множество малоизвестных народных корейских рецептов из него. Она-то и подарила Костетовой мамаше большой сушеный листок неимоверно редкого подвида уса. Который растет только в одной деревне Кореи, и о котором почти никто не знает. Потому что ботаники из остального мира добираются туда редко, а если добираются, то местные жители дают им по шее, чтобы поворачивали оглобли.

Инга Петровна в припадке благодарности расцеловала Цой и побежала творить из листа спиртовую настойку. Сделав заготовку, мамаша Костета уехала на неделю на дачу, наказав сыну не пить настойку до ее возвращения ни при каких обстоятельствах. Костет кивнул. Он не собирался пить настойку из редкого листа, потому что знал — если он это сделает, мать ему этого никогда не простит, и хорошо, если из дома не выгонит. Благодаря этой настойке она планировала помолодеть лет на двадцать, найти Костету «нового папу» и еще что-то в этом же духе.

Но тут нарисовалось непредвиденное: Настюха призналась Костету в измене со своим двоюродным братом Лешей. С Костетом у нее все было серьезно, — хоть ни разу и не трахались, но все к этому шло. Она впервые в жизни решила не торопиться, чтобы все было как в фильме, что недели три назад по «России» показывали.

С братом Лешей она переспала случайно — напилась в тот раз до блевотины. Можно было бы, конечно, ничего Костету не рассказывать, но на душе у нее было противно. К тому же она знала, что Костенька мягкий и добрый, как его же усы, — побесится и простит. Дня два-три попьет, а после сам позвонит, скажет, «вернись, любимая, хоть ты и блядь, но я с тобой уже сроднился».

Так бы и произошло, но в эти самые два-три дня Костет пропил все деньги. Вовки с Жекой, как назло, под рукой не оказалось. «Ну и пусть она меня из дома выгонит, — думал он, открывая ящик с настойкой редкого уса. — Все равно мой мир рухнул. Хуже уже не будет».

Но Костет ошибся, и вскоре стало хуже, причем существенно. От выпитой настойки ему сначала полегчало, и он даже подумал, что бабы есть бабы — что с них возьмешь. Собрался было звонить неверной и почти прощенной Настеньке, но вдруг руки его затряслись. И ноги тоже затряслись. И голова затряслась. И уши сами собой задрыгались. И усы позеленели. Потом все стихло, правда, усы так и остались зелеными.

Костет не понял, чего это было, но вспомнил, что собирался звонить Насте, и позвонил. Она прибежала почти сразу же и налетела на него с жаркими поцелуями. Предложила сделать это сейчас же и здесь же, на полу на коврике в коридоре. Настюхе не чужды были красивые театральные жесты, хотя в театрах она никогда не бывала.

Вместо того чтобы адекватно прореагировать на всю эту страсть, Костет пырнул девушку кухонным ножиком, припрятанным в тапке. А когда удивленная Настюха от неожиданности даже не вскрикнула — хрюкнула, он аккуратно провел этим же ножиком по ее горлу. Прямо под сексуальным вторым подбородком. После этого поволок еще дергающуюся в последних конвульсиях девицу в ванную, где и освежевал ее тушу.

Часть мяса он замариновал (шашлычный план сложился молниеносно), остальное спрятал в холодильнике. Кишки, легкие и прочие внутренние органы порезал на маленькие кусочки и смыл в унитаз в несколько подходов.

Развивалось все вполне себе благополучно — шашлыки получились на славу, Жека с Вовкой нахваливали их наперебой, а сам он еще не определился, будет именно сейчас их мочить или в какой-нибудь другой день. Но если вдруг решится, то сделает это неожиданно — они и понять ничего не успеют, не то что испугаться. Привыкли считать его за лоха. Вон он, ножичек, в кармане...

И тут после какой-то там рюмки Костетов разум прояснился. Как видно, водка ему продезинфицировала мозги, или что-нибудь еще в этом духе. И тогда он выплюнул кусок Настеньки и во всем покаялся своим корешам.

4. Под красивой березой

— Надо спасать пацана, — сказал Вовка Жеке, когда они отошли проссаться, оставив стихшего Костета в одиночестве.

— Угу, — согласился Жека. — Говном будем, если не спасем. Тем более, я тебе говорю, — в усах все дело. Жопой чую.

Когда они вернулись, Костет снова плакал, но теперь уже совсем тихо, и о чем-то шептал соблазнительно жарящемуся шашлыку — извинялся перед обиженной Настей.

— Не ссы, мы тебя отмажем, — твердо сказал Вовка. — У нас план есть.

14

План заключался в том, чтобы срезать остатки мяса с костей Настюхи и продать их в местную уличную шашлычную. До этого Вовка уже загонял туда мясо. Прошлым летом, когда он работал на рынке помощником мясника, к нему подвалил хозяин шашлычной — незнакомый, но представительный хачик, — и предложил спереть мясо.

У хачика как раз открылась шашлычная, и требовалось сократить расходы на производство, при этом без потерь в качестве. Вовка не очень хотел связываться с предпринимателем кавказской национальности, но все же согласился. То ли потому, что деньги хорошие выходили, то ли подумал не так хорошо, как следовало.

Мясо Вовка продал, но потом воровство раскрылось, и его с позором выгнали. Произошло это через год после той истории с неудавшейся затеей пожарить шашлык, чтобы отжарить баб.

Теперь же Вовка решил соврать хозяину шашлычной, что Настюхино мясо — это молодая говядина. И что товар этот все с того же рынка, а спер он его, воспользовавшись своими старыми связями.

Костет в разделке девушки участия не принимал, потому что никак не мог заставить руки не то что взять нож, но и просто трястись перестать. Но зато у Вовки в мясницком деле имелись и опыт, и навыки. Так что работал он даже не за двоих, а за троих. Жека морщится вовсю, а у этого труд спорится: режет себе, топором рубит, и словно бы даже не бабу, а свинью какую-нибудь. Только ошметки мясные да костяные летят в разные стороны.

Наверняка бы поднялся по карьерной лестнице, если бы не тот криминальный эпизод. Вроде сообразительный, а вылетел тогда самым нелепым образом.

Родители Настюхи могли месяцами о ней не вспоминать, — вот так ей с ними одновременно и повезло, и не очень. В шашлычной Вовке поверили и мясо забрали. Он даже умудрился сторговаться с хачиком, чтобы тот подороже взял.

Настюхины кости пацаны разбили молотком и зарыли в отдаленном уголке лесопарка, под большой и красивой березой.

Таким образом, часам к одиннадцати вечера дело было улажено. Вышло ловко, будто всю жизнь таким занимались. К тому же Костетова квартира географически располагалась очень удобно — и до шашлычной, и до лесопарка одинаково рукой подать. Оставались только замаринованные куски Настеньки, которые тоже нужно было утилизовать.

5. Поцелуй с того света

— Ребят, вы меня, может быть, окончательно за психа примете, но я предлагаю Настюху помянуть... По-особому помянуть, — многозначительно проговорил Костет.

Лучшие друзья поняли его с полуслова, как им и полагалось по статусу. Вовке и Жеке тоже страшно хотелось шашлыка из Настюхи, тем более что после всех трудов они сильно проголодались. Стеснялись признаться в этом даже себе самим, но шашлык потряс их вкусовые рецепторы.

— А мы не станем после этого каннибалами? — засомневался Жека.

— Не станем, — сказал Вовка. — Настюху помянем, и все. Больше не будем. К тому же по факту мы ее и так уже наелись. Килограммом больше, килограммом меньше — разницы никакой.

На этом и порешили. В ночном лесопарке было красиво и тихо. Какой-то мужик в бежевом плаще изредка возникал среди деревьев, а потом исчезал, — больше никого не было. Комары почему-то их не кусали, словно поняли ситуацию, всю эту печальную торжественность момента.

Костет признался пацанам, что Настюха ему изменила, а он не сердится. Вовка с Жекой понимающе закивали, с трудом доедая остатки шашлыка. Улеглись здесь же, у мангала, на том самом покрывале, что притащили. Правда, спали беспокойно, потому что съели перед сном слишком много. Всем троим приснился один и тот же сон: обнаженная Настюха, вещающая на фоне по-южному ярких звезд.

— Спасибо, что помянули меня, — говорила она. — Я не сержусь, что вы меня съели. Рада, что вам понравилось. Не сержусь даже, что тому хачику продали мою юную плоть. Прости, Костенька, что изменила тебе, не хотела я. Как-то само собой вышло все. Бухая была. Знай, Костенька, что это ни фига не ты меня убил. Не терзайся. Убила меня твоя соседка, падла косоглазая, кореянка эта — Тамара Цой. Она и не баба вовсе на самом деле, и не кореянка даже. Внешность ведь часто бывает обманчива. Совершенно точно другое: она решила стать черным риелтором, используя себе в помощь технологии корейской черной магии. Ей нужны деньги для воплощения кошмарных и коварных замыслов. Когда-нибудь сам обо всем узнаешь, если суждено будет. А если не будет суждено, то тем лучше — многих бед и сам избежишь и друзья твои. Тот ус, который она дала мамаше твоей тупорылой, был не просто ус, а специальный кровавый ус. Таким Гитлер своих солдат кормил в пору Великой Отечественной, чтобы они зверели. А если вас волнует, откуда я все это знаю, то так скажу: мы, мертвецы, вообще многое знаем, но вмешиваться в дела живых почти никогда не можем. Но тут случай особый, так что все были за. Сами же меня и попросили разрулить ситуацию. Но время поджимает. Чу, слышу, зовут меня мертвецкие ангелы. Ну все, полетела я.

Кончив монолог, Настюха послала Костету воздушный поцелуй и растаяла. Пацаны разом проснулись и уставились друг на друга, разявив рты. На часах было без десяти семь. Сон этот многое объяснял и внушал доверие.

Коротко обсудив ситуацию, Костет, Вовка и Жека решили, что так этого оставлять нельзя. Прямо сейчас, не откладывая, надо отправиться к ведьме, пока она никуда не смылась. Ну, может, надо будет еще по пиву взять в ларьке — на ход ноги.

6. Не хотите ли чаю?

Во время всего пути в голове у Жеки крутилась песня «Доброе утро, последний герой», у Костета — «Звезда по имени Солнце», а у Вовки — «Группа крови на рукаве». При этом вслух никто из них не напевал, не насвистывал, не мычал. Все были настолько серьезны и одухотворены, что даже пиво покупали молча, тыкая грязными пальцами на нужные бутылки. Присели на скамейке у подъезда — допить и обговорить некоторые детали.

— Не порите горячку, а то знаю я вас, — советовал Вовка. — Дайте лучше я с ней побазарю. Тут осторожно надо. Сначала паузу выдержим, чтобы нервы ей потрепать, — неопределенность всех раздражает. А потом тонко так намекнем, что нам известно о ее планах, и планы эти ни хера не сработали. Может, она тогда еще чего-нибудь сболтнет. И нам это полезно будет.

Подошли к двери, вдавили пальцем кнопку звонка, запустив гнусавую псевдосоловьиную трель. Цой впустила их без лишних слов, даже не посмотрев в глазок, словно заранее знала, кто пришел и с какой целью.

— Ой, как вы вовремя! — воскликнула она, будто взаправду рада была видеть юных мстителей. — Я как раз чай собираюсь пить. Он у меня зеленый. Прямо из Кореи. Будете чай? Проходите же, проходите... Чего застряли в дверях?

Пацаны деловито вошли и прикрыли за собой дверь. Жека демонстративно запер ее на все замки, будто у себя дома хозяйничал. Кореянку это, казалось, совсем не тронуло, она только шире раскрыла раскосые глазки, отчего они стали напоминать тигриные, а потом злобно и хитро их сощурила.

— Так что? Будете чай?

Вовка выдержал паузу, как планировалось, и только захотел что-то сказать, но Костет его опередил. Костета, что называется, прорвало.

— Сука ты желтожопая! — вскричал он дрожащим фальцетом. — Мы все, падла, про тебя знаем! Я из-за тебя невесту свою угрохал! Ты мне за это, жаба облезлая, ответишь! Завладеть нашей квартирой хотела? Хрен тебе, а не квартира! Как свинью корейскую тебя выпотрошим! А потом твоим же соотечественникам как собачатину толкнем, а они купят, не сомневайся. У нас навык есть.

Это была ошибка. От досады Вовке захотелось хлопнуть себя ладонью по роже, но он сдержался. Играть, значит играть — до конца, пусть и на грани провала. «Что же будет дальше?» — закусил губу Жека. Долго ждать ему не пришлось.

Цой на все сказанное резко расхохоталась. Резко же хохотать перестала, и совсем уж внезапно плюнула всем троим в морду. Причем плевок был всего один, но обильный, мастерский, растраивающийся на лету. Он одновременно попал в глаза и Вовке, и Жеке, и Костету. А еще этот плевок страшно жегся.

Корейская ведьма умела плевать так гадко, как только умеют одни лишь корейские ведьмы и некоторые российские зеки. После этого ребята не раз обсуждали плевок, и пришли к выводу, что это был особый, растраивающийся ядовитый плевок. А хохот, скорее всего, использовался в качестве психатаки.

Пока временно ослепленные пацаны истошно матерились и растирали глаза, Цой куда-то смоталась. Будто испарилась, как матерый корейский ниндзя.

— Может, это зацепка будет, — вспоминал Костет после того, как перевернули ведьмину квартиру и не нашли никаких указаний, куда она могла бы слинять. — Я ее один раз с мужиком видел. Они от рынка шли с сумками, полными продуктов. Я поздоровался, а она сделала вид, что не заметила.

— А были у него особые приметы? — поинтересовался Жека.

— Какие там приметы... Обычный вроде мужик. Только страшный очень. Глазки маленькие, как дерьмо хомячков, а нос брюквой.

— Значит, глухо, — сказал Вовка. — У нас таких мужиков пол-Питера ходит.

— Тогда что? — нетерпеливо спросил Жека. — Что будем делать теперь?

— Мстить, — сжал кулаки Костет. — Не знаю как, но я уверен, что мы найдем колдунью.

— Я знаю, что надо делать, — Вовку осенило. — За мясо нам дали деньги. Кровавые деньги. Сейчас мы пойдем в шашлычную того хачика и купим на них Настюху. Нажремся ею и водкой, как вчера, а ночью она нам опять приснится. И расскажет, где искать ведьму и как ее одолеть.

Так они и поступили. Но в этот раз Настюха к ним почему-то уже не пришла. Может, виной тому было то, что жрали они шашлык не на природе, в лесопарке, а на квартире у Костета, и нарушили этим какой-нибудь непонятный им ритуал. Или хачик обманул и подсунул вместо Настюхи обычную говядину, а то, что он им скидку сделал, только возбуждало дополнительные подозрения. Ушлый такой, все улыбался и приглашал еще заходить.

— Не расстраивайся, Костет, — сказал Жека утром. — Мы ее все равно достанем. Пидораску эту китайскую.

Костет несколько раз кивнул, но за этими кивками не чувствовалось никакой убежденности. Одна только голая костлявая скорбь. Заметив это, Вовка возмутился:

— Чего раскис, брателло? Подумаешь, в этот раз не пришла Настюха. Может, не велено ей. Ты же слышал, что за мертвяками следят, чтобы они лишнего не сболтнули. Это же тебе не по межгороду позвонить. И того достаточно, что она вообще к тебе явилась и обо всем рассказала, и еще поцелуй послала воздушный. Помню его — жаркий такой поцелуй. Это ведь не просто поцелуй, а поцелуй с того света. Прямое доказательство, что любовь — она всегда смерть побеждает. И даже коварные замыслы корейских ведьм. Да ты счастлив должен быть, вот что тебе скажу.

От этих слов Костет воспрял духом. Вовка это почувствовал и решил больше ничего на всякий случай не говорить. Жека порывался что-то ляпнуть вдогонку, и Вовке пришлось наступить ему на ногу. Чтобы не вздумал. Наверняка сморозил бы какую-нибудь глупость в своем духе и закончил ее обязательным «жопой чую». Запорол бы нафиг весь момент.

ГЛАВА II

1. Ловец человеков

У одной судостроительной путяги была очень бережливая администрация. Всем ведь хочется сытой жизни, вот и ей хотелось. Экономила она на питании, на охранниках, на компьютерах, на мебели, на учебных станках. А еще на ставках социального педагога и психолога.

Причем последнего делать не стоило бы. Например, в 254-й группе соседствовали пара скинхедов и тройка дагов. Кто из них был отвязней, прямо так сразу и не скажешь. Время шло, а такое соседство их никак не сближало. Посреди какого занятия завяжется потасовка, не знал никто, включая ее участников.

На этом фоне все трое — Костет, Жека и Вовка — считались учащимися стабильными. Разве что Жека частенько тупил или просто ленился, а Костета задрочили бы в два счета, если бы ни давнишняя дружба с Жекой и Вовкой.

Где-то раз в месяц в судостроительную путягу наведывался «Лидерский клуб». Это такая государственная организация, уныло пропагандирующая все полезное: трезвый образ жизни, позитивное мировоззрение и т.д. и т.п.

Подобного рода мероприятия бережливая администрация в своих отчетах обозначала «социально-педагогическими занятиями». А раз они проводятся, нафига держать ставку?

— Меня зовут Вальтер Михайлович, — представился Вальтер Михайлович, молодой мужчина в мятой фланелевой рубашке.

21

После этого наговорил еще кучу всякого. Что он психолог по образованию, у него какой-то там опыт, в «Лидерском клубе» работает полгода и всех туда приглашает.

«Еврей», — послышался чей-то неодобрительный шепот. «Точно жид», — подтвердили с другой стороны уже громче. Не то чтобы ни у кого не возникло мысли, что Вальтер — это скорее немецкое имя, чем еврейское... Но что тут скажешь.

Шептали «еврея» громко. Рассчитывали, что услышит и как-нибудь отреагирует. Например, скажет, что нет, не еврей. И тогда его окончательно бы пригвоздили к стенке. Мол, еврей, а еще отпирается. Прошлого руководителя кружка, который сюда наведался в поисках свежей волонтерской крови, примерно тем же макаром довели до слез. Но то была хрупкая, открытая миру девушка Юля, студентка старших курсов психфака.

Вальтер Михайлович был покрепче и знал, к чему готовиться, когда шел сюда. Он вообще никак не отреагировал на «еврея» и дал вместо этого дал парочку упражнений на групповое сплочение. Почти все отказались их выполнять.

Следующие провокации Вальтер Михайлович игнорил так же стойко. Только изредка просил «не материться», «не плевать на пол», «не пить пиво», «вынуть наушники из ушей», «не крутить самокрутки», «снять верхнюю одежду», «не бить друг друга стулом по голове» и т.п.

Его преподавательская миссия заключалась не только в том, чтоб продержаться часок с идиотами. Нужно было еще и завербовать энное количество таких идиотов в качестве волонтеров. Иначе бы его уволили, потому как работал он уже полгода, а волонтеров в его клубе все еще не было.

Все эти месяцы Вальтер Михайлович особо не парился по этому поводу. А чего волноваться — учреждение-то бюджетное. Должность, на которую он пошел, в вакансиях месяца два провисела. Даже зеленые выпускники не проявляли к ней интереса.

Правда, в последние дни он стал замечать, что терпению начальства приходит конец. Подчиненный Вальтеру Михайловичу «клуб» единственный из всех пребывал бездетным столь долгий срок. Настала пора хоть как-то себя проявить.

К концу занятия он окончательно определился с выбором жертвы. Ею, разумеется, стал Костет. Он не кричал «еврея» вместе со всеми и, видимо, сам был не в восторге от происходящего. Пусть один волонтер, но зато какой! Вот у кого явно хватает психологических проблем и комплексов. Наверняка дома его третирует мракобеска-мамаша. Прямо хоть фотографируй в качестве иллюстрации к учебнику педагогики. Такой и в школы пойдет против курения агитировать, и в акциях городских поучаствует. Особенно если сказать ему, что, участвуя во всем этом, он личностно растет и развивается. Главное — «красиво упаковать», а уж втюхать можно все, что угодно.

Как только задребезжал звонок, и все заторопились на выход, он подошел к нему и положил руку на плечо. Костет испуганно взглянул на Вальтера Михайловича и обильно покраснел.

— Костя, — торжественно произнес Вальтер Михайлович. — Я хочу сделать из тебя лидера!

— Чего-чего вы хотите из него сделать? — раздался поблизости сиплый Жекин голос.

— Эмм, — запнулся Вальтер Михайлович. На имена память у него была не очень хорошая. — И тебя я тоже могу сделать лидером! За компанию.

— А что мы на этом поимеем? — объявился бодрый белобрысый Вовка.

Лица у всех троих были настолько почему-то заинтересованные, что Вальтер Михайлович даже облизнулся. Надо же: впервые добрался до этой группы, и сразу такой оптовый улов — редкостная удача.

— Сейчас все выйдут, и обговорим. У меня к вам деловое предложение.

2. Просвещенческая миссия

Служба у руководителей районных «Лидерских клубов» была непыльная. От силы рабочих дней — два-три в неделю, да и то коротких. Зарплата, конечно, небольшая, но при таком графике — самое то. Всегда ведь можно и на стороне подхалтурить. Предъявляй изредка своих подопечных на дебильных мероприятиях, а еще отчеты кропай красивые — и нормально все.

Никаких претензий, если напишешь о чем-то, чего так и не сделал, но очень хотел, в графе «проведенные мероприятия». Руководству подобные отчеты даже выгоднее были, чем что-то реальное: и пыли меньше, и хлопот.

Плюс к этому, каждому районному клубу выделяли площадку с компьютером. Для того, чтобы там тусоваться и тренинги проводить.

— Тренинги я вам, конечно, проходить не предлагаю, — доверительно сообщил Вальтер Михайлович, — но тусоваться там можно свободно. К тому же, вот вам наверняка пиво с проблемами продают?

— Места надо знать, — серьезно заметил Вовка.

— Пускай, — отмахнулся Вальтер Михайлович. — Время от времени будем встречаться на территории клуба, пиво пить за мой счет, а потом оформим это, как тренинги и совещания. Еще и фильмы какие-нибудь посмотрим по компьютеру.

Надо сказать, что тут Вальтер Михайлович слукавил, дабы упрочить свой авторитет. Он хоть и не против был угостить подопечных пивом, но потом планировал оформить это как «производственные затраты» и получить компенсацию.

Узнав о появлении сразу трех волонтеров, начальство обрадовалось и решило пока не увольнять Вальтера Михайловича.

В своем новоявленном клубе он первым делом отменил всякие статусные преграды и попросил называть его просто Валей.

— В конце концов, — говорил он, — двенадцать лет разницы в возрасте — не такая уж большая разница в возрасте.

— А ты что, еврей? — как-то спросил его поднабравшийся пивом Жека.

— Вроде нет, — задумался Валя. — А с чего ты взял?

— Ну, имя просто экзотическое, — сказал Вовка. — Мы вот с Жекой поспорили на фофан — еврей ты или нет. Не подумай, мы к евреям нормально относимся. Редко если от нормальных людей отличаются. Но, может, ты немец какой-нибудь?

— Не очень распространенное имя в России, — согласился Валя. — Но я не еврей и не немец. Насколько мне известно. Сам не знаю, чего они меня так назвали. Никогда не интересовался у родителей. Наверное, боялся услышать какую-нибудь страшную правду. К тому же мне льстило, что они ждут этого вопроса. Иногда подойдешь к ним с целью спросить чего-нибудь, а они смотрят на тебя плотоядно... и огонек в глазах! Явно не терпится все выложить — почему меня так назвали, и почему я жгучий брюнет, если папа совсем блондин, а мать — светло-русая. Я еще нарочно на себя дополнительную задумчивость напущу... И вот стоим мы так какое-то время. Они на меня пялятся, а я молчу. И только когда веки их начинали подергиваться, спрашивал какую-нибудь глупость. Что сегодня будет на ужин, или когда дадут горячую воду... Огонек затухал, а морщины на лицах становились заметнее.

— Я же говорил, что не еврей! Будет нас еврей халявным пивом угощать — вот еще! — радостно завопил Вовка и полез к Жеке давать фофан. — Подставляй лобешник, проспорил!

Звонким юношеским смехом и матюгами наполнилось помещение клуба. На душе у Вали стало солнечно и приятно. По правде сказать, ему вовсе не казалось, что он развращает и спаивает молодежь.

«Они бы и так набубенились, — убежден был Валя. — И причинили бы своим организмам вред. Потому что алкоголь без культуры потребления — всегда вред. Социальная среда, в которой они формируются, этому способствует. Вот почему никакие доводы на них не действуют. Но вот если ненавязчиво привить им культуру пития, то пользы здесь будет много. Я для них должен стать глотком свежего воздуха. Или там парного молока, если о напитках говорить. Много ли у них знакомых с высшим образованием и прогрессивными взглядами? Уверен, что я единственный. По всему видно, что единственный. Вот у нас теперь настоящий клуб. Не то, что у всяких там популистов. Конечно, в бесплатную секцию рукопашного боя любой бы пошел. Даже я пошел бы. Наверняка. Наверное. Если бы был помоложе. А ты попробуй создать клуб на фундаменте искренности и дружбы. То-то».

Пацаны с живым интересом слушали мини-лекции о воздействии баночных коктейлей, вроде яги, на поджелудочную. И что, если они это дело запустят, то потом вообще никакого алкоголя. Только кашка овсяная. И о том, как правильно пить, и чем лучше закусывать, чтобы печень в наименьшей степени повреждалась. И о том, как сберечь почки. И о скрытых венерических заболеваниях. И о многом-многом другом.

Новоявленные волонтеры, может, впервые почувствовали хорошее к себе отношение со стороны педагога и тоже очень к нему привязались.

Вскоре центральное управление «Лидерского клуба» перекрыло «кислород» халявного пива. Затребовало товарных чеков на тонны канцелярских принадлежностей.

Объясняясь с ребятами, Валя развел руками, пробормотав, что ему урезали бюджет, и больше он не может поить их пивом. Тогда волонтеры стали покупать пенное за собственные деньги — для себя и наставника.

После бурных обсуждений придумали клубу красивое гордое имя — «Трезвый взгляд». Специально, чтобы никто не заподозрил его членов в частых возлияниях.

На клубных футболках и кепках изображалось огромное глазное яблоко с красными прожилками. Это была идея Вали, которую он считал мегакрутой и концептуальной. Типа, каждый из них — это глаз, а вместе они образуют трезвый взгляд, укорительный и проницательный.

3. Прозрение

На 23 февраля Валя проставился на «тренинге» импортной шведской водкой. Вообще-то, одно из правил «Трезвого взгляда» гласило: «Никаких крепких напитков на собраниях клуба». Но в тот день он сделал исключение, потому что очень уж хотел познакомить с ней своих подопечных.

Валя и сам умудрился отведать этой водки совсем недавно. Учитывая его алкогольный опыт, факт кажется невероятным, но быть фактом не перестает. Думал всегда, зачем переплачивать, когда рецептура одна и та же. Спирт и вода. И что иноземная беленькая только потому такая дорогая, что ее к нам завезли из «шведского социализма» — таможенные пошлины и все прочее.

А потом его угостили на чьем-то дне рождения. Впервые Валя попробовал водку, которую можно было не закусывать. Раньше он думал, что не закусывать водку — это такой пролетарский понт. Особенно если теплая. Но тут Валя обратил внимание, что у водки есть вкус, и что вкус этот ему приятен. Что он даже лучше становится, если рюмку нагреть в ладонях.

Валя будто сделал глоток космоса, отчего и тело и дух стали чуточку невесомее. Сперва он был счастлив, как первый космонавт, осознавший себя первым космонавтом. Но после второй рюмки он шлепнулся с этой космической высоты обратно, на грешную и грязную землю.

Пропустив еще одну рюмку волшебной водки, он оторвал зад от стула. Отодвинул стул от стола. Встал на стул ногами, и с этого постамента разразился пламенной речью.

Сперва все подумали, что он будет читать поздравительное стихотворение, и зааплодировали. Но потом до них дошло, и хлопать перестали. Те из гостей, что были попатриотичней, восприняли его выступление как либеральное и антироссийское. Кто-то даже грозился разбить Вале морду.

С высоты стула Валя сообщил, что считает бредом и профанацией, что каждый гражданин России гордится тем, что живет на родине водки:

«Каждый здесь уверен, что водка — наше национальное богатство и гордость. И лучше нас ее никто не умеет делать. Потому что, как же, — у нас, бля, душа есть! А у них у всех вместо нее доллары и говно.

Но это ложная национальная идея! Если грубее, то глобальная дурость, цементирующая необъятную медвежью страну».

Послышались улюлюканья, топот и свист, а официантка сделала музыку громче. Валя ответил симметрично и перешел на митинговый режим громкости:

«Почти все иностранцы считают, что Россия — это родина водки. В первую очередь именно ее и везут от нас в качестве сувенира. Но при этом водку мы в России делать так и не научились.

Поэтому иностранцы пробуют нашу водку по приезде домой и плюются в разные стороны. Очень разочаровываются, а страна между тем теряет престиж, потому что даже сраные изнеженные шведы, которых мы того, под лед, нас обскакали».

Но обиднее всего Вале стало из-за того, что вот всю жизнь бытовые антисемиты принимают его за жида. Причем не за немца его принимают, хотя это логичнее, а именно за жида. И всю жизнь евреи его за своего не принимают, потому что с первого взгляда распознают в нем презренного гоя. И что вообще ему так мало обламывалось ништяков в этой стране. А она даже водки нормальной приготовить не в состоянии. Поила его с шестнадцати лет, не пойми чем, — тоже мне утешение.

Выговорившись, Валя спустился. Потухший и побледневший, он снова уселся за стол и наложил себе полную тарелку салата из крабовых палочек. Ни с кем не разговаривал, не танцевал и не дрался на протяжении всего вечера. После этого случая он стал выпивать значительно реже, по возможности что-нибудь импортное.

4. А знаете ли вы, что...

Костет, Жека и Вовка сначала вообще не въехали в иностранную водку.

— А фигли она разбавлена? — возмутился Жека, схватив со стола бутылку. — В ней вообще сколько градусов? Двадцать?

Валя посмотрел на Жеку с веселым злорадством. Оно распространялось, само собой, не на парня, а на ту водку, которую тот пил до этого. И на те ложные идеалы, которые порождало кривое это бытие. Ложные идеалы, оказавшиеся сейчас под перекрестным огнем истины. То был взгляд праведника, только что посеявшего в душах язычников ржаные зерна истинной веры.

— Чего-то не то с ней, — проговорил Вовка подозрительно. — Слишком мягкая. Нету классического водочного вкуса. Совсем она непротивная.

— Да ладно, — удивился Жека, вчитавшись в данные, указанные на бутылке. — Пишут, что здесь сорок градусов. И состав хороший. Никаких сахарных сиропов. Только спирт и вода родниковая.

Выпили еще по одной, побултыхав на сей раз водку во рту. Только после этого пацаны ее распробовали.

— Бывает же такое, — вырвалось у Вовки.

Водку пили с наслаждением. Заедали редко и скудно, чтобы не забивало вкус. Поговорили про армию — 23 февраля все ж таки. Выяснили, кто из пацанов собирается служить (Вовка), кто намерен косить (Жека), кто не определился (Костет), а кто уже благополучно дополз до непризывного возраста (Валя).

Когда сказочные 0,5 литра подошли к концу, как бывает, возникла нужда поговорить о вещах сложных и душевных. Потихоньку кто-то что-то такое подпустил, и все загрузились. Причем сейчас уже не вспомнить — кто это был и что он такое сказал. Все забыли, потому что после этого Костет взял, да и выложил ту самую свою историю — про себя и Настюху.

Он ведь никогда не бухал ни с кем, кроме своих закадычных друзей, вот и разоткровенничался. Сработал условный рефлекс.

Чуть более трезвые Вовка с Жекой прямо оторопели от такой глупости, сулившей крупные неприятности с законом. Не убивать же теперь Вальтера Михайловича, как случайного свидетеля. Когда они догадались предпринять хоть что-нибудь, было уже поздно. Если уж Костета несет — рассказывает он стремительно и гладко, как Джек Лондон какой-нибудь.

— Пойдем-ка, дружище, выйдем, а то ты уже научную фантастику пороть начал ... Про Виктора Цоя, про убийства всякие, — поднял Жека Костета под мышки. — Пойдем, подышим воздухом.

— Что это за история такая? — поинтересовался Валя, самый трезвый из всех, когда эти двое вышли. — Какая еще Настюха, невеста с перерезанным горлом? Что за ведьма корейская? Вы чего, ребята, клей нюхаете? Или на самом деле чего-то такое...

— Ну, ты придумаешь, — сказал Вовка. — Не было ничего. В Костете просто много нереализованного потенциала... Помнишь, ты сам об этом говорил... Он, как напьется сильно, так и начинает гнать всякое. Тебе просто повезло, и ты его до этого в таком состоянии не видел ни разу. Ну, а мы с Жекой уже насмотрелись.

— Потенциал у него — да... — Валя уставился на Вовку, не мигая. — Потенциал у него ого-го...

Повисло молчание. Праздник явно подходил к концу.

— Мы пойдем, пожалуй, — засобирался Вовка, когда Жека с Костетом вернулись. — Ничего, если сегодня не уберем за собой? Забыли совсем, у нас дела там...

— Ничего страшного. Я сам уберу.

5. Незваный гость

— Костенька, к тебе пришли! — проверещала Костетова мамаша на всю квартиру.

— Кто там еще? — буркнул Костет.

— Вальтер Михайлович пришел. Твой наставник в «Клубе Лидеров». Я и не знала, что ты у нас в таком клубе состоишь... Хотите, может, Вальтер Михайлович, чаю с настоечкой золотого уса?

Валя тактично отклонил предложение.

Навещая кого-то из своих подопечных в первый раз в жизни, он старался выглядеть презентабельно. Надел синюю в белую полоску рубашку, что купил пару лет назад для собеседований. Даже на нечастые свои свидания он так ответственно не собирался, потому что считал, что и так симпатичный. А легкая небрежность и фоновое похмелье только придают ему непринужденности.

Увидев своего наставника, Костет остолбенел. Жека с Вовкой устроили ему втык за недавние пьяные признания, да и сам он полностью раскаялся в содеянном.

— Вальтер Михайлович, — выдавил Костет. — Что вы здесь делаете?

— Да вот, Константин, решил тебя навестить. Ты ведь у нас самый ответственный волонтер, лидер и фаворит, а тренинг на этой неделе пропустил. Нехорошо. Вот я и пришел лично тебя проведать. Узнать, что с тобой. Не заболел ли ты. А если заболел, то в какую больницу мандарины тащить.

— Нам задали много, — промямлил Костет, не зная, куда деваться от трезвого, укорительного и проницательного взгляда наставника.

— Да врет он все! — вмешалась мамаша. — Все время с этими своими околачивается! Ерундой всякой мается! Ус оздоровительный пить перестал, того и гляди СПИДом заразится. Или раком. Вы уж на него повлияйте, Вальтер Михайлович.

— Можно, я с вашим мальчиком наедине поболтаю, обсужу наши волонтерские дела? — понизил голос педагог.

— Конечно, конечно! — мамаша пошла в свою комнату, в то время как Валя отправился вместе с Костетом в другую. Когда Костет закрыл за собой дверь и щелкнул шпингалетом, Валя заговорил:

— Выкладывай, что там стряслось с Анастасией Агаповой. Я справки навел про невесту твою. Пропала она без вести! Никто ее найти не может с прошлого лета. Или с осени. Искать ее начали только осенью. До этого как-то не замечали, что пропала. Родители у нее, конечно, это... Больны алкоголизмом. Но учти, если темнить начнешь, я первым делом в полицию пойду. А мне бы этого совсем не хотелось. Мало ли какие ошибки бывают. Но я, как руководитель «Лидерского клуба», просто обязан знать, что происходит с моими воспитанниками. Чтобы помочь им в максимальной степени.

Сперва Костет ничего не говорил. Сидел на кровати, рыдая в потные ладошки покрасневшим лицом. Но потом Валя обнял его за плечи и зашептал на ухо что-то успокаивающее. Про то, что он его друг и только добра ему желает. И не хотел его напугать и до слез довести.

Тогда Костет высморкался в протянутый ему одноразовый платок, сделал глубокий вдох и все рассказал. Валя слушал его с повышенным вниманием, задавал уточняющие вопросы, ходил по комнате, делал пометки в блокноте.

— Это все? — строго спросил Валя.

— Все, — подтвердил Костет.

— Точно все?

Костет обреченно на него посмотрел.

— И больше тебе не снилась Анастасия Агапова? Никаких поцелуев не посылала и про ведьму ничего не рассказывала?

— Нет, — Костет снова всхлипнул.

— Очень все это занятно. Очень, — задумчиво проговорил Валя. — Ты не переживай так. Никому не скажу о том, что произошло. Я верю тебе. Остальные могут не поверить, а я — не остальные. Думаю, что могу помочь тебе найти эту ведьму. Есть у меня одна ниточка...

Костет громко высморкался, и в горле у него мгновенно пересохло. Это к нему вернулась жажда. Жажда мести.

6. Интересные перспективы

На следующем совещании руководителей районных «Лидерских клубов» начальство не только не порицало Валю за безалаберность и пассивность, но и приводило его в пример, как человека реабилитировавшегося:

— А ведь думали его увольнять. А некоторых из собравшихся до сих пор думаем, это как пища для размышлений. Так что в их интересах сейчас же пойти по стопам Вальтера.

Ведь он не просто сколотил пусть узкую пока, но сплоченную группу волонтеров под названием «Трезвый взгляд». Мы их видели в прошлую среду на уличной акции против пассивного курения. Что значит — потом все трое смолили за углом? Ну, и пусть себе смолили. Не в этом дело. Важно, *что* они несут людям, а внутренняя начинка сама собой поменяется в процессе этого несения. Поучаствуют в дюжине таких акций и обязательно бросят, вот увидите. Для этого все и делается. Такова наша идеология. К тому же, чего вы нам голову морочите? Акция-то была против пассивного курения, а не против активного.

Кто помнит ее лозунг? Да он ведь был у вас на футболках написан, позорища! И на растяжке. И на кепках, которые мы раздавали победителям конкурсов. И там еще соревнование было — «Кто громче крикнет наш лозунг». Правильно, Наталья, «не дай себя отравить». Хоть кто-то вспомнил. Кстати, как раз тебя, Наталья, на том мероприятии не было. Так что потрудись потом объяснительную написать. Но вернемся к волонтерам Вальтера. Они разве давали кому-то себя травить? Нет, не давали! И не травили никого при этом — тихо себе за углом дымили, видела их. Дисциплинированно и скрытно, чтобы не подводить родную свою организацию. А дисциплина в нашем деле — самое главное.

На прошлой неделе Вальтер обратился к нам с просьбой посодействовать в его новом начинании. И мы ему помогли, потому что приветствуем инициативность. К тому же давно никто из вас ничего нам не предлагал: ни походов, ни акций внеочередных. Это как пища к размышлениям. А Вальтер взял да и предложил. Хорошо, что мы его не уволили, когда собирались. Причем предложил не просто что-нибудь, ерунду какую, а организованную поездку его волонтеров в инновационный город Мудров. Чтобы они познакомились с интеллектуальной элитой России, подготовили бы доклад и выступили перед учащимися средних школ своего района. Все благодаря тому, что у Вальтера в Мудрове работает бывший однокурсник, кандидат психологических наук Масякин. Учитесь, как личные связи удачным образом вплетаются в профессиональные обязанности. Так что, Вальтер, мы тебя поздравляем — все формальности улажены, и командировка твоя со-сто-ит-ся!

— Херня какая-то, — нахмурился Жека.

В последнее время много чего изменилось. Дабы обсудить все это, устроили сходку в одиннадцать вечера на веранде детского сада «Веселые нотки». Территория запиралась на ночь, но пацанам ничего не стоило перемахнуть через забор.

— Ничего не херня, — опроверг Вовка. — Тебе-то чего? Нас на неделю от занятий отмазали. Повезут в Мудров, про который президент на каждом канале трещит. А там у нас реальный шанс суку эту косоглазую сцапать и должок ей вернуть по первое число. Надо за Настеньку обязательно отомстить.

— Сожгем ее! — прорычал Костет. — А лучше зарежем, замаринуем и шашлык из нее пожарим. Она нам еще за тот плевок ответит, мразь.

— Я бы не стал ее жрать, — засомневался Жека. — Вдруг отравимся. Неизвестно ведь, какие эти корейские ведьмы на вкус. Хотя, если в маринаде хорошенько замочить...

— Одного не понимаю, — почесал себя за ухом Вовка. — На фига Вальтеру Михайловичу во все это вписываться? Ему-то какое дело? Криминал ведь.

— Фиг знает, — пожал плечами Костет. — Я сам удивился, когда он ко мне приперся и сказал, что хочет помочь. И знает, где Цой скрывается. И сам нас туда отвезет.

— Так ты спроси у него, — предложил Жека Вовке. — Чего не спросить-то? Нормальный мужик вроде.

— Спрошу, — пообещал Вовка.

Г Л А В А III

Ослов и ученых на середину!

Н. Бонапарт

1. Ученый широкого профиля

Город Мудров был задуман как доказательство, что земля русская может не только родить платонов с невтонами, но и взрастить до взрослого состояния. Ведь раньше их после того, как рожали, сразу отпускали в вольное плавание. И там уж никакой разницы — кто из них оказался планктоном, а кто нектоном. Это для морских биологов разница, потому что планктон течению вообще никак не сопротивляется, а нектон еще хоть как-то. Кем окажутся сами морские биологи — на то законы социального дарвинизма. Доплыл до силиконовой долины — честь-хвала. А не доплыл, так чего же по тебе в таком случае плакать.

Президентскую идею инновационного поселения ученые восприняли с сомнением. На их месте любой бы засомневался. До появления хоть какой-то конкретики они вообще не рыпались. Занимаясь, чем и всегда, — выбиванием зарубежных грантов. Когда же Мудров был почти достроен, а его создатели бросили первый призывный клич, некоторые отважились. Как водится, самые смелые и доверчивые.

Саша Масякин, бывший однокурсник Вальтера Михайловича, в то время как раз пробивал гринкарту. Страна свободы и гамбургеров манила его с видеосалонного детства. Он плохо знал английский язык, но полагал, что как только дорвется, так сразу и выучит. Чуть ли не с того самого момента, как спустится с трапа.

Когда до официального открытия Мудрова оставалось всего ничего, населен он был лишь на треть. Масякин как раз узнал, что гринкарту ему в ближайшее время не дадут. Тема его исследований не вписывалась в американские приоритеты.

— Вот если бы вы занимались проблемами искусственного интеллекта, — намекнули ему в посольстве, — тогда можно было бы говорить. А ученых вроде вас, у нас, извините, хватает. «Хоть жопой жуй», — кажется, так выражаются в России.

— А хотите, я вам траншеи рыть буду! — задорно предложил Масякин. — Я ведь на все руки мастер — ученый широкого профиля. Вы меня обязательно возьмите. Я вам пригожусь. Вот не сойти мне с этого места: знал бы какие-нибудь государственные тайны — обязательно бы их выдал от одной лишь горячей любви к США!

Но лучше бы он этого не предлагал, потому что после этого окончательно потерял в глазах американца. Даже тайн никаких государственных не знает, а все туда же.

Главная масякинская мечта рухнула. Пока он проклинал себя на чем свет за то, что не занимался искусственным интеллектом, в отечественном наукограде повысили зарплаты и прибавили бонусы. Чтоб ученые подумали еще раз, получше, и все-таки согласились работать в Мудрове.

На многих такой довод подействовал: светила науки были людьми умными и поняли, что большего в инограде им уже не предложат. И нужно брать, пока дают, а то потом вообще ничего не обломится.

Как часто бывает, те ученые, которые с самого начала уверовали в Мудров, дополнительных благ не получили. А те, кто самыми последними подсуетились, так тем и самые лучшие лаборатории достались. Хотя берегли их совсем для других.

Вот и Масякину отдали козырную звуконепроницаемую лабораторию, расположенную на два этажа ниже земной поверхности. Если вникнуть, она ему не была так уж нужна. Масякин занимался исследованием детского восприятия героев мультфильмов. Но он все равно остался доволен, потому что внимание, почет и зависть коллег.

В Мудрове такая лаборатория считалась роскошью. В ней можно было работать и днем и ночью. Она была оснащена современным компьютером с метровой высоты колонками, санузлом с душем, маленькой спальней и кухней с микроволновкой. А еще — кофемашиной и мини-баром, пополняемым по заявке.

Лаборатория так понравилась Масякину, что в своих спальных апартаментах он появлялся, только чтобы поспать. А потом и вовсе в нее переехал. После работы и в перерывах пил содержимое мини-бара, врубая музыку на всю громкость.

2. Ложка уса

Кроме явных достоинств подземной лаборатории в плане комфорта, была и другая причина переселения туда Масякина. Не может же быть совсем все здорово. Что вот вчера ты молодой ученый с мало кому интересной тематикой исследований, а сегодня живешь в инновационном центре и бед не знаешь.

И лабораторию тебе дают, и деньги в два раза большие, чем ты мог мечтать, и нервы начальство не треплет. Обязательно к приятному должно добавиться что-то не очень. В случае с Масякиным это были соседи по двухэтажному дому. Точнее, даже не соседи, а соседка, которой оказалась профессор Тамара Цой. Та самая, между прочим, кореянка, ну, вы в курсе.

Дело осложнялось еще и тем, что когда-то они с Цой работали на одной кафедре, и отношения у них были уже тогда не самые благостные. А здесь она как его увидела, так сразу же сощурила свои тигриные глазки. «Привет, — говорит, — Масякин. Давно не виделись».

С тех пор Масякин стал плохо спать. Ему снилось нечто тревожное, про симпотную девицу лет шестнадцати с перерезанным горлом. Девица ему что-то твердила в свете звезд, а потом исчезала. Причем, что именно она говорила, он сразу же по пробуждении забывал. Помнил только увесистые сиськи с широкой между ними ложбинкой.

Такая у Масякина была нехорошая привычка — забывать смысловое содержание своих снов и помнить одни лишь сиськи. Единственное, что ему удавалось вынести из снов, кроме сисек, был тревожный осадок на душе. И держался этот осадок долго, около недели, а потом девица снова ему снилась. И Масякин, получается, постоянно тревожился. У него даже глаз стал дергаться от стресса. Чтобы одолеть этот недуг, он заливал глаза почти каждый вечер.

Вскоре к некрасивой кореянке Цой стал частенько захаживать ученый Тюленев, и жить Масякину стало еще сложнее. Что исследовал этот Тюленев, которого за глаза называли Хреном, никто не знал. Когда его об этом спрашивали напрямую — он по-хамски отмалчивался. Чего уж тут говорить, когда он кровь сдавать отказался, когда все ученые проходили обязательную медпроверку.

— Не буду я задаром свою кровь проливать, — заявил докторам Тюленев.

Доподлинно было известно лишь одно — своим исследованием он отрабатывает нехилый грант Русской Православной Церкви. А еще злые языки поговаривали, что Хрен неспроста так часто околачивается в здании администрации Мудрова. Что он туда ходит на всех стучать.

Можете представить состояние Масякина. Он был убежден, что денно и нощно на него собирается компромат. Чтобы выгнать из Мудрова с таким скандалом, после которого в приличные места не берут. После этого только вместе с Валей работать в путяге психологом. Рассказывать балбесам о влиянии Микки-Мауса на психику, успевая уворачиваться от жеваной бумаги.

Что связывало Цой и Хрена, кроме их обоюдной внешней непривлекательности, Масякин не мог разгадать, хоть и наблюдал их чаще всех прочих жителей Мудрова. В интимную связь между двумя столь некрасивыми людьми он не верил.

К нему все еще подходили особо пытливые коллеги: «Ну, чего, разузнал, чего эти уроды задумали? А то ходит этот, с глазами — какашками хомячков и сует всюду свою брюкву». «Глухо», — тоскливо отвечал Масякин.

Тему своих исследований Цой тоже держала в секрете, но все равно не таком строгом, как у Тюленева. Из достоверных источников стало известно, что она занимается разработкой альтернативных видов топлива, с использованием растительных экстрактов.

Узнав об этом, Масякин завис. Раньше Цой занималась почерковедением, а также связью почерка с сознанием человека, и была в этом крупнейшим специалистом в стране. Если бы кардинально поменять научную тему было так просто, — сам бы занялся актуальными разработками искусственного интеллекта.

3. Худеющие

Во время учебы в магистратуре, а после и в аспирантуре, Масякин с Валей были близкими друзьями. А уж сколько водки с винищем выжрали за время учебы... Однажды имели опыт группового секса с однокурсницей Оксаной, после которого муторно лечились антибиотиками. Этот опыт, со всеми вытекающими, их очень сблизил и сделал на какое-то время почти братьями.

Они и сейчас общались каждые два-три дня, в социальных сетях и по скайпу. Естественно, Масякин поведал товарищу о Цой, престижной лаборатории, пополняемом баре и тревожных снах. Валя прокомментировал только лабораторию, а про Цой вообще сделал вид, что не заметил (и Масякин знал, почему, вернее, думал, что знал).

По поводу снов попросил Масякина, насколько это возможно, постараться запомнить, о чем ему говорит девица. А не только на грудь ее пялиться. Масякин честно пытался, только так ничего, кроме сисек, и не запомнил.

Где-то спустя неделю Валя написал другу, чтобы тот попробовал переселиться от этой выдры. И что сам он скоро прибудет в компании трех прикольных ПТУшников, своих воспитанников. Лучше всего, если Масякин пробьет для них официальное приглашение на экскурсию по Мудрову, — так они сэкономят деньги, и вообще проблем будет меньше. И что все это очень важно, но подробности он расскажет ему при встрече. Масякин и сам подумывал о переезде в подземную лабораторию, а тут еще это, так что ускорился.

На одном подземном этаже с Масякиным располагалось еще две лаборатории. В самой большой из них засела бригада ученых, работавших над таблетками для похудения. Свой проект они сначала хотели продать «Гербалайфу».

Но когда узнали, что фирма покупает его только затем, чтобы похоронить, передумали. И решили похоронить вместо этого «Гербалайф». Так что у отечественных ученых тоже есть гордость, с которой нужно считаться. После выпуска волшебных таблеток зарубежную компанию по всем прогнозам ждало разорение.

Все у них шло зашибись, и они даже приступили было к эксперименту над людьми, но тут стряслась беда.

Отборные стопятидесятикилограммовые подопытные толстяки действительно похудели, причем в крайне короткий срок. И стали весить в среднем килограммов семьдесят-восемьдесят. Что было уже совсем триумфально и в пределах нормы. По этому поводу устроили грандиозную пьянку.

Масякин на ней сильно перебрал и трогательно уснул в туалете, в обнимку с унитазом. Спящего сфотографировали, и фотография эта стала хитом в местной сети. Потом она просочилась в СМИ, и чуть не разразился скандал на государственном уровне, подогреваемый радиостанцией «Эхо Москвы».

Вот, говорили ведущие политических обзоров, полюбуйтесь, чем ученые в Мудрове занимаются вместо того, чтобы изобретать. Масякина, возможно, уволили бы к чертям, но с затылка его никто не узнавал, потому что здесь у каждого третьего был точно такой же плешивый затылок. Про белый халат и говорить не приходится.

Трагическое известие последовало ровно через неделю после памятной пирушки. В связи с прекращением приема лекарств потеря в весе у толстяков не только не прекратилась, но еще и усилилась. Сверхплотное питание жареной курицей, жирной свининой и бигмаками не помогало. Вскоре все экс-толстяки настолько истончились, что медики были вынуждены положить их под жировую капельницу.

Расстроенные ученые уехали в отпуск в Турцию, на прощание закатив еще одну пьяную вечеринку. На которой Масякин опять нажрался, но был куда осторожнее, чем в прошлый раз. Тем более что по пятам за ним ходил какой-то неприятный тип в бежевом пальто и с фотоаппаратом и явно чего-то ждал.

4. Кукурузный гегемон

В настоящее время, когда лаборатория «таблеток для похудения» пустовала, с Масякиным соседствовал всего один человек, занимавший третью лабораторию. Звали его Ленгвард Захарович. Он уже приступил к экспериментам, но не говорил пока, к каким именно.

— Работа идет. Но какая именно, не скажу. Сглазить боюсь, — объяснял он.

«У всех тут секреты! Все тут гениальные ученые! Все боятся, что Масякин у них что-нибудь сплагиатит!», — сердился Масякин, но вслух ничего не говорил, поскольку он и вправду подумывал что-нибудь эдакое разузнать. Чтобы в следующий раз можно было податься в американское посольство не с пустыми руками.

Время от времени Масякин слышал взрывы, доносящиеся из лаборатории Ленгварда Захаровича. И очень боялся, что взрывы эти обрушат здание, а он, Масякин, потеряет не только лабораторию, но и себя. Охранники заверили, что в курсе экспериментов Ленгварда Захаровича, и ничего страшного в них нет. Здание к такому приспособлено, выдержит.

Ленгвард Захарович был для ученых культовой личностью. В инноград он переселился одним из первых. Платили ему чуть ли не самые большие деньги, — прибавка за то, что он был не просто исследователем, но и олицетворением мощи отечественной науки, ее счастливой преемственности.

Когда крупнейшие ученые слышали о том, что в Мудрове работает ОН, их рвение переехать туда возрастало в разы. Впрочем, даже такого, увеличенного рвения хватало далеко не всегда. Из силиконовой долины почти никто так и не вернулся: кто туда доплывал, предпочитал судьбу не испытывать.

Ленгвард Захарович не всю жизнь был человеком науки.

Все началось с возвращения Никиты Хрущева из легендарного турне по Штатам. Повсеместного внедрения кукурузы на полях нашей Родины генсеку показалось мало, и он решил пойти еще дальше. За основу этого «дальше» был взят один из малоизвестных проектов Сталина по созданию «идеального советского человека». Один из самых амбициозных планов отечественной евгеники, к сожалению, так и не воплощенный при Отце народов.

Суть обновленного проекта сводилась к тому, что рабочий может трудиться на благо советского отечества в разы эффективней, если не будет делать перерывов на обед. А перерывы эти он не будет делать, потому что это ему не понадобится. Зачем они нужны, когда питательнейшая кукуруза растет под рукой, вернее, под рубашкой, — сорвал и захрустел. (В оригинальной, сталинской версии вместо кукурузы должна была произрастать молодая вареная картошка).

Назвали проект «Кукурузный гегемон». К поиску подопытного подошли самым ответственным образом. Идею взять кумира современной молодежи хоккеиста Коноваленко отвергли, — поедание кукурузы во время матча его только бы отвлекало. Выбрали Ленгварда Захаровича — в свои восемнадцать он уже был передовиком производства и отличником марксизма-ленинизма.

Говорят, что Никита Сергеевич лично одобрил его кандидатуру. «Вот такие парни нам и нужны! — будто бы провозгласил он. — В здоровом молодом теле — здоровый молодой дух. Грудь мускулистая, широкая, волосатая, а уж кукуруза как на ней будет произрастать — пальчики оближешь!»

Эксперимент прошел удачно, и на груди Ленгварда Захаровича «заколосились» пусть не целые кукурузные початки, а отдельные зернышки, но зато величиной почти что с кулак.

40

Таково было основное эстетическое требование проекта: кукуруза не должна была расти початками, что неэлегантно и двусмысленно топорщилось бы под одеждой. Готовые к употреблению большие воздушные зерна — совсем другое дело.

Вскоре, как известно, Хрущева сняли с должности за проявленные им в управлении субъективизм и волюнтаризм. В целом ряде регионов радостно отказались от выращивания кукурузы. Многообещающий проект «Кукурузный гегемон» закрыли. На случай, — мало ли чего, все-таки эксперимент денег стоил, да и как-никак достижение, — Ленгварда Захаровича не избавили от кукурузы, произрастающей на груди. Вместо этого его закрыли на одной из правительственных дач.

Ленгвард Захарович скучал по работе, ему нравилось быть передовиком. Тут тебе и грамоты, и внимание девушек. И будто бы вся страна тебе принадлежит. Но потом он примирился с новыми условиями, тем более что сознавал, что делается это все на благо Родины, так что он вовсе не тунеядец.

Он стал заниматься самообразованием и вскоре экстерном получил звание кандидата наук. Изучая собственное кукурузное тело, гегемон не только написал впечатляющую диссертацию, но и две монографии, а также бесчисленное множество статей.

На этой же государственной даче Ленгвард Захарович и прожил в качестве особо охраняемого объекта до самого развала Советов. Когда же этот развал произошел, все бросились приватизировать все, что криво лежит, и кое-кому показалось, что и Ленгвард Захарович лежит не слишком прямо.

Его не только приватизировали, но и продали США, против чего сам он протестовал, но кто его будет слушать. В Калифорнии Ленгварда Захаровича всесторонне исследовали, написали массу докладов. Каждый из них сводился к тому, что это круто, без базара, но того не стоит. И вообще, у объекта дурной нрав: во время осмотров он кусается, матерится на пяти языках и обзывается «капиталистическими свиньями».

Ленгварда Захаровича переселили в американский дом престарелых в славном штате Техас. Где он отнюдь не впал в маразм от отчаяния, но продолжил себя исследовать. Кроме смертельной скуки, его подстегивало еще и то, что структура кукурузных плодов стала меняться. Среди привычных, хорошо описанных зерен стали появляться совсем другие, удивительные, обладающие специфическим вкусом и свойствами. Ими он в последнее время и занимался.

О горькой судьбе ученого-испытателя в девяностые годы попытался снять репортаж Невзоров, но ему запретили. Потому что Ленгвард Захарович все еще считался почти секретным объектом, хоть уже и не нашим. Вот так Невзоров не снял о нем репортажа.

Но потом цены на нефть взлетели, президент решил отгрохать Мудров, и Ленгварда Захаровича выкупили обратно. Чисто чтобы доказать ученым серьезность государственных помыслов. Мол, мы если и продаем своих в рабство, то потом выкупаем обратно. Такой пиар многим казался сомнительным, но на некоторых ученых подействовало. Потому что они хоть и были людьми умными, но оставались такими же, как все, тупорылыми.

5. Чипсы со вкусом бекона

Масякин сразу же поладил с Ленгвардом Захаровичем. Кукурузный старик напоминал ему дедушку, которого тот очень любил. Вместе они выпивали не менее трех раз в неделю.

Однажды, когда они так сидели, обнаружилось, что водки еще остается прилично, а вот закуски не хватает катастрофически. Оба были уже довольно пьяненькие. Масякин, как самый молодой, вызвался сходить в пищеблок, попросить у поварих котлеток по-киевски, горошку зеленого и сосисок. Ленгвард Захарович остановил его жестом кулака, заявив, что сам никогда ничего у государства не просил, и ему просить не позволит.

— Масякин, — сказал он добродушно-грозным, в советских традициях, голосом. — Ты парень хороший, не то что все эти буржуазные выродки. Ты мне друг.

— И ты, — Масякин приобнял пожилого ученого правой рукой. — И ты мне тоже хороший друг. Но давай я сейчас так, по-быстренькому за закусью сгоняю, а там продолжим...

— Ты мне близок, Масякин, — продолжал кукурузный старик. — И я хочу, чтобы ты стал мне еще ближе.

Ленгвард Захарович принялся медленно расстегивать рубашку сверху вниз, пуговицу за пуговицей, от чего Масякин побледнел. У него никогда в жизни не было гомосексуального опыта, и он совсем не хотел его получать. Но, с другой стороны, Ленгвард Захарович был фигурой видной, напоминающей к тому же родного дедушку.

Пока Масякин обдумывал дальнейшие перспективы, Ленгвард Захарович уже разделался с пуговицами и распахнул хлопковую рубаху. На его груди среди серебристых волос произрастали золотистые, размером почти с кулак, плоды воздушной кукурузы. Масякин о них много слышал, но всегда стеснялся попросить старшего товарища, чтобы показал.

— Нам не нужна закуска, — подтвердил пожилой ученый. — И она у нас есть! Только синенькие не бери. Бери те, что желтые. Синенькие даже задевать опасно.

Сперва Масякин конфузился срывать кукурузу с тела своего коллеги. Боялся того и гляди нанести ему какой-то ущерб. Вдруг кровь потечет на месте срыва, и ее будет уже не остановить? Вдруг он случайно до синенького дотронется, и тоже что-нибудь непредвиденное произойдет? Видя его смущение, Ленгвард Захарович сам сорвал плод и щедрым жестом протянул Масякину.

— Угощайся, — ласково скомандовал он.

Масякин угостился, но только после того, как для смелости опрокинул граммов пятьдесят. Кукурузный плод приятно хрустел на зубах и походил на чипсы со вкусом бекона.

— Одного, Масякин, понять не могу, — разоткровенничался Ленгвард Захарович. — К чему ты всякой ерундой занимаешься, вместо того, чтобы нормальное что-нибудь исследовать... Шел бы тогда уж ко мне, помощником. Знаешь, какую карьеру на этих малютках можно сделать, — здесь Ленгвард Захарович с гордостью указал пальцем на свои кукурузные наросты. — Я у тех, что синенькие, открыл просто поразительные свойства. Понимаешь, когда они отделены от тела, спустя десять секунд... Впрочем, пока не будем об этом. Боюсь сглазить. Так что, пойдешь ко мне помощником?

— Спасибо за предложение, — сказал Масякин, с грустью припомнив, как его не взяли в США. — Я подумаю.

В Мудров Масякина тоже не сразу взяли из-за его темы, хоть и испытывали нужду в молодых талантах. Он все-таки изловчился и убедил комиссию, что пригодится отечеству.

Все разноцветные графики и диаграммы в его презентации явно указывали на то, что благодаря исследованию детского восприятия героев мультфильмов наша анимационная промышленность может оставить Дисней далеко позади. Сколько денег принесет мировой прокат — отдельная песня. Даже не песня, а конкретно гимн. Гимн поднимающейся с колен Родины. Продолжительные несмолкающие аплодисменты.

У приятелей Масякина всегда отлично получалось с кем-то выгодно выпивать, сам же он никогда не мог этого провернуть. Когда-то пытался вот так же сблизиться с замдекана, куда более влиятельным на факультете, чем сам декан.

В итоге поссорился с ним и подрался. Замдекана оказался мужиком мощным, и Масякин месяц читал студентам лекции с фонарем под глазом. А тут вроде и не планировал ничего подобного, а предложение от Ленгварда Захаровича поступило такое, что грех его упускать. Масякин даже протрезвел на радостях. А «я подумаю» сказал, только чтобы смотреться выгодней.

6. Новый Мудров

Когда Ленгвард Захарович ушел домой, Масякин поплелся в свою лабораторию спать. Той ночью ему не снились толстые аппетитные девки на фоне звезд, а снилось ему, как президент вручает ему и Ленгварду Захаровичу госпремию за их извращения с кукурузой.

В ту же самую ночь Ленгвард Захарович, локомотив масякинских грез, так и не дошел до своего спального комплекса. Ему оставалось пройти еще метров двадцать, как вдруг у цветущего куста сирени он услышал чарующей красоты звук, манивший его совсем в другую сторону. Здесь может возникнуть вопрос: как могла цвести сирень в Мудрове, если из прошлой главы внимательному читателю ясно, что дело происходит в самом начале весны?

Все потому, что Мудров неустанно обогревался подземными батареями, и не только ими. Это было сделано для того, чтобы в инограде всегда сохранялась одна и та же погода, сравнимая либо с поздней весной, либо с ранним летом.

На улицах Мудрова повсюду росли пальмы и комнатные растения, прямо как в Майами. Если и лил дождик, то только грибной, освежающий и приятный. Здешняя погода сама по себе была смелым экспериментом еще одной группы ученых. И эксперимент этот проходил куда удачнее, чем у тех, кто занимался таблетками для похудения.

Ввести аналогичную погодную систему в первопрестольной планировалось в следующем году. Но в данный момент все ученые, услышавшие загадочный звук, безвольными зомбаками устремились к его источнику. Иногда они спотыкались и падали, с трудом поднимались и продолжали свой путь. У многих по подбородку стекала слюна.

В звуконепроницаемой лаборатории Масякин мирно сопел всю ночь. Если не считать трех случаев пробуждения, когда он на пару минут присасывался к полуторалитровым «Ессентукам».

Масякин вновь засыпал и видел следующий сон, слаще прежнего. Чернокожий американский президент-гей встречается персонально с ним во время своего визита в Москву.

— Зачем тебе эта Рашка, — широко улыбается негр-гомосек. — Перебирайся-ка лучше к нам. У нас весело. Бритни Спирс недавно выписали из больницы после очередного передоза. Ей нужен мужик, чтобы держал ее в строгости. Или тебе мулатки больше нравятся?

— Я подумаю, — невпопад, но кокетливо отвечает Масякин.

Масякин видел счастливые сны и не знал, что в это самое время в недрах одного из научных комплексов старого Мудрова в муках рождался Мудров новый, — редкостный мутант и уродец.

Новорожденный Мудров тут же почувствовал присутствие внутри себя непрошеных глистов. Чтобы проверить, что это за червячки, он отправил своих разведчиков. Считается, что разведчики — это глаза и уши тех, кто послал их на задание.

В данном случае разведчики были только глазами. Правда, при этом совсем не простыми глазами. Обладающими не только замечательным зрением, но и абсолютным музыкальным слухом.

7. Злое утро, Масякин

Проснулся Масякин часов в девять утра от того, что кто-то гладил его по щекам. Это как раз и был разведчик — гигантских размеров глазное яблоко. Поначалу Масякин подумал, что спятил, и успокоился.

Его любимый дедушка, похожий на Ленгварда Захаровича, в свое время лежал в психушке. Так что Масякин не видел в этом ничего предосудительного. Часто навещал его в детстве. Медсестры были очень ласковы с маленьким Масякиным — поили чаем с печенюшками и глазированным зефиром.

Глаз-шпион был огромным в сравнении с обычным глазом, величиной со среднюю кошачью голову. Передвигался он на двух рядах лапок-ресничек, довольно толстых и мохнатых, отчего напоминал какого-то ядовитого паука. В том, что глаз ядовитый, сомневаться не приходилось, — кислотно-зеленая окраска «белка» не оставляла вопросов. Зрачок у глаза был ярко-красный, овальной формы, а радужка желтая, вся в бурых пятнышках.

«Ну и пусть, — подумал Масякин. — Зато теперь мне не надо будет работать и самому себя обеспечивать. В больнице меня покормят и лекарствами, и манной кашей. Главное, чтобы персонал попался хороший. Чтобы он меня не обижал. Если я буду себя хорошо вести, они угостят меня чаем с печенюшками и глазированным зефиром. Нужно будет предложить им такой вариант, только так, чтобы они думали, что сами до этой мысли дошли. До этого какое-то время поживу в отделении для буйных, чтобы набить цену своему хорошему поведению».

Глаз пялился на Масякина, а Масякин на глаз. А потом он возьми, да и засунь свою неприятную лапу-ресничку в одну из масякинских ноздрей, да так глубоко и грубо, что Масякин чихнул на глаз кровью. Только тогда Масякин понял, что это вовсе не болезненное видение, а настоящий глаз-монстр, и ему еще рано думать о заслуженном отдыхе в психушке.

Дав глазу в глаз кулаком, Масякин вскочил с кровати. Глаз-монстр не ожидал такого поворота и поэтому не успел ужалить врага. Подбежав к поверженному монстру, Масякин принялся гневно топтать его правой ногой. Отчего тот хрустнул тонким стеклом и превратился в неприятное зеленое месиво с торчащими во все стороны лапками.

«Интересно, — озадачился Масякин. — А вдруг он сюда не один пришел? Где это видано, чтобы глаза ходили поодиночке. Если только речь не идет о циклопских и пиратских глазах, разумеется. Нормальные глаза природой запрограммированы шастать парами. Тогда где-то здесь должен находиться его подельник, — Масякин с ужасом осмотрелся, но никого не обнаружил. — С другой же стороны, — продолжал рассуждать молодой ученый, — а вдруг в данном случае я мыслю шаблонами. Ведь этот глаз очень похож на паука. А у пауков их может быть вообще множество. У паука-серебрянки, если не ошибаюсь, вообще 16 глаз имеется».

От таких мыслей Масякину стало страшно, и он решил больше не думать на эту тему. Про то, что глаз мог пожаловать не один, Масякин рассудил верно. Его брат-напарник ретировался в тот самый момент, когда Масякин был занят прыганием и топтанием поверженного врага.

Кстати, дематериализовался этот глаз таким же экстравагантным способом, каким и появился в звуконепроницаемой лаборатории, — просто хлопнул своими ресничками-ножками, вроде как закрылся, и исчез. Уже через секунду он вновь открылся в совсем ином месте. Сыром и темном, наполненном вальяжным зеленым свечением. И со всех лапок-ресничек побежал к источнику этого света, докладывать начальству об увиденном и перенесенном.

Масякин поднялся по лестнице на первый этаж. Лифт не работал, что было на его памяти впервые, а место охранника пустовало, чего тоже никогда не случалось. Их, охранников, было двое — Тихонов и Федоров. Работали они посменно. С Федоровым у Масякина сложились теплые отношения, а Тихонов был занудой и всегда спрашивал пропуск. Но сейчас отсутствовали сразу оба.

Масякин вышел на улицу, где у него перехватило дыхание от увиденного. Хотел было громко заорать что-нибудь народно-матерное, но не нашел подходящего слова. Полюбившийся Мудров он узнавал с огромным трудом. Вроде бы здания остались теми же самыми, но заметно состарились, и теперь их покрывал темный налет. Бордюр порос мхом, но не зеленым, а ржавым. Дорога, присыпанная пылью, сплошь была усеяна трещинами и выбоинами.

Первой мыслью Масякина было то, что какой-то имбецил доигрался, и у него взорвалось что-нибудь радиоактивное. И теперь все жители передохли. Или превратились в ядовитые пауко-глаза. И возможно, он убил там охранника Федорова, которому можно было еще помочь мутировать обратно, но теперь не поможешь. Или это был Тихонов. Лучше бы, конечно, Тихонов.

Мобильная связь накрылась. На экране у значка антенны Масякин не обнаружил ни единого деления.

Неясно было, куда идти и что вообще делать. Поэтому Масякин пошел не пойми куда и непонятно зачем, надеясь, что по дороге поймет, куда и зачем. Чем дольше он шел, тем более пугающими становились здания. Асфальт глухо отзывался под ногами. Время от времени слышался странный скрип. Словно ветер качает плохо смазанную дверь железной калитки. Масякин остановился, повертел головой в поисках источника звука.

Ничего не увидел и пошел дальше. Потом снова услышал скрип. Такой же, только ритмичный и приближающийся.

ГЛАВА IV

Разруха не в клозетах, а в головах.

Филипп Филиппович

1. Ночной разговор

В Мудров добираться ночь поездом, потом сколько-то часов на служебной машине. С плацкартными местами «Трезвому взгляду» повезло: все четыре в одной «кабинке». А то, что рядом с сортиром, так это даже удобно.

На боковухах горбились темные личности кавказской наружности и мрачно пили нарзан. Подолгу пялились то в окошко, то друг другу в глаза, будто соревнуясь, кто кого пересмотрит. Жека за ними следил, так как был убежден, что они террористы. Заметив его внимание, кавказцы совсем перестали общаться даже на своем тарабарском языке. А вот переглядываться стали чаще и свирепей. Подозрительным было и то, что молодую привлекательную проводницу они словно не замечали. Не шутили с ней, не задирали юбку, не ставили подножек. Проводница и сама была этим озадачена.

На столе у членов клуба стоял большой пакет с сушками и двухлитровая коробка сока, сильно разбавленного водкой. В ящике сиденья лежал пакет с еще одним таким же комплектом. Валя был не в восторге от такого коктейля. Переживал за свою поджелудочную. Но зато при таком варианте не было палева перед общественностью. Все ж таки плацкартный вагон — место людное, так что не стоит здесь набираться в открытую. Тем более с несовершеннолетними пацанами. К тому же их наставнику и педагогу.

Сначала все были напряжены, но потом под действием сока расслабились, и настроение стало почти отпускное. Костет, Жека и Вовка выкладывали Вале последние новости. Перед отъездом их народилось особенно много. И вроде смешно рассказывали, дополняя и перебивая друг друга, обмениваясь веселыми тумаками. Но Вале от этих историй было совсем безрадостно.

Например, есть у них общий знакомый, по имени Игорь. Его батя владел салоном авторемонта и недавно отгрохал на даче трехэтажную домину. Не сам, конечно, силами таджикских гастеров, но смотрится зачетно. С дачным сарайчиком мамаши Костета вообще ни в какое сравнение.

Игоря никто не любил, потому что еще со школы он много выеживался. И все шмотки на нем были сплошь оригинальный «адидас». Очень любил почему-то эту фирму.

Игорь числился на первом курсе Военмеха, и часто устраивал дачные выезды вместе со своими друзьями-студентами. Костета, Жеку и Вовку на них не звали — для него они были слишком молодыми и не того круга. На прошлой неделе, когда оттепель случилась, затеял Игорь очередную пати. Баб позвал, корешей своих, кегу пива притаранил, несколько бутылок «мартини», или что они там пьют. Банька, «фанты», «крокодил», «мафия» и прочие интеллектуальные игрища.

Утром одна девка споткнулась о какую-то корягу у самого крыльца, упала и рыло себе расквасила. Сначала все внимание на ее пятачок переключили, кровь останавливали, которая как из прорвавшейся трубы била. Потом присмотрелись к той коряге, а это была, оказывается, не коряга вовсе, а рука человеческая. Землю размыло, вот она и высунулась, словно поздороваться, помахать всем живущим...

Вызвали ментов. Менты им там все раскопали. Крыльцо разнесли нафиг. Оказывается, эти таджики, что там работали, друг с другом перессорились и подрались. Самый молодой таджик погиб в неравном бою с соотечественниками. Деньги, которые ему причитались, таджики постарше разделили между собой. По праву победителей.

Судмедэкспертиза показала, что парень этот был пятнадцати лет от роду, а задушили его ремнем из кожзама. Подделкой под фирму «армани». Его убийц все еще ищут, но вряд ли найдут — документы-то у них липовые были. Работают, небось, у кого-нибудь на даче прямо сейчас.

После этого вспомнили про нацистскую секс-вечеринку. Ее, давненько уже, устраивали свои же путяжные скинхеды в подвале дома по соседству. У них были от него ключи, и они там все обставили соответствующей атрибутикой: орлы, портрет Гитлера на белом коне, свастики всех видов. Также там был старый телик «голдстар» и дивидишник, умеющий крутить МП3, — как будто свой частный вип-клуб.

Вовке скинхеды симпатизировали, потому что он был статен, белобрыс и чем-то походил на парней с пропагандистских картинок Третьего рейха. А вот Жеку с Костетом хоть и пальцем не трогали никогда, но недолюбливали. Одного за то, что слишком какой-то чернявый и кучерявый (уж не жиды ли в роду), а другого, потому что лох и задрот.

Позвали на арийскую секс-вечеринку одного только Вовку. Подошли на перерыве, когда он с корешами тусил, и предложили поучаствовать. Обещали море бухла и первоклассного секса. Вели себя демонстративно и нагло, будто Костета с Жекой вообще рядом не стояло. Вовка, конечно, вежливо отказался (вежливо, потому что нафиг лишних врагов наживать), отчего Костет с Жекой его еще сильнее зауважали. Вот что значит настоящая мужская дружба.

(На этом месте образовался перерыв, — тост «за настоящую дружбу».)

У скинов для сексуальных утех была постоянная крашеная блондинка, звали которую Юля. Она считалась истинной арийкой, потому что давала всем скинхедам из идейных соображений. Хоть питерским, хоть заезжим. Настюха, кстати, была с ней знакома, но не общалась. Потому что считала ее не истинной арийкой, а обыкновенной блядью. И вот они тогда все потрахались, и Юлька потом неизвестно от кого залетела. Все, кто в той вечеринке участвовал, человек шесть, скидывались на аборт. Потом, правда, грустно шутили, что вот родился бы пацаненок и стал бы «сыном путяги». Воспитывали бы его все вместе, коллективно приучаясь к ответственности...

Вале эта история напомнила о приключениях с Оксаной и лучшим другом Масякиным. Как они тогда отожгли в 24-ой аудитории, налакавшись крымского портвейна, купленного со стипендии! Промотали все деньги за вечер, но зато есть теперь что вспомнить. Валя не видел Масякина где-то полгода (по скайпу не считается). Успел за это время сильно по нему соскучиться.

С этими же нациками произошла другая, уже совсем печальная история. Рассказывая ее, пацаны уже не шутили. Насупившись, глядели кто вниз, кто в пустоту. В их районе поселился хачик и открыл свой бизнес по ремонту обуви. Работал лучше других, брал меньше, и сразу оброс постоянными клиентами. Тогда конкуренты, тоже хачики, но из другой общины, стали думать, как его приструнить. Чтобы либо цены повысил, либо набойки ставил хуже качеством.

Вежливые разговоры на него не действовали, а запугивать они еще не пробовали. Наняли для этого местных скинхедов, а те и обрадовались. Рассудили, что, с одной стороны, благое дело совершат, наехав на «зверушку», с другой — бабла заработают. А то, что эти деньги очередной «понаехавший» заплатит, их не волновало. Может, хотели на них оружия прикупить, но, всего скорее, просто набухаться с Юлькой.

(Местные нацики, хоть и оставляли всюду граффити про ЗОЖ и про то, что «Русский — значит трезвый», но делали это почти также отстраненно, как местные волонтеры агитировали за отказ от курения).

Сунулись ночью вчетвером, с битами и арматурой, а у хачика ротвейлер был огромный и злющий. Наниматели им об этой адской шавке ничего не сказали, может, специально. Ротвейлер одного загрыз, другого сам хачик застрелил из охотничьего ружья. Оставшиеся двое сели в машину и стали драпать. Потом за ними полиция, как назло, увязалась. Гнали как сумасшедшие, оторвались почти. И тут внезапно на дорогу мусоровоз выехал. Не тот, который полицейских возит, а тот, который нормальный мусор по утрам забирает. Странно, конечно, откуда среди ночи мусоровоз, — но кто теперь разберет. Погибли оба.

Эти нацики учились в 254-ой группе, вместе с тремя дагами. Теперь даги по ним скорбят. Слоняются по путяге осиротевшие, повесив чернющие головы, и некуда им себя приспособить. Некому стало удаль свою южную показывать, а значит, и поводов нет для победной лезгинки.

Хотя Костет, Жека и Вовка всю жизнь считали скинов редкостными мудаками, но сейчас подняли пластиковые стаканы, не чокаясь. Валя тоже подумал, что жалко, можно ведь было попытаться их перевоспитать: из таких пассионариев часто получаются добротные, социально активные граждане. Просто пути своего не нашли. Или нашли, наоборот. И закончиться все должно было именно так, как закончилось: на полной скорости в брюхе мусоровоза.

С началом второй коробки водкосока позитива прибавилось. С каждым новым стаканом Жека косился на предполагаемых террористов все более открыто. Иногда он им подмигивал, дескать, слежу за вами. Когда соководка закончилась, все уснули.

До самого места назначения никто из кавказцев никого не порезал и даже не взорвал. Стоя на перроне, Жека провожал взглядом их удаляющиеся фигуры. Беспокойство не покидало его. Когда они совсем скрылись из виду, оно усилилось настолько, что он готов был помчаться за ними следом. Жека жопой чуял — что-то с ними не так. Что-то они задумали.

2. «Добро пожаловать, Новые Ломоносовы!»

Масякин подробно расписал Вале, куда идти и где ждать служебной Мудровской машины, — у магазина «24 часа», между доской «Их разыскивает полиция» с несколькими, как на подбор, кавказскими физиономиями, и рекламой энергетического коктейля.

«Разбуди свое либидо!» — гласил слоган под цветастой алюминиевой банкой с изображением кентавра.

— А что такое либидо? — вытаращил глаза Жека, временно позабывший о террористах. Он впервые видел эту рекламу, потому что в Питере такого энергетика не продавали.

— Мужской половой член, по-научному, — выдвинул гипотезу Вовка. — Так ведь, Вальтер Михайлович?

— Напомните, когда приедем, чтобы я вам про психоанализ рассказал, — отозвался Валя. Любые проявления любознательности пацанов его радовали. В такие моменты он чувствовал, что тратит свою жизнь не напрасно.

Служебная машина опаздывала уже на сорок минут. Плюнув на роуминг, Валя позвонил Масякину, но поговорить с ним не удалось. Распутным голосом девушка-автомат сообщила, что сожалеет, но абонент отсутствует в зоне действия сети.

Костет, Жека и Вовка тем временем отправились искать аборигена. Хотели узнать, далеко ли им топать до Мудрова. Местные их шарахались, видимо, принимая за шпану. Подходили пацаны резко, спрашивали неделикатно, и выглядело все это, как отвлекающий маневр. Тогда они отрядили спрашивать Костета, как самого безобидного. У первого же встречного удалось выяснить, что до Мудрова далеко, но автобусы туда не ходят — режимный объект.

Вале совсем не хотелось тратиться на машину, но все же пришлось. Закончилось это тем, что мятый жигуленок непоправимо заглох, преодолев три четверти пути. Значит, повезло. Экономный педагог обрадовался и дал водителю-алкашу, под предлогом «недоезда», лишь половину условленной суммы. Заметив это, Жека весело покосился на Вовку: еще неизвестно, кто кому должен фофан давать, — рано они прекратили спор по национальному вопросу.

Пешая прогулка заняла больше трех часов. За это время по дороге не проехало ни одной машины, ни в Мудров, ни из него.

— Чувствуете, воздух какой?! — восторженно отметил Вовка, сделал глубокий вдох и закашлялся. Меньше надо было курить.

Воздух и впрямь был потрясающий. Да и откуда взяться плохому воздуху, когда вокруг столько деревьев, пусть голых, лишь присыпанных снегом. Толпящихся здесь табуном темных и крепких разновозрастных баб в одном нижнем белье. Территория Мудрова раньше была частью охраняемого лесопарка, но потом ее «отрезали» и построили инновационный центр.

Активисты-экологи пробовали возражать, но сориентировались в ситуации и быстро свернули кипеж. Слишком статусным и раскрученным был проект. Все ему радовались, особенно президент. Кто был против Мудрова — тот автоматом был против развития науки и техники и выполнял заказ Госдепа.

Теперь от железнодорожной станции сюда проложили качественную широкую дорогу. Идти по ней посреди всей этой природы было одно удовольствие. Только вот Валя испытывал его во все меньшей степени. «Уже скоро», — утешал себя он, остановившись, чтобы ослабить ремень.

Впереди был виден красивый и длинный забор пятиметровой высоты. Его огромные ворота с поблекшей вывеской «Добро пожаловать, Новые Ломоносовы!» были наглухо заперты. На проходной тоже никого не было, хотя дверь ее и была распахнута.

3. Сортирный террор

С полчаса делегаты «Лидерского клуба» не решались войти на территорию. Курили на проходной (все, кроме Вали) и ждали, пока хоть кто-то появится. Масякин писал, что у них там очень строгая охрана — бывшие десантники, вооруженные травматическими автоматами.

— Где же они! — возмутился Валя, вновь схватившись за живот.

Стул перед мониторами пустовал, на его спинке висел серый бронежилет. Что показывают на мониторах, ни Валя, ни пацаны видеть не могли. Потому что мониторы стояли к ним спинами, а экранами, соответственно, к месту охраны. А если бы видели, то удивились бы, потому что на мониторах не показывали ничего, кроме продольных и поперечных помех. Причем помехи эти были кислотно-зеленого цвета.

Когда «Трезвый взгляд» отважился пересечь проходную, то увидел он ту же самую картину, что и Масякин, покинув бункер впервые после катаклизма. Как и Масякин, «Трезвый взгляд» был потрясен до глубины души. Совсем не так экскурсанты представляли себе «город будущего».

Угрюмые закопченные типовые здания с чернеющими окнами. Покрытый пылью и мхом асфальт, кое-где пробитый молодым подорожником. Теплый и сильный ветер, завывающий в уши и задувающий за воротник, притом, что за забором вообще никакого ветра — тишь да благодать. Деревья и кусты разрослись, как на нехоженом тропическом острове. Многочисленные сочинские пальмы только усиливали общий колорит одичания и сумасшествия.

Не было видно ни души, но зато было тепло. Масякин предупреждал о подземных и разных других обогревателях. Хорошо, хоть они продолжают работать, значит, не все здесь умерло. Валя и пацаны скинули часть одежды, чтобы было не так жарко. Первое соображение, высказанное Вовкой, было точно таким же, как у Масякина: кое-кто здесь довыделывался с научными выкрутасами.

— Надеюсь, хоть радиации здесь нет, — проговорил Жека, любивший погеймиться в «Сталкера».

От такого предположения у Вали дернулось веко левого глаза — ему мысль о радиации почему-то не пришла в голову. Всю дорогу хотел по-большому, а теперь захотел особенно сильно. Лоб его мгновенно покрылся испариной. Делать это по дороге ему не хотелось. Зачем, когда можно дождаться комфортных условий и получить от процесса удовольствие. Дождался, блин.

— Мне погадить надо бы, — открылся пацанам Валя.

— Вовремя же ты, — Вовкин голос приобрел отцовские интонации. — А чего, в лесу не сходить было?

— Там не так сильно хотелось. Думал, ничего, дотерплю.

— Бывает, — Жека смотрел на Валю понимающе.

— Может, прямо здесь где-нибудь, — предложил Костет. — Смотри, сколько вокруг кустов всяких. И пальм.

— Давайте лучше нормальный ватерклозет поищем, — скрючился Валя. — Место такое. Наукоград. Что там за здание? Табличка висит какая-то. Костя, будь другом, сбегай, посмотри.

Здание это мало чем отличалось от прочих и стояло ближе всех к проходной. Костет послушно сбегал, но табличка была слишком грязная — надпись не читалась. Тогда он протер ее рукавом куртки, и она засияла медью. На ней красивыми ровными буквами было написано «Администрация».

— Администрация! — озвучил Костет.

— Что ж, мудро, — признал Валя, с трудом выпрямившись. — Администрация находится как раз напротив проходной. Чтобы можно было, миновав охрану, сразу пройти все бюрократические процедуры.

— Кстати, тут открыто, — поделился наблюдениями Костет. — И свет там внутри горит. Электрический.

Выдохнув, Валя сказал пацанам, чтобы ждали здесь, пока он не облегчится. И не переговорит с бюрократами о том, что здесь происходит. При условии, что ему повезет их там выцепить. Если бы Валя позволил ребятам сопровождать его в администрацию, они тоже могли увязаться за ним в сортир. Под предлогом «поссать», или еще каким-нибудь. И уж в любом случае ждали бы его у дверей, а он терпеть не мог справлять потребности, когда у дверей околачиваются. Ведь именно так ему чаще всего и приходилось делать свои дела в коммуналке, в которой он проживал.

На пропускном пункте администрации не было охранника так же, как и на главной проходной, но зато стояли турникеты. Валю передернуло от мысли, что в его состоянии придется через них прыгать, как горному козлу. Но ему повезло — турникеты оказались разблокированы, а ватерклозет, спасибо указателям, отыскался почти сразу.

Быстро поплевав на туалетную бумагу и протерев ею зассанный стульчак, Валя занял удобную позицию. Лицо его вытянулось, пальцы на руках и ногах растопырились, а рот испустил сладостный вздох. Уже облегчившийся, удовлетворенный Валя изучал сортирную дверь: странно, но даже здесь, в администрации иннограда, находились умельцы что-нибудь накарябать. Может, и Валя добавит к этому свой автограф — чем он хуже.

Вот нарисованная маркером голая баба. Вот еще какая-то надпись. Но стоп. Чем это написано? Не говном же? Это было бы слишком для Мудрова. Нет, не говном. Тогда чем? Кровью? Да, так и есть. Засохшая кровь. Всего несколько слов: «Не страшно умереть. Страшно сознавать, что в эту западню я заманил своих братьев. Передайте им, что я не нарочно. Аслан», и большой отпечаток окровавленной пятерни. Валя сглотнул набежавшую от волнения слюну и поднялся.

В это самое время в сортир вошел кто-то еще, судя по шагам — сразу несколько человек. Натянув штаны, Валя, на всякий пожарный, взгромоздился на унитаз ногами, чтобы себя не обнаружить. Молодые басовитые голоса матерились. Можно было подумать, что это его пацаны, но это были не его пацаны. Какие-то другие пацаны. Явно не молодые ученые. Но тогда кто? Охрана? Маловероятно. Бандиты?

Раздалось журчание бьющих в писсуар струй. Валя почуял хорошо знакомый запах, но не мочи, а почему-то яблочного уксуса. Может, они уксус в писсуар выливали? Но зачем?

— Ну, и я ее натянул!

— Звездишь! Она бы тебе, такому лошку чешуйчатому, не дала.

— Да лана, такой шалавы еще поискать.

— Слышь, мужики! Чуете, несет чем-то?

Кто-то из бандитов сделал «упор лежа», чтобы посмотреть на ноги — узнать, есть ли кто-нибудь в кабинках. Никого не увидел. У Вали отлегло от сердца. Бандиты о чем-то переговаривались. Вроде собирались уже уходить, но внезапно выбили сортирную дверь, и дверь эта разбила педагогу нос.

Окровавленного Валю выволокли на свет, в дополнение к полученной травме шмякнули мордой о писсуар, и свет этот для него померк. Он не успел хорошо рассмотреть нападавших, но одного лишь беглого взгляда хватило, чтобы распознать в них гопников. Именно так. Это были новоявленные Мудровские гопники, самые опасные из всех существующих. Одно из многочисленных хищных чудес Нового Мудрова.

4. Похищение и погоня

— Сколько можно срать? — шаркнул ботинком Жека.

— Может, он там с администрацией базарит, — показал на табличку Костет.

— Зря мы его одного отпустили, — сказал Вовка. — Не нравится мне здесь. Стремное место.

— Я тоже беспокоюсь за Вальтера Михайловича, — поделился Костет.

Иногда либо он, либо кто-то другой из пацанов все же называли своего наставника по имени-отчеству, вопреки его попыткам построить в клубе предельную демократию. Бывали моменты, когда называть Вальтера Михайловича просто Валей язык не поворачивался. Бывали и другие. Сейчас Вовке хотелось дать наставнику затрещину, со словами: «Хули ты раньше не посрал, Валя, ептвоюмать! Заставил нас, сука, волноваться!»

— Вы как хотите, а я пойду его искать, — развернулся Жека и дернул на себя дверь. Остальные изъявили желание пойти с ним.

Не стали проверять, заблокирован ли турникет. Лихо перемахнули через него и двинулись дальше. Само собой, направились прежде всего в сортир, и насторожились, увидев кровавый след, тянущийся из-под двери. Заглянули внутрь, обнаружив еще больше крови и треснувший писсуар. Переглянувшись, побежали по следу крови.

Частые кровавые капли вывели их к распахнутому черному ходу. Здесь, на улице, след обрывался. Злодеи, похитившие Вальтера Михайловича, скрылись на каком-то транспорте, и, скорее всего, весьма паршивом, — его заунывный скрип все еще можно было расслышать. Тогда Костет, Жека и Вовка побежали на этот скрип.

Неслись за этим скрипом изо всей мочи по угнетающим и широким Мудровским улицам. В очередной раз город удивил их. Теперь уже тем, что оказался таким необъятным. Они-то представляли себе что-то наподобие обычной русской деревни, где вместо алкашей — ученые, а тут полноценный город.

С непривычки кололо в боку, но боли ребята не замечали. Страх, что с Валей случилось что-то ужасное, и они его больше никогда не увидят, пересиливал любые неудобства. Со временем они обнаружили, что их глючит: скрип слышался теперь не только впереди, но и справа и слева одновременно. При этом скрипело не в унисон, будто из трех разных источников, в разной степени от них удаленных. Тогда Костет, Жека и Вовка разделились, что было не самой хорошей идеей. Потому что Вальтера Михайловича все равно не нашли, но к тому же чуть не потеряли друг друга. А потом скрип пропал, исчез, будто его и не было. И Валя растаял вместе с ним.

5. Флэшбэк

Обессиленные пацаны уселись на бордюр. У всех троих долго не восстанавливалось дыхание и болело в груди. Костета вырвало желчью.

— Как думаете, он сильно ранен? — вытер губы Костет.

— Не знаю, — потупился Вовка. — Надеюсь, что нет.

— Жопой чую, корейская ведьма приложила к этому кривые свои ручищи! — сказал Жека.

— Я тоже так думаю, — у Костета задвигались желваки. — Падла знала, что мы придем за ней, и подготовилась.

— Как вариант, — к Вовке возвращалось самообладание. — Теперь нам нужно попытаться найти Масякина, кореша Вали, а там поглядим.

— И как ты думаешь его искать, когда мы только что чуть не потеряли друг друга? Город этот вообще дикий. Дома все страшные. И нет никого, — Жека замолк, о чем-то неожиданно вспомнив. — Чувствую себя, как в тот раз, когда мы мелкими гуляли втроем и забрели в какой-то незнакомый двор. Дома, как и везде, — шестнадцатиэтажные, попугайной расцветки, но там они какие-то стремные были, обшарпанные и будто гнилые. Как здесь примерно. И там были ебнутые какие-то пацаны, старше нас. Мелкие, лет по двенадцать, но уже с острыми большими ножами. Тебе, Костет, еще руку порезали легонечко, чтобы показать, что настроены серьезно. И сказали, что если мы еще раз в том дворе появимся, то вообще нас закопают. Вот я себя чувствую, как тогда. До сих пор тот двор обхожу.

— Не было такого, — запротестовал Вовка. — Я бы запомнил.

— Никто мне руку не резал, — проговорил Костет.

— Да вы что, охренели совсем?! — заорал Жека. — Не могло такое привидеться.

— Никто мне руку не резал, — упрямо повторил Костет.

— А вот дай, покажу, шрам, наверное, остался, — потребовал Жека.

— Не буду я во всякой ерунде участвовать, — отвернулся Костет.

— Тогда сами посмотрите! Левая рука, посредине бицухи... Шрам длинный, но не очень заметный. Ты, когда домой пришел, сказал матери, что с забора упал и об гвоздь покарябался. Она поверила.

Костет снял куртку и задрал рукав футболки с портретом довольного жизнью Аршавина. Через бицуху тянулась едва заметная бледная полоска. Такая тонкая, что с высоты поднявшегося от возмущения Жеки видно ее не было, но по изумленным лицам друзей он понял, что есть там эта полоска. Что не приснилось ему.

— Надо же, — задумчиво протянул Костет. — Шрам. Не помню, как он появился. Никогда не замечал его.

— Вот у меня сейчас чувство такое, что нам, как тогда, кровь пустили, — сказал Жека. — Только в этот раз они не Костета выбрали, а Валю. Чтобы мы съебывали подобру-поздорову.

— Пойдем отсюда, — Вовка встал и отряхнул штаны от песка ладонью.

— Куда? — поинтересовался Костет.

— Обратно. К проходной.

— Ты обурел? — подошел к нему Жека, выпятив грудь. — Чтобы мы ушли и Валю этим сукам оставили?

— Дурак ты, Жека, если подумал так, — заглянул ему в глаза Вовка. — Там вещи наши лежат. И сумка Вальтера Михайловича. В ней распечатка, в которой написано, как найти Масякина, кореша евонного.

— Ввяжемся в драку, а там разберемся, — процитировал кого-то Костет.

Опасались, что оставленные сумки кто-нибудь уже тихой сапой потырил, и теперь им точно будет не найти Масякина. Но сумки стояли точно там, где их оставили — на крыльце административного здания.

Распечатка оказалась на месте — в правом переднем кармане сумки Вальтера Михайловича. Всего два листа формата А4. На одном — письмо от Масякина: как добираться, где ждать машину, что сказать на проходной, где получить пропуска, и прочие, оказавшиеся ненужными, указания. Зато на втором — план Мудрова с пунктирной линией, тянущейся от проходной до жилого комплекса 17/Б/82 и сплошной линией, ведущей к бункеру. Оба здания были помечены крестами, как на пиратской карте сокровищ. Рядом сответствующие подписи — «жилой комплекс» и «подземная лаборатория». Названия остальных зданий были нечитабельны — печать мелкая и некачественная.

60

Вальтер Михайлович не раскрыл пацанам всего, что знал о кореянке Тамаре Цой и ее местонахождении. Он рассудил, что они слишком импульсивны, особенно Костет, и могут наделать глупостей. Что лучше уж он им обо всем на месте расскажет. В чем-то он, разумеется, был прав. Но теперь решение это обернулась против него и всей операции, которую он называл «Антиведьма».

Пацаны подумали, что с большей вероятностью найдут Масякина в жилом комплексе. А потом уже, если его там не окажется, пойдут по пунктирной линии. К тому же, в сравнении со сплошной линией, пунктирная смотрелась как нечто «добавочное» и «необязательное».

ГЛАВА V

Я никогда не говорила:
«Я хочу быть одна».
Я только сказала: «Я хочу,
чтобы меня оставили в покое»,
а это не то же самое.

Грета Гарбо

1. Идут

Дорога к жилищу Масякина заняла больше времени, чем предполагалось. Здания — блочные клоны, делящиеся на лабораторные комплексы и жилые блоки. Названия улиц и номера домов перепачканы скверно пахнущей грязью, такой же, как табличка администрации. Пацаны по очереди бегали оттирать их, чтобы свериться с картой. Время будто специально замедлялось, а пространство деформировалось, то удлиняясь, то сокращаясь — все, чтобы высосать из незваных гостей как можно больше энергии.

— Слышите? — остановился Костет.

— Чего? — насторожились его спутники.

— В том-то и дело, что ничего. Вообще никаких звуков. Даже птиц не слышно.

— Я думаю, они специально, — задрал голову Жека. — Чуют жопой, что здесь мерзость творится, и не летят.

Полминуты стояли молча, слушая небывалую тишину. Здания смотрели на пацанов с холодным презрением. Теперь Вовке казалось, что хоть они все и одинаковые, но в то же время пугающе разные. Словно шеренги солдат тьмы, одетых в пыльную униформу. И у каждого в обойме припасены свои тайны и опасности. Для всех один и тот же приказ: никакой пощады к врагу — поймать, растоптать, развеять по ветру прах.

— Хватит уже сопли пускать, — стряхнул оцепенение Вовка. — Пошли дальше. Немного уже осталось.

Так и было. Вскоре они вышли к дому Масякина.

— Вроде бы это он, — Вовка сверился с картой. — Если они, конечно, номера не перевесили. С них станется.

— С кого? — спросил Жека.

— Да не знаю я! — заорал Вовка. — С кого-то. Кто здесь орудует. Кто похитил Вальтера Михайловича. Кто номера домов замазал. Знаю только, что не рады нам здесь.

Жека вздохнул. Недавнее воспоминание о гопниках, порезавших руку Костету, все еще не давало ему покоя. Но почему он только сейчас об этом вспомнил? Почему другие забыли об этом начисто? Был бы здесь Валя, рассказал бы им про психоанализ и подавленные воспоминания. Но Вали здесь не было.

Небольшой двухэтажный дом выглядел так, словно в него не заходили с восьмидесятых годов. Остальные здешние здания в сравнении с ним смотрелись, как после капремонта. Если бы кто-то задумал снимать городскую версию сказки о Бабе-Яге, то эта «избушка» подошла бы идеально.

Дверь поддалась не сразу. Сначала за нее схватился хилый Костет, потом, как в «Репке», к нему присоединился Жека. И только после того, как поучаствовал Вовка, с трудом справились. Внутри затхло воняло старьем, а с потолка медленно и красиво падали хлопья штукатурки, напоминая о празднике Нового Года. Множество глубоких царапин покрывало потрескавшиеся стены.

— Отметины медведя-каннибала, — то ли пошутил, то ли предположил Жека.

Согласно приписке к распечатке зелеными чернилами, Саша Масякин обитал на втором этаже. Ступени, под стать остальному, были треснувшими и ненадежными, того и гляди рухнут.

Дойдя до масякинской двери, пацаны заметили, что она не заперта, но медлили открыть ее. Напрягая слух, силились уловить хоть какой-нибудь шум внутри, но ровным счетом ничего не слышали.

— Вдруг медведь-каннибал там живет? — беспокоился Костет. — Он тут все исцарапал, поднялся по лестнице и сожрал, падла, Масякина. Пользуется теперь его удобствами, как берлогой. А мы войдем сейчас и потревожим его. Тогда он нас тоже съест.

2. Внутри

Вовка набрал полные легкие воздуха и распахнул дверь.

Интуиция подсказала ему задержать дыхание. Остальным в носы ударил совсем уж невыносимый запах старья и сырости, доведенный до предела насыщенности. У Кости даже глаза прослезились, а Жека бросился открывать окна.

— Фу, бля, — жадно дышал он относительно свежим воздухом Мудрова, высунувшись из окна наполовину. — А это еще что за такое?

— Увидел там чо? — спросил Костет.

— Показалось, чо. Откуда здесь взяться троллейбусу, правда ведь? Здесь даже проводов нигде не развешано.

— А ты уверен, что это именно троллейбус был? Может, трамвай? — лыбился Костет.

— Не подкалывай. Сам же сказал, что привиделось. Но это именно троллейбус был. Черный и с рогами.

— Масякина здесь нет, — констатировал Вовка, вернувшийся после того, как обежал всю квартиру. — Давайте теперь внимательно поищем. Может, он записку оставил. Или что-нибудь полезное найдем.

Жека в ящике тумбочки обнаружил складной нож «Викторинокс», оглянулся на всякий случай и положил в карман. С самого детства мечтал о таком ноже.

С кухни раздался торжествующий клич. Его испустил Костет, отыскавший в ящике бутылку водки. Правда, в том, что это именно водка, он убедился не сразу, — для этого понадобилось открыть бутылку, понюхать ее содержимое, налить полрюмки и выпить. Дело в том, что водка эта была в голубоватой пластиковой бутылке, как от «бонаквы», только с надписью «водка» на белой наклейке. Больше ничего написано не было.

Это была здешняя Мудровская нановодка — подарок Ленгварда Захаровича Масякину на заселение.

Рафаэль Яковлевич, прозванный среди своих «Водочным Моцартом», хоть и продавал свой инновационный продукт Мудровцам, но далеко не каждому. Только проверенным людям. Местной знаменитости, Ленгварду Захаровичу, он, понятное дело, отказать не мог.

Между тем, личные отношения «Водочного Моцарта» с «Кукурузным гегемоном» были не самыми теплыми. Дискуссии приверженца социализма с человеческим лицом Ленгварда Захаровича со сторонником просвещенного капитализма Рафаэлем Яковлевичем порою чуть не доходили до драк. Что было немудрено, ведь желание поговорить на идеологические темы чаще всего возникало у них после очередного испытания нановодки.

— Лучшая водка в мире! — заверил Ленгвард Захарович, протягивая бутылку Масякину в тот, первый день. — Нигде, кроме Мудрова, такой водки не найти! Рафаэль Яковлевич, ее изобретатель, хоть и дурак дураком в политических вопросах, но дело свое знает.

Масякин на тот момент еще не освоился в городе. Поэтому водку эту пить не стал, решив, что какой-нибудь самогон, и поставил ее в кухонный шкаф. Где она благополучно дожидалась, пока ее не найдет и не попробует, рискуя жизнью, Костет.

В другом кухонном ящике хранился герметично запечатанный мешок каких-то печенек. Больше съестного не было — остальное Масякин забрал с собой при переезде. Разорвав полиэтилен упаковки, пацаны набросились на печенье — очень хотелось жрать. В кулере, стоявшем на кухне, вода была вполне ничего, не испорченная. Водку решили пока приберечь, потому что в сложившейся ситуации нужно было сохранять самообладание и трезвый рассудок. Пусть от этой же самой ситуации и хотелось набухаться до потери сознания.

3. Короткая передышка

Поставив перед собой надорванный пакет с печеньками и чашки с водой, уселись на диван. Сейчас похавают и снова будут что-нибудь предпринимать. Когда в следующий раз выпадет возможность восстановить силы — непонятно, не разобрать за туманом неизвестности. Пацаны жадно хрустели, не догадываясь, что от убежища Цой, может, и бывшего, их отделяет лишь толщина пола. Что спустя месяц после кровавых событий она нашла приют и покой именно здесь, этажом ниже. В этих стенах она в мельчайших деталях продумывала дальнейшие свои непотребства, не забывая консультироваться с Хреном Тюленевым.

— Не так уж и плохо, — потянулся Жека и зевнул.

Вовка недоуменно уставился на него.

— В смысле, херово, конечно, что Масякина не нашли, но зато ведь и медведя здесь не нашли...

Что-то привлекло внимание Костета. Он встал, направился в коридор, поднял это что-то с пола и вернулся, пристально разглядывая его. В двери была специальная дырка для почты.

— «Мудровский вестник», — прочитал Костет название газеты. — За позавчерашнее число.

— И что это нам дает? — спросил Жека.

— Ничего не дает, — растерянно ответил Костет.

— Хоть какие-то временные рамки нам дает, — Вовка взял газету и принялся ее изучать. — Значит, то, что случилось, случилось не так давно.

Никаких намеков, проливающих свет на ту катастрофу, что произошла здесь, в газете не было. Одни лишь рецензии, доклады, тезисы, поздравления с юбилеями, кроссворд, юмористическая страничка и рубрика «Знакомства по научным интересам».

— Может быть, после того, как медведи-каннибалы повыскакивали из клеток, всех сразу эвакуировали, — размышлял Жека. — А шум специально поднимать не стали. Как тогда, в Чернобыле.

— Звучит разумно, — сказал Вовка. — Только не думаю, что медведи-каннибалы, даже если это они Вальтера Михайловича похитили, умеют машины водить.

— А если цирковые? — предположил Жека. — Цирковые много чего умеют. Я помню, когда с бабушкой в цирк ходил в детстве, так там медведь такое вытворял...

— На такое никакой дрессуры не хватит, — оборвал его Костет. — Или что ты там в окне видел? Троллейбус? Может, у них тогда единый проездной билет имеется?

— Если бы мы сразу обратно повернули, когда еще только из проходной вышли, Валя был бы тогда жив, — пригорюнился Жека. — А я ведь чуял жопой — что-то здесь не так... Нужно было прислушаться.

— Щас я тебе нос сломаю, — лицо у Костета стало злое-презлое.

— За что? — удивился Жека.

— За то, что дурак ты, — сказал Вовка. — Если не перестанешь ерунду пороть, я тебе сам с ноги дам. Вальтер Михайлович жив. Мы его обязательно найдем. Без него не вернемся.

— Ну, глупость сморозил, — признал Жека. — Я же не со зла. О! Телевизор! — Жека словно впервые за все время заметил в комнате телик, любимое развлечение и по совместительству смысл жизни его матери.

«И как у нее только пролежни не появляются от того, что она часами перед ним валяется, как тюлень какой-нибудь», — бывало, отстраненно размышлял он, быстро проходя мимо дивана и телевизора. Не любил, когда мать на него кричит. А по-другому общаться она, к сожалению, не умела. Так что прошмыгнуть нужно было стремительно.

— Может, включим его? — развил Жекину мысль Костет. — Может, скажут что-нибудь важное?

— Действительно, — согласился Вовка. — Об эвакуации часто по телику предупреждают. Врубают повторяющиеся сообщения... ОБЖшник рассказывал.

— А свет-то есть? — Костет встал с дивана и пошел к выключателю, проверять.

Щелкнул. Люстра замигала, неохотно пробуждаясь, и зажглась. На улице как раз стало темнеть. Уличные фонари не работали, и горящее электрическим светом распахнутое окно было единственным ярким пятном погружающегося во мрак города.

— Отлично! Жека бросился включать зомбоящик.

Экран зажегся кислотно-зеленым цветом, и по нему пошли точно такие же помехи, как и на мониторах охраны на проходной. На одних каналах — поперечные, на других — продольные, на третьих — косые. Кроме зеленых помех, ничего по телевизору не транслировали.

4. Рука-душительница

— Тогда, может быть, радио? — предложил Костет. — В экстренных случаях всегда дают информацию по радио. Это ведь проще, чем по телику.

Разбежались по квартире в поисках радио.

— О, я нашел магнитолу! — закричал Жека из спальни. — Здесь есть сидюк, разъем для юэсби и радио! Прикольная такая магнитола. Стильная.

— Тащи сюда! — крикнул в ответ Вовка, возвращаясь в гостиную.

Жека потянулся к магнитоле. Над ней, на обоях, сырело темное пятно, которому парень не придал никакого значения. Во всяком случае, до тех пор, пока из пятна этого не вылезла мертвенно-синяя рука, не схватила его за горло и не стала душить.

— Виааааааа, — захрипел Жека. — Спасайте, пацаны...

Но пацаны его не слышали. Сидели на диване перед неработающим теликом, поедали остатки печенья и ждали, пока их кореш сподобится принести магнитолу.

— Где этот дурень застрял? — спросил Вовка.

— Пойду его поищу, — поднялся Костет.

Вскоре раздался панический вопль Костета:

— Во-о-овка! Сюда! Скорее!!!

Когда подоспел Вовка, мертвая рука, высунувшись из стены по самое плечо, продолжала душить Жеку, а Костет пытался его вызволить, впившись в руку зубами. Зрелище настолько шокировало парня, что, прежде чем присоединиться к борьбе, он секунд пять топтался в нерешительности. Потом подбежал и бодро забарабанил по руке кулаками, наградив Костета случайным ударом по уху. Костет не обиделся, но перестал кусать руку в запястье и отошел, чтобы подумать, что можно еще предпринять. Жека, у которого стало темнеть в глазах, наконец вспомнил про найденный нож и достал его из кармана. Открыть, правда, не смог. Выронил.

Костет поднял «викторинокс», но не сразу отыскал нужное лезвие. Ему поочередно попадались то открывашка для консервных банок, то штопор, то маникюрные ножницы. Вовка, заметивший краем взгляда эту возню, выхватил у него складной нож и сразу нашел лезвие. Тем временем Жека уже обмяк. Хрипение его стало жалобным и безвольным, а лицо посинело под цвет руки. Увидев это, Костет заорал, как в сериале «Скорая помощь»:

— Быстрее, Вовка! Мы теряем его!

Вовка несколько раз ударил руку ножом. На месте ударов выступила зеленая кровь. Из стены послышался раздирающий душу вопль, и рука исчезла в пятне. Упавший на спину Жека кувыркался на полу, жадно глотая ртом воздух.

Резонно решив, что обладатель руки прячется в стене, Костет оторвал кусок обоев с сырым пятном и бросил его на пол. Потрогал рукой сплошную стену и обменялся с Вовкой недоуменными взглядами. Тем временем из оторванного куска обоев с сырым пятном снова высунулась рука и угрожающе поползла к уже начавшему розоветь недодушенному Жеке.

— Пошла отседова, падла! — Жека принялся отпихивать руку ногами, но та продолжала столь неумолимо надвигаться, что не хватало только музыки из фильма «Челюсти».

Вовка с Костетом принялись пинать руку ногами. У Костета на ногах были кроссовки, а у Вовки удобные тяжелые ботинки, типа «говнодавы». В них пинать руку было легко и душевно. Избитая рука опять завизжала и спряталась в пятне обоев.

— Тащи водку! — заорал Вовка. — Сожжем гадину!

Костет убежал за водкой. Почувствовав неладное, рука снова высунулась и попыталась спрятаться под кровать, но Вовка успел пригвоздить ее ножом к полу. Костет вернулся, развинтил водку и щедро вылил ее содержимое на обои с рукой. Вовка достал из кармана зажигалку, думая поджечь обезумевшую конечность, но этого не понадобилось. Рука сама по себе загорелась синим пламенем, завизжала, задергалась и взорвалась мерзкими густыми зелеными брызгами, покрыв ими пацанов.

— Обкончала, — брезгливо обтер рожу Костет.

— Чего это она? — прохрипел Жека, с трудом поднимаясь. — Ты ведь ее даже не поджег... Так чего она тогда взорвалась? С испугу?

— Фиг знает, — сказал Костет. — Откуда она вообще взялась?

— Генная инженерия, — предположил Вовка, и все с ним согласились.

5. Черная Ромашка

Хорошо, что во всей этой суматохе магнитола не пострадала. Пацаны отнесли ее в комнату, включили в сеть и безуспешно принялись искать хоть какой-то сигнал. На приемник грешить нельзя было — он был навороченный и крутой, с жидко-кристаллическим табло и автоматическим поиском. Сканирование продолжалось минуты две, но не принесло никаких результатов. По окончании, его запустили снова, на всякий случай.

— Как будто мы в такой изоляции, что даже радиоволны сюда не проходят, — Жека говорил теперь почти обычным своим голосом, но продолжал поглаживать горло.

— Если только их кто-нибудь не глушит, — сказал Вовка и тут же замолк, потому что из динамиков послышались треск и элегантный мужской баритон.

— Специальное сообщение для молодых людей, находящихся в жилом комплексе 17/Б/82, по адресу: улица президента Медведева, восемь, — отчеканил диктор.

— Это же наш адрес! — воскликнул Костет. — Это он к нам обращается!

— Срочно покиньте названное место, потому что по вашему следу идет Черная Ромашка. У нее острый нюх, и она уже почуяла, на какой улице вы находитесь, — продолжал голос.

— Черная Ромашка? — привстал Вовка. — Что это еще за фигня?

— Что-то такое помню, но смутно, — сдвинул брови Костет.

— Я тоже, — сказал Жека. — Это когда мы в лагерь поехали. Для неблагополучных и социально незащищенных подростков. Мы там ночью истории страшные рассказывали.

— Да-да! — окончательно вспомнил Костет. — И там один парнишка про Черную Ромашку втирал!

— Это не там ли про то, как девочка купила себе костюм Черной Ромашки. А мама ей перед этим сказала, что любой, только не этот. И, надев его, девочка всех задушила, а потом и себя? — вспомнил Вовка.

— Срочно покиньте названное место, потому что Черная Ромашка уже свернула на улицу президента Путина с улицы президента Кадырова и принюхивается, чтобы учуять, в каком вы прячетесь доме... — снова раздался голос.

— Нас разводят, пацаны! — натянуто хохотнул Жека. — Какие, нафиг, ромашки?

Вовка провел пальцем по Жекиной скуле и показал ему зеленый след — остаток руки-душительницы. Жекино лицо мгновенно скисло. Вовка был прав: от этого города можно было ожидать чего угодно, даже черных ромашек.

— Но ведь это невозможно! — Костет нервно ходил по комнате. — Никто таким нюхом не обладает, чтобы прямо по запаху улицу определить. Тем более с такой точностью.

Вовка показал измазанный в зеленом палец Костету. Костетово лицо стало таким же кислым, как у Жеки. Зеленый палец безотказно действовал на всех.

— Черная Ромашка уже почуяла, в каком именно доме вы находитесь, и следует к нему. Она напрягает ноздри, чтобы определить, в какой квартире вы прячетесь, уважаемые Константин Сергеевич, Евгений Павлович и Владимир Петрович...

70

— Ну, хорошо, почуяла, где мы находимся. Но имена-то она откуда знает? — озадачился Вовка. — Никакие мутанты на такое не способны... Или способны?

— Черная Ромашка поднимается по лестнице и уже знает, в какой квартире вы прячетесь... Ваша жалкая цепочка не сдержит ее, так что прыгайте поскорее в окно. Этаж второй, не очень высоко, так что, возможно, вы не убьетесь... Все лучше, чем попадать ей в руки!

Диктор с Ромашкой явно были отлично осведомлены. Когда ребята вошли в квартиру, Костет на всякий случай попытался закрыть дверь, но замок проржавел и не работал. Тогда он закрыл на цепочку — хоть что-то.

Все уставились на входную дверь. За ней явственно слышались чьи-то тяжелые шаги. Последним сообщением диктора была фраза:

— Слишком поздно прыгать в окно. Черная Ромашка уже стоит у вашей двери...

Как только голос диктора смолк, дверь в квартиру распахнулась. На пороге стояла уже не девочка, но довольно толстая женщина. Вероятно, девочка выросла за все эти годы, история ведь старая. Листьев на Черной Ромашке не было, зато от самой шеи в высоту и в разные стороны шли длинные кружевные лепестки, тоже, разумеется, черные. Те, что шли вверх, образовывали вуаль, под которой угадывалась щекастая женская голова. Те, что шли в стороны, походили на гофрированные воротники аристократов шестнадцатого века.

Костет, Жека и Вовка открыли рты и заорали от ужаса. На это Черная Ромашка тоже открыла рот под лепестками-вуалью, но хлынул из него отнюдь не крик, а странный пьянящий запах, от которого пацанами овладела непреодолимая дремота. Дружный вопль сменился стройным коллективным храпом. Крупногабаритная дама в костюме цветка оскалилась под вуалью двумя рядами ровных черных зубов.

6. Грустная пьеса

Внимательно посмотрев на пацанов, находящихся в жестком отрубе, Ромашка топнула ногой с такой силой, что пол затрясся. Лицо у нее при этом было озлобленное, а правый глаз вздрагивал в морщинистых глубинах, как человек, увязший в трясине.

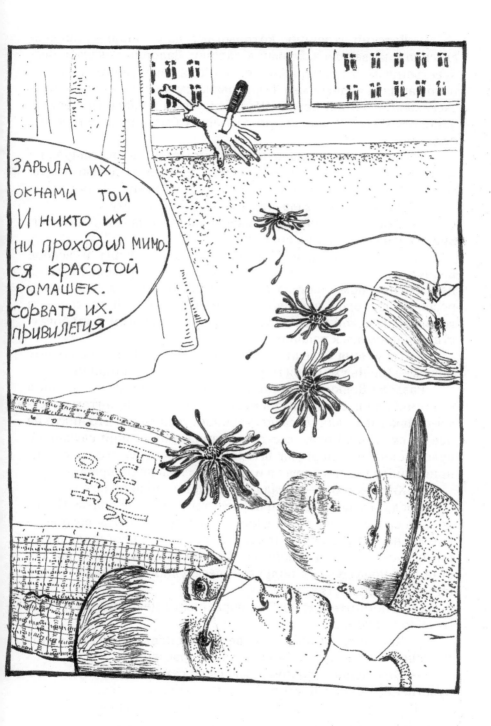

— Детский утренник, который всегда с тобой! — провозгласила она, весело захлопав в ладоши. Задорно показала бесчувственным телам черный пупырчатый язык. Достала из черного кармана черный мел. Нарисовала им на полу «классики» и заскакала на одной ножке. Обута она была в изящные черные лакированные ботиночки, но размер их был кричаще мал для ее роста.

Когда Черной Ромашке надоело прыгать, она взглянула на запястье, где красовались не черные, а бежевые детские часы со слоником на циферблате, производства фирмы «Луч».

— Так-так, — сказала она, приложив часы к уху.

— Тик-так! — обрадовалась Черная Ромашка. — Ходят! Значит, у нас еще полно времени!

Застучав каблучками, выбежала из квартиры и вскоре вернулась со старым школьным ранцем с нарисованным на нем карандашом. Достала из ранца три разных платья: одно розовое шелковое, другое салатовое бархатное, и третье — в горошек, из какой-то синтетической ткани. Со всем этим богатством двинулась к пацанам.

— Ты у меня будешь в горошек, — сказала она храпящему Вовке. — Очень уж у тебя мордашка забавная. Блондинчик.

Раздела Вовку до трусов и задумалась. Впилась глазами в его гениталии, собранные в мешочек синими с принтом трусами-плавками. Оглянулась по сторонам, убеждаясь, что никто на нее не смотрит. Потом все-таки встала и на всякий случай закрыла окна и задернула шторы. Только после этого слегка приподняла резинку трусов и уставилась на их содержимое.

— Хи-хи-хи-хи, — зажала свободной ладошкой рот.

Когда все пацаны были переодеты в женские платья (Жеке досталось салатовое бархатное, а Костету — из розового шелка), Черная Ромашка рассадила их за столом и поставила перед ними пустые чашки и чайник. В ее маленькой кукольной постановке неразлучные подружки-веселушки беседовали о всяких милых глупостях.

— А помните Наташу? — спрашивала девочка Жека голосом Черной Ромашки.

— Конечно, помним, — отвечала ей Вовка голосом Черной Ромашки. — Как можно забыть такую красавицу.

— Она ведь похоронила всю свою семью, бедняжка, — сочувственно сказала Костет сами-знаете-чьим голосом.

Жека с Вовкой погрустнели, — Черная Ромашка наклонила им головы.

— Все из-за этого проклятого костюма! — ударила кулаком по столу Жека. Чашки подпрыгнули и зазвенели. — А ведь мама ей говорила, чтобы она ни в коем случае не покупала его!

— Но она купила этот чертов костюм, — тихо произнесла Вовка. — Глупая непослушная девчонка... И после этого планомерно уничтожила всю свою семью. Срезала их с той скорбью, с какой заботливый садовник срезает свои лучшие георгины на свадьбу принцессы Дианы. С какой Герасим топит в ненасытных водах преданную и обреченную свою псину.

— Как кричал ее маленький братик, когда она забивала его молотком! — Костет зажала себе уши. — Я никогда не забуду этот пронзительный крик! Он преследует меня по ночам! Я не могу спать! Сколько лет уж прошло, а я до сих пор не сплю. Сколько бессонных лет! Когда я слышу его, я тоже начинаю кричать. Чтобы мальчику Юре не приходилось кричать одному. Это наибольшее, что я могу сделать для безвинного создания. Пусть ему будет не так одиноко кричать в моей голове.

— А после она зарыла их обезображенные тела на клумбе, — точным привычным движением Жека пригладила волосы, чтобы все сидящие обратили на них внимание.

— Какой красивый цветок украшает твою прическу! — восхитилась Костет. — Это ведь ромашка? Это черная ромашка? Она смотрится так болезненно-утонченно. Как беззвездная хищная ночь, не предвещающая ничего хорошего застигнутым ею путникам. Далеко не все они доберутся до места назначения. Кто-то погибнет на мосту. Кто-то — за его пределами. Кто-то, кто не захочет снимать кеды, принадлежащие мертвецу. Но все. Хватит. Больше я ничего не скажу. Пусть будет интрига!

— Какой пленительный запах исходит от твоей ромашки! — с придыханием зашептала Вовка. — Будто бы три сотни трупов разлагаются волшебной песней под лучами несмолкающей полной луны! Вот что прячется в этом запахе! Никто в целом мире не в силах выдержать его пристального взгляда.

— А после всего она зарыла их на клумбе, — дотронулась до ромашки в своей прическе Жека. — Прямо под окнами той квартиры, где все случилось. И никто их никогда не нашел. Но кто бы ни проходил мимо — каждый непременно восхищался красотой произрастающих там черных ромашек. Никто никогда не решался сорвать их. Все чувствовали, что не имеют на это право. Это была только ее привилегия. Она срывала эти ромашки, чтобы украсить свои черные, как помыслы дьявола, волосы.

— Интересно, как могла сложиться ее судьба, если бы не та история? — озадачилась Вовка.

— Не знаю. Никто не знает, — пожала плечами Костет. — Но, кажется, она мечтала стать актрисой. Такой же великой, как Вивьен Ли и Грета Гарбо.

— Ее мечта сбылась, но вовсе не так, как ей бы хотелось, — подняла голову Жека. — Никто не аплодирует ей после спектакля, после очередного блестяще исполненного убийства. Никто не дарит ей букетов белых роз. Только черные ромашки окружают ее.

— Она играет одну лишь роль, но это сатанинская игра, которая закончится только лишь с ее смертью, — откликнулась Вовка.

— А когда она умрет, костюм сам собой, каким-то таинственным образом окажется в лавке маскарадных принадлежностей, — подхватила Жека. — И его вновь купит очередная юная бедолага. И будет играть эту роль, пока не износится и не умрет от старости. Чтобы кто-то другой занял ее место. Этот костюм снашивает людей одного за другим... Сколько столетий тянется эта пьеса! О, сколько загубленных жизней, искалеченных судеб...

— Может, ей стоит попытаться сжечь этот костюм? — предположила Вовка. — Может, тогда она обретет свободу?

— Боюсь, что огонь не возьмет себе проклятый костюм черной ромашки, и это понятно. Ведь черная ромашка явилась в наш мир прямиком из адских глубин, и отнюдь не для того, чтобы вернуться обратно.

Миловидные барышни Костет, Жека и Вовка разом вздохнули. Игра в куклы подошла к логическому завершению, настала пора переодеваться обратно. Смахнув скупую ромашью слезу, женщина в черном перевернула Вовку лицом вниз и расстегнула молнию у него на спине.

ГЛАВА VI

*Мы уверены,
что совершенствование системы
здравоохранения необходимо.
С этим вряд ли кто будет спорить.
Минздравсоцразвития движется к созданию
эффективно работающей системы
постепенно, аккуратно, пошагово.*

Из статьи в «Новой Газете»

1. Жжжжжж!

Жеке снился идиллический сон о детстве, которого у него никогда не было. В этом сне он был хорошистом-шестиклассником, возвращающимся из школы. Пригревало ласковое весеннее солнышко. Нежный ветерок теребил длинноватую челку.

Всю сознательную жизнь он провел здесь, в Мудрове — прекрасном и чистом городе будущего. И имел на это полное право, ведь его родители — ученые, служившие отечеству сверхразвитыми своими интеллектами. Лучшими друзьями по-прежнему оставались Вовка с Костетом. Но здесь они были из полных приличных семей с достатком выше среднего.

У Жеки в прошлом были сложности с математикой, но после занятий с репетитором он стал многое понимать. Теперь ловил кайф от решения задачек. В своем рюкзаке он несет «пятерку с плюсом, молодец», полученную за контрольную с замысловатыми уравнениями.

Проживает Жека в двухэтажном доме, где всего по одной квартире на этаж, прямо как у Масякина. Только чище, новее и без следов медвежьих когтищ. Отпер дверь собственным ключом. Отбросил надоевший рюкзак в сторону. И тут они все как вынырнут на него с кухни с нестройным воплем «Сюрприз!!!»

Что происходит? Ах, ну да, точно. Он ведь совсем забыл, что сегодня у него день рождения. Навстречу вышли заботливая мама, трезвый мужественный отец, Вовка с Костетом в белоснежных рубашках с коротким рукавом. Чего только ему ни подарили: карманную приставку, несколько книжек-комиксов про Бэтмена, красивый складной нож «викторинокс». Пока он распаковывал презенты, лепеча «ура, именно об этом я и мечтал», мама принесла из комнаты торт «Прага» с торчащими из него свечками.

Жека загадал повысить успеваемость и поступить в лучший университет России. Чтобы потом вернуться в Мудров уже многообещающим ученым. И чтобы лучшие друзья работали где-то неподалеку. Как же без них. После трудового дня все трое будут собираться в местном пабе «Клевер» и тянуть вкусное бельгийское пиво.

Задув свечки, Жека взялся резать угощение. Ведь именно он хозяин торжества — ему и заботиться, чтобы все были довольны. И тут в открытую форточку влетела непонятная муха и закружила над тортом. «Непонятность» мухи заключалась в крупной величине и хищном взгляде, при общей безобразности башки. Муха была такая большая, что разглядеть ее голову не составляло труда. Казалось, насекомое специально кружит над угощением, чтобы никого к нему не подпустить.

Жека испугался диковинной мухи, но взял себя в руки. После чего в эти же руки взял свернутую трубой газету «Мудровский вестник». Кому, как не ему, имениннику, проявлять геройство в этот ясный солнечный день? С первого же раза угодил мухе по морде, от чего зверюга, нарезая круги, свалилась на пол.

Спасенные гости зааплодировали Жекиной ловкости, особенно отец. «Горжусь тобой, сына», — шепнул он так, чтобы услышать смог только Жека. И тут с каким-то почти самолетным жужжанием муха поднялась из нокаута. В этот раз она была рассержена всех всякой меры. А еще, очевидно, муха увеличилась в размерах.

— Жжжжжжжж! — грозно спикировала муха фашистским истребителем прямо на Жеку. Он еле успел увернуться, но все-таки сумел задеть чудовищное насекомое скрученной газетой.

— Жжжжжжжжж! Жжжжжжж! — заревела муха, развернувшись и повиснув в воздухе. Теперь она была огромная, размером с морскую свинку, никак не меньше. Перед таким чудищем скрученная газета выглядела жалко.

Муха парила в воздухе, плотоядно оглядывая гостей, словно выбирая, кого бы съесть. Изучая ее, Жека заметил пасть, полную длинных кривых клыков.

Сообразив, что одной газетой здесь не обойтись, заменил оружие на кухонную табуретку. Дальше все было как в замедленной съемке: вот он подбегает к мухе и с размаху бьет ее табуреткой по голове, вот муха падает на пол и лежит без сознания.

Неужели победа? Не может быть, чтобы все было так просто. Вот она дернула лапой! Вот она заработала крыльями... Силы вернулись, муха начинает стремительно разрастаться, и теперь она с немецкую овчарку. У Жеки не остается сомнений — чем сильней он бьет муху, тем больше она становится, а значит, ее вообще никак не победить. Никакой он не герой, а праздник безвозвратно изгажен.

Жекой овладело такое тягостное отчаяние, такой испепеляющий ужас, что он от этого даже проснулся. Жека вернулся в реальный мир. Мир, где он родился и вырос в спальном районе. Где он жил в блочной многоэтажке, населенной исключительно рабочими завода «Красный многоугольник».

Где отец до того, как бесследно пропасть, бухал по-черному, и где матери до Жеки нет никакого дела, как и до всего остального. Когда не на работе — а работает она уборщицей — лежит перед теликом целыми днями, смотрит «Пусть говорят» и прочую ересь. Где в квартире у них десятилетиями не появляется никаких книг, кроме дамских полупорнографических романов и криминальных историй.

Где в школе у половины пацанов считалось нормальным в конце четверти исправлять штук шесть намечающихся двоек. А сами училки порой, прямо на уроках, поучали девчонок, что главное в этой жизни — найти мужика, который бы их обеспечивал. И вот почему им не стоит слишком сближаться со здешними раздолбаями, потому что от них, кроме гонореи, ждать нечего.

Где крутым считается врубить в машине на полную громкость «блатняк» и открыть окна, чтобы прохожие могли оценить силу колонок. Где с каждой весной газоны после таяния снега устланы собачьим какашками вперемешку с одноразовыми шприцами. Где он, даром что живет в культурной столице, был в Эрмитаже всего два раза в жизни: один — в глубоком детстве, по недоразумению, другой — на школьной экскурсии.

Где крутые четырнадцатилетние пацаны на переменах делились опытом: «И вот смотрю на нее и не знаю, что с этой дурой делать: раком поставить — проблюется, на спину положить — вырубится». Где корейская ведьма повинна в гибели любимой невесты его кореша Костета. Где непонятно кто и зачем похитил хорошего мужика Вальтера Михайловича, доброго и интеллигентного, до которого им еще расти и расти. И все это в его мире находилось в пределах нормы, бывает и хуже, и мерзостней, и страшнее.

2. Может быть, иностранцы?

Подняв припухшие веки, Жека увидел над собой темный круг. Попробовал осмотреться, но после того, что сотворила с ними Черная Ромашка, видел он нечетко. К тому же в помещении царил полумрак.

— Где я?... — спросил Жека на всякий случай. Наверняка здесь еще кто-то есть. Не мог же он сам собою здесь очутиться. Или это Черная Ромашка приволокла его сюда? И теперь проделает с ним что-нибудь крайне унизительное и болезненное. О маленьком спектакле в масякинской квартире Жека, конечно, не мог помнить. Оно и к лучшему.

— Здесь кто-нибудь есть? — спросил Жека теперь уже громче, и вновь никто не ответил. Зато он различил два летящих к нему продолговатых белых пятна. Призраки?

Чем ближе они подлетали, тем с большей отчетливостью распознавались в них врачи в белых халатах, шапочках и хирургических масках. Приблизившись вплотную к кровати, медицинские работники щелкнули выключателем. Темный круг, который он увидел по пробуждении, зажегся ярким светом. Это была медицинская лампа, из-за которой начавшее было возвращаться зрение снова испортилось.

— Спасибо! — с чувством поблагодарил Жека. — Спасибо, что спасли нас от той ужасной бабищи... Приятно видеть вас, таких белых, после нее, такой черной... Вы прямо как силы света против сил тьмы...

Медицинские работники ничего не ответили. Молча посмотрели друг на друга масками-шапочками, повернулись к Жеке спиной и с жужжанием отдалились во тьму, где исчезли. Шагов при этом слышно не было. Будто муха из его сна попала вместе с ним в мир реальный и затаилась где-то, замышляя подлости.

— У вас тут мухи в помещении... — бросил Жека им на прощание. — Выгоните мух... Нехорошо, когда мухи в больнице... Нужно, чтобы стерильность была...

Врачи ушли, так ничего и не сказав.

«Может быть, иностранцы? — подумал Жека. — Случилось бедствие, и дружественные государства отправили своих специалистов помочь отечественным ученым. Они спасли российского паренька, но не понимают ни слова из того, что он бормочет. Пошли за переводчиком... Все сходится. Но что это?!»

Тут Жека заметил, что все еще одет. Как-то странно было ему лежать одетым, включая ботинки. В больнице ведь всех раздевают, а при аппендиците даже лобок бреют. Потому что врач — это не мужчина и не женщина, а нечто среднее, у которого ни стыда, ни совести, — так говорила Жекина бабушка. В этом она абсолютно сходилась с мамашей Костета, которая, как мы помним, тоже врачей не любила.

Почему-то сильно зачесалось колено. Жека попытался дотянуться до него, но не сумел. И только тут заметил, что пристегнут к кровати тремя толстенными кожаными ремнями. А рядом «припаркован» медицинский столик со всякими хирургическими инструментами: щипцами, зажимами, пилами, скальпелями... И все они в чем-то перепачканы. В чем-то застарелом и красном, как нож Костета, который тот извлек из кармана ветровки там, в лесопарке...

А что, если Черная Ромашка чем-то заразила Жеку с корешами? И теперь им должны сделать хирургическую операцию, чтобы зараза не передалась дальше? Но почему в таком случае здесь все такое грязное и мухи жужжат? По всему было понятно, что это какие-то неправильные врачи, и срочно нужно сматываться.

Смекнул, что если его кровать на колесиках, тогда он сможет ее как-нибудь раскачать и поближе пододвинуть к столику с хирургическими инструментами. Расстояние-то совсем пустяковое — сантиметров пятьдесят, не больше. Жека дернулся так сильно, как только мог, и, о чудо, кровать поехала, причем в нужном направлении. Через пару-тройку таких движений наконец добрался до хирургического столика и дотянулся пальцами до скальпеля.

«Как-то по-лоховски они меня привязали, — думал Жека, перерезая кожаные ремни один за другим. — Вот если бы они мне запястья зафиксировали, тогда бы выбраться было сложнее. Дебилы какие-то, а не врачи».

Спрыгнув на пол с кровати, Жека чуть не шлепнулся, — в первое время свои ступни он почти не чувствовал. Координация тоже возвращалась постепенно, зато каждый новый шаг выходил лучше предыдущего. Немного походил по палате, осмотрелся: белый кафель был тут и там в красных засохших пятнах. Поднял голову и увидел пятна даже на потолке.

3. Жучиный госпиталь

Но где ребята? Тревога за друзей мощными лапами сжала Жекино сердце: вдруг его оставили на сладкое, как самого симпатичного, а с ними уже сотворили то, что хотели... Вдруг это пятна их крови на стенах и потолке? Что за бойня произошла здесь? Кому все это понадобилось?

Жека заковылял в коридор — он уже мог ходить совершенно нормально, но это требовало определенного напряжения, а ему нужно было экономить силы. Поэтому Жека предпочел прихрамывать. В больничном коридоре было сумрачно из-за того, что большая часть ламп дневного освещения была перебита. Уцелевшие лампы светили тускло. Больничный линолеум был сплошь покрыт мелкими царапинами. Будто его граблями чесали.

Прислонившись спиной к стене, чтобы стать незаметнее, Жека заскользил по ней курткой. По пути попалась пустая, погруженная во мрак палата. Попробовал включить свет — освещение не работало.

— Есть здесь кто-нибудь? — осведомился он, но никто ему не ответил.

Тогда он решил обшарить все вслепую, сделал шаг в палату, и под ногами захрустели осколки ламп дневного освещения. Здесь было всего четыре спальных места — все они были пустыми и липкими, как страх.

Жека уже собирался уходить, когда услышал знакомое приближающееся жужжание и спрятался под кроватью. Через открытую дверь были видны две фигуры, облаченные в халаты, медленно проплывшие мимо. Жека ахнул: у этих врачей действительно не было ног, — вместо них свисали мохнатые лапки, лишь слегка достающие до пола. На концах лапок росли кривые желтые когти, — ими и был поцарапан линолеум — догадался Жека.

Они не шли — пусть низко, но все же летели при помощи небольших, быстро двигающихся лопастей-крыльев за спиной. В зазоре между масками и шапочками виднелись серые, по-шмелиному пушистые мордочки с черными блестящими глазками. Рукава халатов свободно болтались, зато там, где у врача должно было быть брюхо, топорщились шишечки притаившихся лап.

У Жеки перехватило дыхание. Он боялся, что врачи-вредители сейчас же навестят операционную, заметят его исчезновение и поднимут тревогу. Но этого не случилось, — жуки проследовали дальше. Видимо, это были другие жуки, не те, что приходили его проведать. Или те самые, просто сейчас у них какие-то более важные дела. Жуки для Жеки все были на одно лицо, как китайцы.

Парень подумал, что ему не помешало бы оружие, и очень огорчился, осознав, что не взял из операционной ни скальпеля, ни пилы. Возвращаться туда не хотелось. Еще раз тщательно проверив карманы, убедился, что «Викторинокс», по всей видимости, остался там, где был найден — в масякинской квартире. Да и как можно было противостоять адским насекомым с его помощью?

Следующим помещением по коридору оказалась кладовка. Жека зашел в нее и включил висящую над ним голую лампочку. В тесноте он почувствовал себя в безопасности и расслабился, но это состояние длилось недолго. Чтобы спасти корешей, надо было мобилизоваться — взъерошил себе волосы, сжал челюсти, задвигал желваками. Изучив содержимое кладовки, не нашел ничего опаснее швабры, но хоть что-то. В случае чего, можно долбануть жука по голове и отпихнуть подальше.

4. Комната отдыха

Несколько следующих палат были заперты и, судя по всему, давно уже не открывались. А потом Жека увидел, что из соседнего помещения, сквозь большое стеклянное окно в двери, бьет сильный свет. Гусиным шагом (хоть что-то пригодилось с уроков физкультуры) он осторожно прошел под стеклом, чтобы его не заметили. Но сам, конечно же, заглянул в него.

Увидел знакомую увесистую фигуру — Черная Ромашка лежала на диване рядом с журнальным столиком и читала книгу с яркой обложкой. «Как вырастить чудесную клумбу на зависть соседям».

«Отдыхает, стерва!» — отметил про себя Жека. Ему страсть как хотелось войти и хорошенько отмутузить черную сволочь шваброй. Но нельзя было: во-первых, Ромашка легко бы разделалась с ним; во-вторых, на шум борьбы могли сбежаться жуки. Они явно работали вместе — Ромашка и жуки, но что их связывало? Может быть, они ее опыляли, — растениям ведь нужно опыление? Из школьного курса биологии Жека припоминал что-то такое, и воображение его сразу нарисовало картину извращенных сексуальных оргий, — жуки в белых халатах опыляют бабу в костюме Черной Ромашки.

— Позже поквитаемся, — пробурчал Жека и отправился своим гусиным шагом дальше.

Когда дверь комнаты отдыха осталась позади, Жека выпрямился и снова поехал спиной по стене. Спустя еще пару пустых палат донесся дрожащий фальцет Костета:

— Не трогайте его, уроды!

5. Операционная

Значит, они живы! Крепко сжав швабру в потных руках, Жека помчался на крик. В другой операционной, точной копии его собственной, трое врачей-жуков сгорбились над чьим-то телом. Не покоряясь судьбе, узник отчаянно пытался порвать ремни. Из-за кляпа во рту жертва медицины протяжно мычал, а не орал благим матом. Это был Вовка.

Костет, пристегнутый к другой кровати в нескольких метрах, только что умудрился освободиться от кляпа, валявшегося рядом. Спинка его кровати была приподнята, — возможно, врачи-садисты поступили так, чтобы ему были лучше видны страдания товарища.

Жека подлетел к жукам и со всей дури шарахнул самого жирного из них по спине шваброй, отчего та треснула напополам. Закачавшись, шарахнутый жук обернулся, и Жека воткнул ему в правый глаз острую на месте слома рукоять. Послышался тихий и страшный писк. Из пробитого глаза брызнула зеленая кровь. Жук осел и затих. Тем временем его партнеры начали приближаться к Жеке с недобрыми намерениями.

Жека попятился.

— Развяжи меня! — потребовал Костет из другого угла операционной.

Жека подбежал к нему, быстро справился с ремнями. Встав на ноги, Костет чуть не шлепнулся. Как и Жека, он первое время почти не чувствовал свои ступни.

Хорошо, что операционная была просторная. Из-за слишком маленьких крыльев насекомые передвигались медленно. Чтобы отвести их от уязвимого Костета, Жека принял удар на себя. Подошел совсем близко, состроил противную рожу и отбежал в сторону.

Жуки, настроившиеся погрузить свои когтистые передние лапы в Жекины внутренности, поддались на его провокацию. У каждого жука передних лап было по четыре штуки — те самые топорщившиеся под халатом шишечки. Только теперь они распрямились и вырвались, порвав ткань халата. Оснащенные длинными острыми когтями, лапы время от времени конвульсивно подрагивали.

Приятным бонусом к медлительности, жуки оказались еще и тупыми. Послушно следовали за Жекой по всей операционной, но никак не могли настигнуть его. Жека даже успел запереть на засов дверь в лабораторию, чтобы не набежали остальные жуки и не переломили ситуацию количеством. Тем временем Костет, овладевший ногами, расстегнул ремни, сковывавшие Вовку. Их было уже трое, против двоих заторможенных врачей-жуков.

Жеке даже стало их жалко, таких глупых беспозвоночных. Вот сейчас координация вернется к Вовке, и тогда они втроем над ними покуражатся. Но тут поверженный жук, лежащий на полу, несколько раз резко шевельнулся. Медленно поднявшись, он выдернул из глаза кусок швабры.

— Ззз-зз-сссс.... — скомандовал он.

Двое других зависли там, где стояли, повернулись к нему и вытянулись по стойке смирно.

— Зззыззз-хзыз-хзаз, — снова что-то сказал жук-командир, и один из жуков поплыл к двери, а другой продолжил наступление на Жеку.

Причем теперь он двигался куда проворнее. Присутствие шефа явно воодушевило жуков. Открыло в их причудливых организмах новое дыхание.

Потрясенный феноменом жучиного воскрешения, Жека сделал несколько шагов назад и во что-то уперся. Это был угол операционной, в который он позволил себя загнать. В это время другой жук вплотную подплыл к двери. Он лапками отпирал дверь, чтобы впустить подкрепление, которое уже подтянулось.

Жук-мозг заинтересовался Костетом, поддерживающим плечом и рукой слабого Вовку, и полетел в их сторону. Вот доберется и откусит кому-нибудь из них кусок головы. Какую-нибудь выступающую ее часть, вроде носа. Перед Жекой встал непростой выбор: остановить жука-открывателя или спасать товарищей. За обоими зайцами он не успел бы точняк.

Приняв решение, Жека бросился в сторону жука-командира, увернувшись от захвата жука-преследователя и подхватив с пола кусок швабры.

— Эй, навозник! — крикнул он, а когда возмущенный жук повернулся к нему мордой, воткнул тот же осколок швабры, что и в прошлый раз, ему в глаз, но теперь уже в левый. И снова брызнула зеленая кровь, и послышался противный протяжный писк...

— Если это тебя не убьет, то хоть вырубит на время, — Жека заметил, что жучиный глаз, пробитый в прошлый раз, начал затягиваться, возвращаясь к первоначальному виду. Может, и не слишком сообразительные, но при этом какие живучие!

Между тем операционная стала наполняться все новыми и новыми насекомыми. Жук, отправленный впустить подкрепление, не подвел расчетливого командира.

— Бежим, пока их еще не слишком много, — сказал Жека. — Они тормозные, так что мы как нефиг между ними пробежим.

Жека, Костет и слегка прихрамывающий Вовка пусть и выскользнули из операционной, но получили при этом легкие травмы: некоторые жуки успели хватить их когтями, порвав одежду и оставив глубокие царапины. Это были мелочи по сравнению с тем, что ждало их, если бы к истории подключилась Черная Ромашка.

Но та за долгие годы службы попривыкла к воплям и не придавала им особого значения. Книга по садоводству была написана увлекательно и содержала массу полезных сведений. Например, что «монарду следует сажать не слишком густо, чтобы растения хорошо развивались и быстро просыхали после дождя. Поражение мучнистой росой свидетельствует о чрезмерно сухом или переудобренном местообитании. В случае необходимости растения срезают у самой поверхности земли и, приняв меры против слизней, дожидаются, когда монарда отрастет вновь».

— Фу-у-у, слизни! Бяка! — откомментировала Ромашка и, обслюнявив палец в перчатке, перевернула страницу. Быстротечные минуты спокойствия были божественно приятны.

6. Морг

Костет, Жека и Вовка выбежали на лестницу и понеслись на первый этаж, отпихивая преграждающих путь насекомых. И все бы у них могло получиться, но первый этаж они проскочили. Спустились еще ниже. Заперев за собой дверь, огляделись: выдвижные трупные ящики в стенах, стальные столы с канавками для крови, большие банки с плавающими в них органами, тошнотворные запахи дохлятины и формалина...

— Блин, это же морг! — осенило Костета.

— Да как там было понять, где первый этаж, вот и проскочили, — оправдывался Жека, чувствовавший вину за то, что они оказались здесь. — Может, обратно попробуем?

— Поздно, — сказал Вовка. — Они шли за нами по пятам от самой операционной. Там уже такая толпа набежала, что просто на части порвет... Пространства для маневра просто нет.

В морге было очень холодно, и Жека поежился. Каждое слово вылетало с облачком пара.

— Смотрите, окно! — показал пальцем Костет.

Под самым потолком и вправду было окно, одно единственное, матовое, из толстого стекла, чуточку приоткрытое... И вот оно стало открываться все шире. И совсем распахнулось вовне. На месте стекла возникла вытянутая приветливая физиономия незнакомого мужика.

— Что вы там делаете, ребятки? — с взволнованной радостью поинтересовался мужик.

— Мы заперты! Нас преследуют жуки-монстры! Спасите нас! — ответили пацаны. — Окно проделано слишком высоко, нам до него не достать.

— Ай, какая незадача, — погрустнел мужик, не растеряв, однако, приветливости. — Но ничего, я что-нибудь придумаю. Ждите.

Мужик скрылся, закрыв за собой окно.

— Кто это такой? — спросил Костет.

— Человек, — сказал Жека. — Это само по себе уже радует. Причем человек в обычной одежде, а не в каком-нибудь маскарадном костюме, что вдвойне круто.

— На извращенца похож, — прошептал Вовка. — Нужно быть с ним поаккуратнее.

— Куда же он делся? — забеспокоился Костет, когда жужжание и шкрябание за дверью усилилось.

Как ответ на вопрос, в окне снова появилась вытянутая физиономия и подмигнула.

— Хватайтесь за веревку, — сказал мужик, бросив таковую в помещение морга. — Выползайте по одному. Окно хоть маленькое, но позволяет.

— Хорошо, что у вас подобралась такая худенькая команда, — хихикнул мужик, когда друзья оказались на свободе.

На улице было сумрачно, но они все еще могли разглядеть своего спасителя: серый старомодный костюмчик, желтая рубашка, коричневые ботинки... Он напомнил пацанам молодого учителя физики, преподававшего у них в школе по окончании института. Длилось это недолго. Бросив неблагодарное занятие, учитель устроился торговать пиратскими дивиди.

— Кто вы такой? — поинтересовался Вовка.

— А разве вы не видите, — расхохотался мужик. — Я ваш выручатель.

— Если серьезно, — перестал хохотать он, — то я один из немногих уцелевших Мудровских ученых. Меня зовут Валерий Григорьевич Кожемякин.

Обрадовавшись, ребята атаковали его вопросами:

— Что здесь произошло? Есть еще уцелевшие? Нам необходимо найти Александра Масякина. Вы знакомы с ним? У нас похитили друга. Вы знаете, где его искать? Почему в больнице хозяйничают Жуки? Кто эта женщина в костюме Черной Ромашки?

— Тихо-тихо, — попросил Кожемякин и оглянулся. — Здесь небезопасно. Пойдемте лучше ко мне. У меня хорошо. У меня спокойно. У меня есть вкусные кукурузные хлопья. У меня ответы на все вопросы.

ГЛАВА VII

1. Буго-хо-го-бу-бо

Мудров поглотила густая ночь. Улыбчивый незнакомец водил пацанов уже больше часа. Петлял, постоянно оглядывался и делал ненужные круги. Видимо, боялся погони.

Жекина жопа-вещун активно предостерегала своего хозяина от опасностей, но он предпочитал не обращать на нее внимания. Здесь всюду подстерегала беда, и невозможно было вычленить, что восприимчивый орган имеет в виду в данном конкретном случае. Его предупреждения всегда были крайне расплывчаты.

Вдруг заревели моторы. Где-то далеко. Этот звук пацаны ни с чем не могли спутать: кто-то катался на скутерах. Вовка завертелся, стараясь понять, откуда доносится шум.

— Эхе-хе, — Валерий Григорьевич тоже остановился. — Некоторые из монстров вполне способны управлять сложной техникой. Так что советую вам, ребятки, поторопиться.

Ребятки поторопились.

— Пришли! — объявил Валерий Григорьевич, когда они подошли к очередному двухэтажному жилому комплексу. Задорно хохотнув, он распахнул дверь подъезда, приглашая войти. Здесь было не так запущено, как у Масякина, а под самым потолком светила одинокая лампочка.

Зато в квартире Кожемякина свет отсутствовал. Это сразу насторожило пацанов. Валерий Григорьевич взял с тумбочки мощный электрический фонарь и зашагал по квартире, зажигая свечи:

— Электричество почему-то вырубилось. Не знаю, в чем проблема. Сами видели — в подъезде есть, а в квартире уже

89

нет. Ничего не смыслю в таких делах, а электрика, понятное дело, вызывать глупо. Правда ведь, ребятки?

Ребятки угукнули.

— Но ничего, мы и без света, правда ведь? Так нам даже уютнее будет, — Кожемякин прошел на кухню и стал зажигать свечи там.

— Ночь будет долгая, — шепнул Вовка.

— Что-что? — спросил с кухни Кожемякин, будто это к нему обращались. — Не слышу тебя, Вовочка. Иди сюда ко мне да повтори свой вопрос. И друзей своих прихвати.

Жека, открыв рот, взглянул сначала на Костета, потом на Вовку. Вовка легонько ударил себя в грудь, показав, что говорить будет он. На всякий случай погрозил пальцем Костету, энергично и виновато замотавшему в ответ головой.

— Валерий Григорьевич, а мы разве назвали наши имена? — поинтересовался Вовка, когда они оказались на кухне. Кожемякин лил молоко в расставленные на столе глубокие тарелки с хлопьями.

Вопрос смутил Кожемякина. За все время он так и не поинтересовался именами ребяток. Это было невежливо. Но получается, он уже знал их, поэтому и не спрашивал. Лицо его сделалось на пару секунд равнодушно-задумчивым, а затем снова приветливым. Еще приветливей, чем раньше, хоть это и сложно себе вообразить.

— Вы спрашивали о своем пропавшем наставнике, так? — вопросом на вопрос среагировал Кожемякин. — Там, у больницы. Сразу после того, как я вас спас, — последние слова Кожемякин подчеркнул.

— Да. Мы о многом вас, Валерий Григорьевич, спрашивали. Но вы ни на один наш вопрос не ответили. Обещали сделать это здесь, в своей квартире, — Вовка приблизился к Кожемякину на полшага, в качестве легкого психологического воздействия. Дескать, владеет ситуацией и может позволить себе наступать на врага. — И вот мы здесь. Так что не стесняйтесь, валяйте...

— Дело в том, что Вальтер Михайлович жив и находится в безопасности, — Кожемякин уселся за стол. — Он-то и рассказал мне про вас. Но к нему опасно среди ночи соваться. Сюда-то еле дошли. Демоны на мотоциклах тут и там разъезжают... А теперь потрапезничаем, чем бог послал: кроме хлопьев и молока, нет ничего, хотя это больше завтрак, чем ужин, понимаю. Но вы-то голодны небось. Устали с жуками-то сражаться, — Кожемякин истерически подмигнул. — А теперь затворите за собой дверь, — мало ли чего, дополнительная мера предосторожности, — и за стол.

Вовка послушно прикрыл дверь, замок которой нежно щелкнул. После чего парень сел за стол. Костет с Жекой посмотрели на него и тоже сели. Кожемякин удовлетворенно улыбнулся и с жадностью принялся поглощать хлопья.

— Где именно находится Вальтер Михайлович? — опять спросил Вовка.

— Буго-хо-го-бу-бо, — ответил Кожемякин с полным ртом.

Зачерпывал хлопья ложку за ложкой и вообще перестал замечать ребяток. Аппетит у него был зверский и заразительный.

2. Десант

Вовка взглядом предложил ребятам сначала поесть и после продолжить беседу. Не денется никуда от них Кожемякин. Но не успел он поднести первую ложку к губам, как сначала в одно окно, потом в другое, влетели люди в черных костюмах. Вторженцев было двое.

«Черные Ромашки!» — пронеслось в пацанских мозгах. Большая часть свечей тут же потухла от ворвавшегося потока воздуха. Продолжала гореть только керосинка, стоящая рядом с мойкой.

Валерий Григорьевич среагировал молниеносно. Запрыгнул на стол и принялся размахивать огромными столовыми ножами перед лицами штурмовиков. Откуда он их вытащил — пацаны не заметили. Возможно, были прикреплены к столу снизу.

Вовка, Костет и Жека побежали к двери, но та оказалась заперта. Жека попробовал выбить ее, но только больно ушиб плечо. До них дошло — дверь была металлическая, а фанера была приделана к ней для маскировки. Возможно, Валерий Григорьевич предчувствовал такой поворот, и, чтобы враги не добрались до них во время ужина, попросил закрыть ее. Жаль, что он не догадался обезопасить окна!

Раздалась серия выстрелов, и тело Кожемякина, слетев со стола, грузно упало на пол. В его черепе зияла огромная дыра диаметром с яблоко, и в ней, плавая в зеленой жиже, дергался маленький розовый сморщенный мозг. Красной крови не было, но пацаны почему-то не придали этому значения. Не так уж часто они видели свежие человеческие мозги в непосредственной близости. Для них было довольно и того, что их спаситель распростерся здесь мертвый, схлопотав пулю от очередных монстров в костюмах.

Схватив ножи, выпавшие из разжавшихся пальцев Валерия Григорьевича, Вовка с Жекой выставили их вперед и приготовились биться насмерть. Не нашедший никакого оружия Костет встал в боксерскую стойку.

Фигуры в черном сделали несколько шагов к пацанам, пацаны же сделали по паре шагов назад. Под спиной Костета что-то щелкнуло, и кухня наполнилась ярким светом от люстры. Значит, напоролся на выключатель. А Кожемякин, получается, соврал им по поводу электричества. Но зачем ему это потребовалось?

В свете люстры пацаны хорошо разглядели штурмовиков. Обычные, вроде, люди. В черных одеждах, как у ниндзя, с приборами ночного видения на глазах и автоматами наперевес. Только нижняя часть лица у них, как у бэтменов, была открыта.

— Вы как, ребята, в порядке? — спросил первый ниндзя, снимая прибор ночного видения. — Думали, что не успеем.

— В п-пор-рядке, — заикаясь, сказал Костет. Остальные предпочитали пока помалкивать и не опускать ножей.

— Наткнулись на вас случайно. Так бы и не нашли. Это его новое логово. Мы не знали, где оно располагается, — объяснял второй ниндзя, также сняв маску. Он был сверстником Вали; существенно моложе первого.

— У него в кухне на окнах решетки были, — вступил первый ниндзя, годившийся второму в отцы. — Хорошо хоть, прикрученные, — ставил впопыхах, для запугивания скорее. Чтобы, если жертва к окну рыпнется, сразу же поняла, что на свободу ее решетки не выпустят. Это он надоумился, после того как этот сбежал, — тут он боднул головой в сторону своего напарника.

— Да, — не без гордости признал молодой ниндзя. — Я единственный, кому удалось тогда убежать. Троих моих товарищей порешил, а я вот такой везучий оказался. Мы с Валентином Павловичем вместе тогда дернули. Уже на улице он его ножом сразил. Метнул в спину. Попал прямо промеж лопаток. Но ладно, чего уж о старом, — вздохнул ниндзя. — Главное, что мы решетки эти скрутили, а ведь могли бы и не успеть...

— Зачем вы его... Ублюдки! — заорал Жека, будто не слышал ни слова из сказанного ниндзя.

— Если бы не мы его убили, он бы убил вас, — спокойно сообщил ниндзя помладше. — Вы что, не слышали историй о маньяке-учителе-таксидермисте, который кормит детей отравленными хлопьями, выживших добивает столовыми ножами, а потом делает из них чучела?

Вовка что-то такое вспомнил и опустил нож. Очередная лагерная страшилка.

— Так ведь это же сказка все. Выдумка, — сказал он.

Младший ниндзя замотал головой:

— Теперь уже нет. Только не сейчас. И только не в этом месте.

— Потому что Мудров — это место, где сказки оживают. Но только самые страшные сказки, — прибавил старший ниндзя.

— Докажите! — потребовал Вовка после паузы.

Младший ниндзя распахнул дверцу шкафа.

— Нору свою он сменил после того раза, а вот обустроил в ней все точно так же, как в предыдущей, — пояснил он.

Вытянув шеи, троица заглянула в шкаф и увидела в нем две коробки хлопьев. Одни были самыми обычными, с придурковатым леопардом. Другие — в черной коробке с нарисованным на ней черепом.

— Ну и как вам? — улыбнулся старший ниндзя. — Одни хлопья, отравленные, он подсыпает своим дорогим гостям, а другие — себе. Чтобы усыпить бдительность.

— Это еще ничего не доказывает, — с жаром запротестовал Жека. После всего, что случилось, он стал в крайней степени недоверчив.

— Если зеленой крови для вас недостаточно... — старший ниндзя направил на мертвого Кожемякина ствол автомата и произвел дополнительную серию выстрелов, превратив его лицо в склизкое зеленое месиво. — ...Тогда разрешите пригласить вас на маленькую экскурсию.

3. Большая перемена

Отыскав в кармане Кожемякина солидную связку ключей, старший ниндзя отпер дверь кухни. Покинув квартиру, занимающую первый этаж, экскурсанты поднялись на второй.

По дороге Вовка спросил:

— Допустим, это правда. Но для чего тогда маскарад со свечами?

— А фиг их разберет, — пожал плечами молодой ниндзя. — Может, у них так принято. Для атмосферности. «В одном темном-темном городе, в одном темном-темном доме, была темная-темная комната»... Любят они устраивать дешевые шоу.

К двери квартиры на втором этаже долго не могли подобрать ключ из связки. Но в итоге нашли нужный. Никаких свечей здесь не было, а лампочки испускали свет, как им и положено.

Первое, что бросилось в глаза — одна из спален, заваленная разнообразной одеждой и обувью. Иногда с пятнами крови и зеленой слизи, — значит, кто-то давал врагам последний бой. Одежды было так много, что можно было открывать секонд-хэнд: кофточки, джинсы, юбки, майки-алкоголички, женские трусы с прилипшими к ним гигиеническими прокладками, мужские трусы-семейники... Мобильники и прочие мелкие личные вещи лежали отдельной горкой.

Следующая комната была переоборудована под пошивочный цех. Большая швейная машинка «Зингер», нитки, манекены в человеческий рост, альбомы с выкройками. Рулоны синей материи, мешки с какими-то нашивками, коробки с пуговицами. Огромное красное полотнище, из которого нарезались пионерские галстуки. На вешалке висело несколько готовых комплектов школьной формы советского образца. Костету, Жеке и Вовке не довелось в такой походить. Они знали ее по старым фотографиям и фильмам.

Далее шел мебельный цех: молотки, пилы, куски фанеры, металлические крепления. Здесь же стояли собранные школьные парты и стулья. Слишком хрупкие, чтобы ими каждый день пользовались живые люди, но вполне аутентично выглядящие. На некоторых из парт было уже что-то нарисовано-накарябано, видимо, для фактурности.

Если всеми этими производствами занимался один только Кожемякин, то он явно был человеком незаурядным и талантливым. Согласно легенде, его свели с ума бестолковые, издевавшиеся над ним ученики. Выйдя из психушки, он взял реванш и порешил целый класс, наделав послушных чучел...

А потом все пятеро оказались в школьном кабинете, созданном из двух комнат, между которыми порушили стену. Судя по обилию глобусов, портретов Миклухо-Маклаев и прочих Пржевальских, здесь преподавали географию. Почти все парты, кроме разве что трех самых последних, были заняты. Также пустовало учительское место, отведенное Кожемякиным для себя.

Здесь были ученики совсем не школьного возраста, большей частью за сорок. В позах — рвение: кто-то тянул руку в надежде, что его спросят, кто-то сидел, уткнувшись в учебник, кто-то явно готовился подняться и выйти к доске. Только сухая и желтая кожа портила впечатление, а так — не отличить от живых.

Все в паричках. Только у мальчиков — короткие, а у девчонок, как положено, с косичками и разноцветными бантами.

— Смотри, — указал старший ниндзя своему коллеге. — Это там Зинаида Викторовна, что занималась поиском нового, пока еще не открытого витамина, помогающего бороться с морщинами. Чем старше она становилась, тем сильнее было ее рвение... А теперь лицо у нее гладкое как у девочки. Хоть желтое и сухое как у старухи.

— А это, — откликнулся молодой ниндзя на игру «узнайка». — Это же Валентин Павлович! Мы с ним вместе бежали, ему еще нож в спину бросили. Видишь, каким его активным сделали... Либо к доске рвется, либо в туалет — не совсем понятно.

— Как живые, — восхитился старший ниндзя.

— Как мертвые, — коротко сказал молодой. — Аслан... Вот ведь черт. Не ждал тебя здесь увидеть, — узнал младший ниндзя еще кого-то. — Был уверен, что ты-то точно убежишь... Но, значит, не повезло.

— Блин, так это все правда, — Жека схватился за голову.

— Видите, там задние парты пустые? — показал рукой старший ниндзя. — Как раз для вас, шалопаев!

— Наверное, надо похоронить, раз мы их нашли, — Вовка окинул взглядом толпу человеческих чучел.

— Не время, — сказал молодой ниндзя. — Мы их, Володя, после похороним. Когда все закончится. А пока они не испортятся, я уверен.

Мерзкое дежавю полоснуло Вовку по сердцу.

— Откуда вы знаете мое имя?

— Не пугайся, — поспешил успокоить молодой ниндзя. — Валя выслал мне список имен и фамилий, на которые нужно было оформить экскурсионные пропуска. Приложил к ним личностную характеристику каждого, и еще фотографии. Это тоже необходимо было для оформления — здесь с этим строго. Так что когда мы вас увидели — сразу стало понятно, что это именно вы.

— Так вы — Александр Масякин?

— Ага, — молодой ниндзя протянул руку. — Вам, получается, Валя тоже про меня рассказывал?

— Немного, — сказал Вовка, пожав руку Валиного лучшего друга.

Старшего ниндзю звали Рафаэль Яковлевич. Тот самый водочный демиург. Именно он подобрал тогда ошарашенного, истекающего кровью Масякина, чудом вырвавшегося из лап маньяка-таксидермиста.

Только вот Валя им не встречался. Ни одному, ни другому.

— Кожемякин... То есть маньяк этот... Он откуда-то знал наши имена, — напомнил Костет.

— А могло ли такое быть, что Валя выдал им информацию о вас? — допустил Рафаэль Яковлевич. — Например, под пытками.

— Абсолютно исключено! — замотал головой Костет.

— Запросто, — кивнул Масякин.

— Но, если они выведали у него всю информацию... — размышлял старший ниндзя. — Значит, скорее всего, он им больше не нужен.

— Он точно жив! — заявил Костет.

— И мы точно спасем его, — подтвердил Жека.

— Хорошо, — согласился Рафаэль Яковлевич. — Только сперва давайте отдохнем чуть-чуть. Для выполнения этой миссии нам понадобятся свежие силы. Много сил. У нас есть убежище. Там относительно безопасно.

И снова неприятное дежавю облизало шершавым языком нутро Вовки и двух его корешей. Но выбора у них не было.

4. Закон и порядок

Они собирались уже уходить, когда внизу послышалась какая-то возня. Хлопок входной двери и быстрый топот вверх по лестнице.

— Прячьтесь за партами! — скомандовал Рафаэль Яковлевич ребятам.

Ученые мужи скинули автоматы и передернули затворы.

Вскоре на пороге учебного класса показались монстры. Оживший Кожемякин, прикрывающий пятерней пробитую голову, в компании высоченного милиционера в олдовой советской форме. Под серой тканью выступали мощные мускулы, как у Шварценеггера.

— Ага, говнюки! Допрыгались, — преждевременно возликовал таксидермист Кожемякин. — Я уже и милицию вызвал! Не уйдете от меня. Я — серьезный коллекционер, уважаемый в профессиональных кругах!

Изменившись в лице и обретя прежнюю приветливость, Кожемякин обратился к классу чучел:

— Не волнуйтесь, дети! Советская милиция не даст нас в обиду и разберется с экстремистами, после чего мы их перевоспитаем, и они займут свои места в классе. Думаю, что в будущем нам удастся сделать из них достойных членов общества. Из таких пассионарных часто получаются люди социально активные и позитивно деятельностные!

Милиционер оскалился крепкими желтыми зубами.

— Стреляю без предупреждения, граждане злоумышленники, — предупредил он, торжественно извлекая из кобуры черный блестящий ТТ.

— Твое дело, — сплюнул Масякин и открыл по нему огонь. Старший ниндзя выпустил очередь по таксидермисту.

Оба чудовища лежали на полу. Открытые их глаза продолжали смотреть на мир с неудержимой злобой.

— Быстрее, пока не очухались, — скомандовал Масякин и первым переступил через временных мертвецов.

Костет шел через «трупы» последним и все ждал, что милиционер схватит его за ногу. Как фильме «Пятница, 13-е». Но все обошлось.

5. Сопротивление

Двигались они быстро. Вновь надевшие приборы ночного видения настоящие выжившие ученые бережно вели ребят по ночному Мудрову. Указывая, где камень, где яма, где еще какие препятствия.

И Масякин, и Рафаэль Яковлевич, — оба, еще до того, как повстречали друг друга, пробовали сбежать из города. Не дураки же они, в нем оставаться. Монстры были не глупее и выставили засаду у выхода — целое полчище крылатых плотоядных хомячков, спастись от которых можно было только бегством.

Масякин опробовал ловушку первым. Их было не менее двадцати человек, выживших ученых, когда они подошли к выходу. И тут на них накинулись эти маленькие свирепые твари... Люди бросились врассыпную. Масякин, Валентин Павлович и еще двое, улизнувшись от хомячков-убийц, вскоре напоролись на Кожемякина. Он сказал им, что ученый, как и они, и обещал отвезти в безопасное место... Настолько безопасное, что вырвался оттуда лишь один человек.

Рафаэль Яковлевич пытался сбежать в одиночку, но увидел трупы людей, пожираемые крылатыми грызунами, и повернул обратно. Это как раз съедали несчастливцев из «партии» Масякина. Потом он встретился с самим Масякиным, только что удравшим от Кожемякина.

Теперь они вдвоем обитали в одной из подземных лабораторий Мудрова. Перетащили туда приборы, одежду, припасы, оружие. Оборудовали, как сами они его называли, «штаб сопротивления». Если не получается смыться, значит, будем бороться, решили они.

— Неизвестно, почему все это произошло с городом, — рассказывал Рафаэль Яковлевич, когда они оказались в убежище. — Выжили только те, кто был в момент катаклизма под землей или в душе. Или в алкогольном отрубе валялся. Отсюда можно сделать вывод, что было нечто вроде сигнала. Может быть, визуального, но, скорее всего, акустического. И этот сигнал сделал всех ученых беспомощными жертвами.

За немногочисленными выжившими отправляли отряды монстров: фиолетовых рук, красных простыней, глаз-пауков, милиционеров, учителей-таксидермистов и прочих.

Выяснилось, что не только Жека видел черный троллейбус. Масякин, например, еле от него убежал, когда только-

только вышел из лаборатории и еще не сориентировался, что к чему.

Осмотрев царапины ребят, оставленные жуками-врачами, Рафаэль Яковлевич пошел за «средством от всех болезней», как он сам его называл. Вернулся он с точно такой же бутылкой водки, как и та, что попалась им на квартире Масякина.

— Дезинфицировать будете? — осведомился Жека.

— Не только, — открутил крышку Рафаэль Яковлевич. — Это особая нановодка, разработкой которой я занимаюсь. Инновационный продукт. Он произведет революцию на рынке алкогольной продукции и спасет Россию. Нановодка, при соприкосновении с ранами, способствует усиленной регенерации тканей.

— А мы такой одного мудака укокошили. Он меня чуть не задушил, — рассказал Жека.

Рафаэль Яковлевич наклонил голову набок.

6. Водка-бесогонка

— Вам, наверное, показалось по неопытности, — опомнился он. — Их невозможно убить. Вырубить — да. Сколько угодно. Но, даже если голову у них отрезать, — вырастет новая, а старая сгниет. А если ничего, кроме головы, не останется, — так, труха, — то пройдет, конечно, больше времени, но вырастет из головы новое тело. Мы проверяли. И еще вместо крови у них странное зеленое вещество, у всех идентичное. Так что все эти адские демоны, представьте себе, братья по крови. Какими бы они непохожими друг на друга ни были.

В качестве иллюстрации Рафаэль Яковлевич подошел к ящику, накрытому белой простыней. Под ней оказался аквариум с копошащейся в нем фиолетовой рукой.

Увидев людей, она попыталась разбить стекло, выбраться к ним и всех перебить. Жека вздрогнул и схватился за шею. Рука была чем-то похожа на ту, что душила его, но все-таки другая. Без обоев.

— Не кипятись, — постучал по прозрачной стенке Масякин. — Стекло-то пуленепробиваемое!

Оказалось, что они проделали над этой рукой много разных садистских экспериментов. Отрезали ей пальцы — вырастали новые. Отрезали ей большой палец, а остальное измельчали в блендере, — тогда из пальца за ночь вырастала новая рука. Ни одна кислота не брала ужасающих монстров — они были абсолютно неуязвимы.

Выслушав историю ребят, ученые пошли на эксперимент и полили руку нановодкой. Рука задергалась и взорвалась зелеными брызгами, закрасив стены аквариума. Обнявшись, ученые принялись танцевать.

Натанцевавшись, Рафаэль Яковлевич включил свой ноутбук и принялся спешно заносить данные. Масякин выключил свет, оставив гореть одну лишь настольную лампу. Потом положил ее в аквариум, и комната наполнилась ровным зеленым свечением.

— Ночник! — представил Васякин свое циничное изобретение. — Это чтобы нам монстры во сне не мерещились.

— До сна ли теперь, — светился ярче лампы Рафаэль Яковлевич. — Ведь теперь мы завладели универсальным оружием против монстров. А еще — открыли новое свойство нановодки. И она стала еще замечательнее.

— Может, выпьем, за открытие вашей водочки-бесогоночки, а, Рафаэль Яковлевич? — предложил Масякин, щелкнув ногтем по бутылке. — Вам, ребятишки, не предлагаю, молодые еще…

— Отчего же не предлагаешь? — запротестовал Рафаэль Яковлевич. — Будто не знаешь, что моя водка настолько революционна, что, после дополнительных исследований, ее разрешат к употреблению беременным женщинам и подросткам. А заодно будут рекомендовать лицам, страдающим заболеваниями почек и нервной системы.

— Так налить вам, пацаны? — Масякин соблазнительно взболтнул бутылку.

— Нет, — сказал Вовка за всех. — Пока не найдем Вальтера Михайловича, не выпьем ни капли. У нас теперь сухой закон.

Костет согласился. Жека тоже, но не без ворчания.

7. И еще кое-что

За водкой Масякин с Рафаэлем Яковлевичем разговорились. Возобновилась их давнишняя полемика о причинах произошедшего в Мудрове катаклизма. Выдвигались самые абсурдные соображения.

— Я считаю этот спор безосновательным, — сказал Рафаэль Яковлевич. — Вы всерьез предполагаете, что виной всему микроускоритель частиц семьи ученых Вахтанговых?

— Ну да, — защищал свою гипотезу Масякин. — Они запросто могли открыть им черную дыру, и из нее уже поперла всякая мутная нечисть.

— Вы начитались «Популярной механики», молодой человек, — скептически отвечал Рафаэль Яковлевич. — Конечно же, свойства черной микродыры изучены мало, но чтобы такое... Нет, не думаю.

— Тогда я считаю, что это Тюленев во всем виноват, — уверенно сказал Масякин. — Слишком уж он был мерзким, и никто не знал, что он исследует. Самый, бля, секретный из всех. И Тамара Цой эта с ним водилась...

Все это время пацаны молча слушали. Им было интересно узнать, кто чем занимался в Мудрове и какова, по мнению ученых, причина катастрофы. Никогда до этого они не слышали настоящих научных дискуссий. Но тут промелькнуло имя ведьмы, и все встрепенулись, прежде всего, Костет.

— Ведьма! — вскричал он, и усы его заметно распушились.

— Ага, — согласился Масякин. — Жуткая сука. Именно из-за нее в свое время Валю из аспирантуры вышибли. А так бы мы с ним сейчас здесь вместе тусили.

— Нам еще очень многое нужно рассказать друг другу, — подсел поближе к ученым Вовка.

ГЛАВА VIII

1. Тюленевская матрешка

Ленгвард Захарович проснулся, когда луч солнца хлестнул его по лицу. Больше суток его держали в кромешной тьме, в клетке, созданной из плоти и крови. Прутья образовывали сплетения мышц, покрытые влажной, ноздревато-пупырчатой кожей. Клетка была неудобная — и ног не вытянуть, и в полный рост не встать. Среди прочих новомудровских диковин то была особая гордость Тюленева. Он так и сказал пленнику. Сперва, правда, прокашлялся хохотом, но потом именно так и сказал:

— Эта клетка — моя особая гордость! Уверен, ты в состоянии понять мой юмор... но на всякий случай все-таки поясню. С момента рождения каждый из нас, людей, заточен в темницу собственного тела. Зачастую уродливую, как в твоем случае... Вот и сейчас ты заточен в мясе — так что ничего в твоей судьбе, ха-ха, особо не поменялось. Правда, можно сказать, что теперь к твоей прежней темнице из плоти добавилась новая темница из плоти. Таким образом, возникает резонный вопрос, которым я не премину тебя озадачить: ощущаешь ли ты себя матрешкой, Ленгвард Захарович? Или, быть может, согласно фрейдистам, ты, напротив, счастлив вернуться в утробу матери? Не торопись давать ответ прямо сейчас. Мы еще встретимся. Я еще загляну к тебе.

Кончив монолог, Хрен Тюленев снова зашелся злодейским смехом.

— Ты за все мне ответишь, щенок! — пригрозил пожилой ученый.

Первая встреча Ленгварда Захаровича с будущим пленителем состоялась на банкете в честь открытия Мудрова. Старик в тот раз подумал с сочувствием, что Тюленев — слепой инвалид от рождения: «Надо же, какой дефект, не глаза — а бусинки, но ведь и с ними умудрился сделаться ученым, всем бедам назло. Героический пример всем нам!»

Понял свою ошибку только после того, как Хрен похвалил его фланелевую рубашку. Намекнув, что, разумеется, шелковую с кукурузой не поносишь. Причем высказал он это даже не как равный равному, хотя куда ему до Ленгварда Захаровича, а свысока. «Уши бы тебе оторвать, змееныш», — сказал на это заслуженный ученый одним лишь взглядом. «Хрен тебе», — также взглядом прогундосил Тюленев.

Но Ленгвард Захарович этого посыла просто не разглядел. Лупы у него с собой не было. А если бы и была, то из чувства такта, и просто физиологической неприязни, все равно не стал бы наводить ее на враждебные глазки.

Поймав Ленгварда Захаровича у куста сирени, упоительный звук повел его к своему источнику. Следуя лунатической походкой в заданном направлении, Ленгвард Захарович упал, разодрав коленку, но поднялся и продолжил путь. Потом, правда, снова споткнулся, упал и уже не поднялся. Потерял загипнотизированное сознание. Старые люди, они ведь часто падают на ровном месте.

Пришел в себя оттого, что кто-то лил ему на одежду уксус с трех сторон, гадко при этом хихикая.

Открыв глаза, увидел трех новоявленных Мудровских гопников, мочившихся на него яблочным уксусом. Это был именно яблочный уксус, не виноградный, причем девятипроцентный. И они им мочились из вполне обыденных писюнов. Будучи истинным ученым, Ленгвард Захарович первым делом озадачился, как это у них получается. Ведь не могло же такое случиться из-за того, что они уксуса много выпили или яблок объелись. Феномен, достойный всестороннего изучения.

И уже вторым делом Ленгвард Захарович обозвал их малолетними шакалами, по которым тюрьма давно плачет. Поток уксусной мочи мгновенно смолк.

— Жив, облезлый хрыч! — обрадовались гопники и, подхватив мокрого кукурузного старца, куда-то его поволокли.

Ленгвард Захарович, для своих лет сильный старик, пытался вырваться, но хватка у гопников была железная. Он, битый жизнью атеист, и представить себе не мог, куда они его тащат. Не мог, пока не увидел перед собой золоченые купола.

2. Штаб чудовищ

Это была Мудровская Православная церковь. Без учреждения, предназначенного для отправления духовных нужд, наукоград никак обойтись не мог. Еще планировалось возведение мечети, но к открытию не успели и отложили на неопределенный срок.

Теперь в здании храма божьего располагался главный дворец демонической власти — Хрена Тюленева и Тамары Цой. Пол в церкви почти отсутствовал, вместо него волновалась густая зеленая жижа. А в самом центре серел круглый остров бетонной суши.

Посредине бетонного острова высились два трона. Один, розовый и изящный — цоевский, другой, массивный и золоченый — тюленевский.

Через зеленую жижу к острову от самого входа вел широкий, грубо сколоченный трап. Вспомните уже упоминавшуюся лупу, — так же и здесь: трап — это ручка, а само стекло — это остров, только пропорции немного другие.

Изнутри церковь освещалась испускаемым зеленой жижей сиянием. Выглядело почти также как в «штабе сопротивления», после того как Масякин изобрел своей ночник.

Когда старика тащили по трапу, ему чудилось, что жижа шепчет ему всякие ругательства. Но это был совсем другой голос. Не тот, что загипнотизировал его у сиреневого куста. Вдруг прямо рядом с ним вынырнул скелет чьей-то грудной клетки. Ленгвард Захарович сжал зубы. Здесь их и утопили — всех тех, кого заманили голосом.

— Бросить его в жижу? — спросил один из гопников, уложив Ленгварда Захаровича лицом вниз прямо у ног Тюленева и Цой. Чтобы не вырвался, демон больно завернул ему руку за спину и удерживал в таком положении.

— И не знаю, Степан, — капризничал Тюленев. — Вроде ведь известный ученый. Весь такой из себя недотрога. А ты-то как думаешь, дорогая?

— Бросайте, — равнодушно сказала Цой. — Озеру для роста нужна подпитка. Давно мы его не кормили. Не хочу, чтобы оно у нас похудело.

Гопники не двинулись с места.

— Бросайте же! — нетерпеливо потребовала Цой, но гопники вновь ничего не предприняли.

— Они не слушают твоих приказов, дорогая, — спокойно объяснил Тюленев. — Удивлен, что ты заметила это только сейчас. Дело в том, что демоны — монархисты от природы. Поэтому они чтят только одного царя, и царь этот — я, Кондуктор Второй!

Ленгвард Захарович не сводил глаз с золоченого монаршего кителя Хрена. Выглядел он нарядно и благородно, но с мордой владельца, оснащенной грандиозным овощным шнобелем, никак не сочетался.

— Что еще за шутки? — возмутилась Цой. — Ты же поклялся мне, что править мы будем вместе!

— Я не нарушил своей клятвы, милое создание. Но ты, видать, забыла историю про Кондуктора — повелителя чудовищ? И теперь я царь, а черный троллейбус — это моя карета.

До этого Цой и в голову не приходило, что демоны слушают только Тюленева. Потому что как было дело? Предложит Цой, например, в ее логове расположить заколдованную игровую приставку с сюрпризом, а Тюленев и скажет, что да, нужна такая приставка. И все тут же исполнено. Захочет она, чтобы у выхода-входа на всякий случай посменно кто-то дежурил, с тем, чтобы впустить в город кого угодно, а выйти чтобы — шиш. Хрен кивнет шнобелем — и организована такая охрана. И только теперь она поняла, что все приказы проходят через его обязательное согласование, и выполняются только после этого.

Правда, тут же обрадовалась. Это ведь была *ее* недоработка, в самом деле. Нужно было с самого начала все прояснить. Гражданский муж вон какой галантный оказался. И виду не показал, что правит единолично. Никто ей не мешает проворачивать все, что нужно, пусть не напрямую, а через него.

— Давай я напомню тебе свою историю, — улыбнулся Хрен. — Расскажу ее и тебе, и этому, — здесь Тюленев пренебрежительно указал носом на Ленгварда Захаровича.

Цой уже слышала эту историю десятки раз, чаще всего после секса. Но она знала, что Хрену не терпится рассказать ее снова. Что он кайф получит от того, что ее расскажет. И не возражала, потому что от всего сердца хотела быть ему выдающейся женой-императрицей. Поддержкой и опорой.

В первую очередь Хрен стремился произвести впечатление на Ленгварда Захаровича, которому всегда очень завидовал.

История у Тюленева была следующая.

3. Чертенок в трусах

Папа и мама Тюленева — Тюленевы-старшие — были зоологами. Причем каждый из них — не в первом поколении. Вдобавок их интеллигентская порода проявлялась не только на людях, но и дома, когда никто не видит. Дворян в их роду не было. Самых далеких предков, о которых было известно, отпустили из крепостного рабства за невиданные таланты и познания.

Квартира Тюленевых, а также дача, были полностью заставлены различными энциклопедиями, чучелами пингвинов, микроскопами и прочими атрибутами нормальной зоологической семьи.

В школьном кружке «Юный лесник» Тюленеву не было равных. На городских олимпиадах по биологии он неизменно показывал то класс, то суперкласс. Малолетний Тюленев шел по жизни, высоко подняв свой уже тогда чудовищный нос.

Подумаешь, наружность непривлекательная. Зато вся его дальнейшая судьба определена. И судьба эта не предвещала ничего плохого. Предвещала она только хорошее. Размышляя о том, для чего он живет и чего хочет добиться, младший Тюленев пришел к выводу, что неплохо было бы открыть какой-нибудь новый вид зверей. Без этого сложно сделаться по-настоящему легендарным зоологом. Но и эта мечта вскоре сбылась, уступив место новым, еще более амбициозным.

В соседней квартире проживала семья пролетариев Петровых. И что-то вдруг повадились они умирать один за другим. Каждую неделю рано утром к их дому приезжала машина скорой помощи и уезжала, груженая свежим трупом. Сначала бабушка, потом отец, потом мать, потом тетка — и так однажды остался один лишь мальчик Ваня, с которым Тюленев никогда не ладил.

Оставшись один, Ваня Петров поднял такой крик, что перебудил весь дом. Когда вошли в его квартиру, обнаружили мертвую тетку, старшую сестру матери, и мальчика, тыкающего пальцем в окно и вопящего:

— Он туда удрал, туда... Прямо в окно! Но я успел поранить его ножиком!

— Кто удрал?

— Чертик в клетчатых семейных трусах... Он жил в той старинной картине, которую папа нашел на помойке и принес домой. И каждую ночь сходил с картины, чтобы кого-нибудь удушить. Поспешите! Его еще можно поймать и добить.

Взрослые внимательно осмотрели картину. На ней был изображен пустой старинный стул в красивом интерьере. Какое-то классово чуждое искусство, упадничество и декаданс. Чертей же там точно никаких не было, и ничто не указывало на то, что когда-либо были.

Очевидцы подумали, что мальчик был шокирован смертью тетки-опекунши, и чертик ему привиделся. Ваню увезли в закрытое медицинское учреждение. Стали проводить на нем всякие опыты. Выяснять, не он ли всех убил, раз единственный выжил.

Ванюша не раз поколачивал Тюленева, хоть и был младше на полтора года. Так что его отъезд стал подарком судьбы. Следующим утром, когда Тюленев отправился выгуливать слизняка Гаврилу, фортуна преподнесла ему очередной сюрприз.

В траве за домом Тюленев обнаружил тот самый, никем еще не открытый вид. Это был маленький испуганный чертенок в клетчатых трусах. Тельце его было синевато-бледным, исхудавшим, а из спины торчал кухонный нож.

Юный зоолог взял беднягу на руки и отнес домой.

— Не убивай меня, — попросил чертик. — Я тебе пригожусь.

— Ты еще и разговаривать умеешь? — поразился ребенок.

— Я много чего умею. Но без картины я умру. Она висит в квартире Петровых. Если бы я только мог снова занять свой старинный стул в красивом интерьере... Я бы тогда излечился.

Той же ночью Тюленев по карнизу пробрался к окну покойной семьи Петровых. Форточка, через которую сбежал чертенок в трусах, все еще была открыта. Тюленев похитил картину и пакет шоколадных конфет, лежавший на самом видном месте. Мальчику Ване они все равно были уже не нужны. Конфеты оказались очень кстати, потому что чертенок в трусах был их большим любителем.

— Только ты не тяни, отнеси картину на какую-нибудь помойку, желательно подальше от твоего дома, — рекомендовал чертенок, попивая чаек с конфетами. — Я по природе хищник. Инстинкты могут взять надо мной верх, и тогда я не пощажу ни тебя, ни твоих родителей.

— И мы больше никогда не увидимся? — Тюленев чуть не плакал. Таких прекрасных зверушек, как черти, он никогда не встречал и боялся, что никогда не встретит.

— Еще как увидимся! Я тебя познакомлю с моим начальником — Кондуктором. Он суров, но справедлив. Он разъезжает в эффектном черном троллейбусе и является царем всех советских демонов.

Юный Хрен, безусловно, удивился. Советские демоны — и при этом царь? Но чертик терпеливо разъяснил, что у каждой эпохи есть свои демоны. Эпоха отмирает, и демоны дохнут вместе с ней. Печальный и естественный ход событий. Нынешние демоны называются советскими только потому, что живут в соответствующую эпоху. А так, на деле, они скорее антисоветские. Потому что убивают мирных тружеников.

Прихватив оставшиеся конфеты, чертик попрощался с мальчиком и влез обратно в картину. На следующее утро Тюленев отнес картину на помойку, где ее тут же подобрал инженер Сидоров и, радостный, поволок в семью. Инженер Сидоров был очень хозяйственным и домовитым мужчиной. На службе ему прочили скорое повышение.

Встреча с кондуктором состоялась через пару недель. Тюленев к тому времени закончил первую общую тетрадь подробных описаний чертика. Примечательным было то, что мальчик сидел на остановке, где троллейбусы отродясь не ходили. Одни только автобусы. И тут подъехал этот черный красавец и открыл перед защитником чертей двери. Тюленев сразу понял, что к чему, и заскочил в него, не дожидаясь особого приглашения.

Там, в троллейбусе, были люди. Самые разные. В основном унылые, жалкие и взрослые, а некоторые так и вовсе старые. Между рядами кресел расхаживал развеселый кондуктор. Под собственный аккомпанемент на баяне он мастерски исполнял песню «мы едем-едем-едем в далекие края». И так звонко и радостно звучала эта песня, так контрастировала с кромешной безнадегой остальных пассажиров!

Кондуктор заметил Тюленева, перестал играть и подошел к нему.

— Ну, здравствуй, герой, — Кондуктор погладил мальчика по голове. — Вот мы и познакомились.

Они подружились. Встречались нечасто, в те моменты, когда Тюленев этого меньше всего ждал, — так того требовал демонический этикет. Катались по городу, ловили растерявших себя в этой жизни пролетариев, много разговаривали. Куда потом девались пассажиры, Тюленев не знал, но понимал, что больше их никто не увидит. Он из людей последний, кто их видит. Это было приятное чувство собственной исключительности.

— Я — как санитар леса, — объяснял Кондуктор. — Собираю бедолаг с горемыками, лишних на этой земле, и везу их в... ну, в общем везу. Куда — тебе знать не положено. На сей счет у нас жесткие нормативы. Повышенная степень секретности. Но я не всегда был таким. Когда-то, как и ты, был человеком. Демоны, они ведь по-разному приходят в профессию. Кто-то изначально был водяным, потом заболел и переродился в ванного. У всех своя история.

4. Гребаный постмодернизм!

Периодически демоны попадали в беду. Кто по собственной глупости, кто из-за козней людишек. Кондуктор просил Тюленева помочь, так, чтобы тихо, не привлекая внимания. И Тюленев помогал.

Всю дальнейшую жизнь он посвятил изучению потусторонних существ. Привык носить маску. Окружающие считали его перспективным зоологом. На самом же деле он был гениальным демонозоологом. Работать для этого нужно было вдвое больше, но Тюленев справлялся.

Крушение Советского Союза открыло перед Хреном выдающиеся перспективы. Он мог работать открыто, не боясь упреков в идеализме. Создать, как давно мечтал, кафедру демонозоологии в Ветеринарной Академии. Там можно было бы готовить профессиональных демоноветеринаров.

Ожидаемо было, что столь тотальная смена условий жизни автоматом изменит людские представления и страхи. Процесс этот, по уверениям Кондуктора, был естественным и необратимым: «Одна эпоха сменяет другую, как осень сменяет лето.

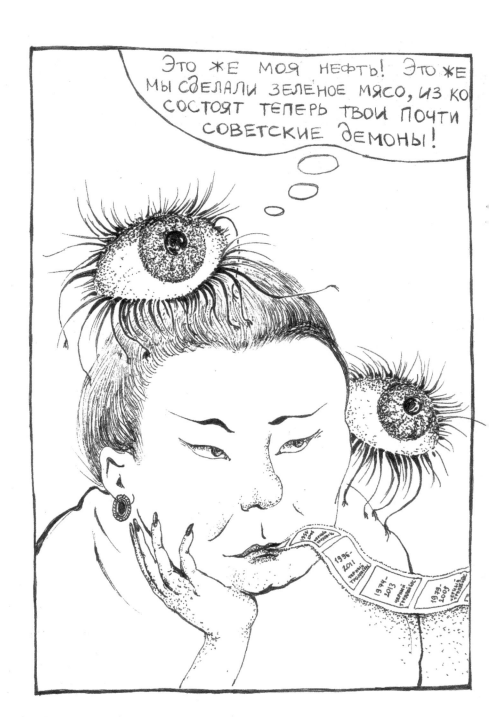

Но поросль потусторонних существ должна населять этот мир всегда. Это один из базовых законов организации жизни».

— Что-то не так, — сказал Кондуктор одним холодным осенним вечером. Выглядел он в последнее время не ахти. Хирел и загибался с каждым месяцем. — Старые монстры болеют. Исчезают. Новые если и появляются, то сплошь чахлые, нежизнеспособные... Если так пойдет дальше, скоро мы полностью вымрем, ничего после себя не оставив...

— Но почему так происходит? — поразился Тюленев. — Как же базовый закон организации жизни?

— Не знаю, — ответил Кондуктор. — Что-то очень серьезное изменилось в мозгах и душах людей. Может быть, это из-за тех продуктов, которые они едят. Сосиски и макароны. Рано или поздно это должно было привести к масштабным мутациям. А может быть, все дело в постмодернизме... Люди перестают нуждаться в нас, монстрах, потому что и без нас прекрасно обходятся. Они сами себе враги — разворовывают, уничтожают все подряд, и вредное, и святое. Это страшно. Это лишает смысла само наше существование. А сколько сейчас воцерковленных...

— Это всего лишь поветрие, — успокаивал Тюленев. — Скоро оно пройдет. Им просто запрещали столько лет, а теперь они дорвались. Лучший способ сделать что-нибудь модным — объявить это вне закона, но чтобы санкции были не слишком жесткие.

Тюленев понимал, что Кондуктор прав по поводу церкви. Все больше в последнее время нарождалось попов-бесогонов. Некоторые из них были шарлатанами, другие же знали, с кем борются и как это нужно правильно делать.

Хрен был вынужден принять православие, чтобы сблизиться с ненавистниками демонов и уничтожить их структуру изнутри. Вскоре он возглавил соответствующий секретный отдел Русской Православной Церкви. В знании предмета и его истории с ним не мог сравниться ни один бесогон-самоучка, а других бесогонов просто не существовало. Традиции их подготовки были беспощадно разрушены большевиками, как вредоносные формы религиозного суеверия. Тюленев часто размышлял, что среди революционеров, пожалуй, тоже был какой-нибудь Тюленев. Вряд ли пустая случайность.

Вопреки тому, что на своем посту Хрен только вредил, потустороннему сообществу становилось все хуже.

Тяжело болел и Кондуктор.

— Ты делаешь для нас все, что можешь, — говорил он, призвав Тюленева незадолго до смерти. — Мало кто из людей был другом демонов в той степени, в которой стал ты. Мы собрали совет. Никто не против. Все хотят видеть тебя новым Кондуктором. Сам-то ты как? Не будешь самоотвод брать?

Какой самоотвод, когда он готов был подпрыгнуть до потолка от такой чести!

— Но стать полновластным царем советских демонов, — с трудом продолжал Кондуктор, — ты сможешь только тогда, когда сам станешь демоном...

— Но как мне им стать? — пронзительно вопрошал Тюленев. — Есть какой-то путь? Процедура? Инициация?

— Путь есть, но у каждого свой. Ты должен отыскать собственный. А раз ты человек науки, то и путь этот должен исходить от нее. Все по-разному приходят в профессию...

После смерти Кондуктора Тюленев продолжал верой и правдой служить демонам и дурить православных. Последнее было несложно. Всех недоброжелателей Хрена вскоре уничтожали демоны, обставляя все как несчастный случай. Какой поп на мерседесе разобьется, какой умрет от передозировки героина.

А потом на одной из научных конференций к Тюленеву подошла красавица корейской наружности.

— Тамара, — представилась она, и Тюленев понял, что влюбился с первого взгляда.

Жизнь его теперь была освещена не только миссией, но еще и любовью. Тамара Цой, ко всему прочему, и сама была ученым. Раньше она занималась изучением влияния почерка на судьбу человека, теперь же стала заниматься исследованием золотого уса. И растение это открывало перед демонами неожиданные перспективы.

Речь зашла о восстании. Демонам больше не надо было дохнуть при смене эпох, они обретали вечную жизнь. И все это благодаря усовой нефти — изобретению Тамары Цой. Ни меткая пуля, ни искренняя молитва отныне не могли ранить их и покалечить.

Благодаря этой же нефти Хрен обрел невиданные возможности, став с демонами одной зеленой крови. А значит, получил наконец право занять пост их царя, стать Кондуктором Вторым, причем единственно благодаря научной мысли. Кондуктор Первый, прозванный Справедливым, как в воду глядел.

5. Цоевое мясо

— Да как ты можешь вообще?! — завопила Тамара Цой, когда амбиции вновь взяли верх над здравым смыслом. — Это же моя нефть! Это же из нее мы сделали зеленое мясо, из которого состоят теперь твои почти исчезнувшие советские демоны! Это же моя зеленая усовая кровь течет по их зеленым усовым венам!

— Именно так, дорогая, — ответил Тюленев. — Я так и называю дарованное тобою мясо: цоевое мясо! Правда, отлично придумано? А, кроме того, не забывай, что теперь я и сам состою из него. После того, как я поменял свою кровь на усовый раствор, чтобы стать одной крови с моим народом... А у тебя другая кровь, моя ненаглядная, у тебя алая кровь. Заурядная алая кровь, так-то. С такой кровью невозможно править демонами.

— Да пошел ты, Хрен Тюлений! — закричала Цой.

— Не кипятись, не кипятись, — Тюленев обнял Цой за талию, успокоил ее поцелуями, от которых некрасивая кореянка сначала отпихивалась.

Ленгварду Захаровичу стало противно. Гопники же смотрели на своего правителя с подобострастием.

— И я обещаю тебе, — с придыханием зашептал Тюленев, взяв скуластую голову Тамары Цой в ладони. — Я торжественно обещаю тебе, что, как и договаривались, мы будем править вместе. Как ты, глупышка, могла подумать, что я тебя опрокину? Ну, скажи, как?

— Дурой была, — утирала сопли счастливая Цой.

— Вот именно, дурочка моя, — сказал Хрен Тюленев и снова принялся лизаться со своей царицей.

Ленгварду Захаровичу стало понятно, что теперь эти двое снова близки, и стали еще ближе, чем до этой случайной ссоры. Они прояснили возникшее между ними недопонимание, и это укрепило их семейную крепость.

— Я не хочу уничтожать этого старого пердуна, — сказал Хрен Тюленев, вновь переведя взгляд на Ленгварда Захаровича. — Что-то в нем есть. Пусть будет нашим домашним питомцем. Уродливым, строптивым, но таким при всем при этом экзотическим... Постройте барак для него! А я построю для него особую клетку. Клетку из человеческой плоти!

6. Гость

Вот так Ленгвард Захарович и оказался в своей темнице. В прочном кирпичном бараке, по соседству с его собственной клеткой, стояли еще две клетки из человеческой плоти. Пустые. С самого заселения туда он подумал, что это, скорее всего, неспроста, и именно здесь будет специальное место для пленников. Прямо как зверинец для лабораторных животных.

Сегодня ему привели, а вернее, приволокли соседа. Приказали соседней клетке из плоти открыться и закинули в нее пленника, от которого сильно несло яблочным уксусом.

Перед выходом гопники швырнули старику две бутылки: одну — двухлитровую с водой, другую — литровую с жидкой манной кашей. В клетке с пленником оставили тот же комплект провианта.

— Лампу хоть зажгите, изверги! — проворчал Ленгвард Захарович.

Гопники усмехнулись, плюнули ему в лицо, но все же зажгли слабую лампочку. Потом они ушли. Сразу же после этого Ленгвард Захарович придвинулся к своему сокамернику, чтобы получше его рассмотреть. Лоб у того был разбит, но грудь исправно поднималась и опускалась, значит, живой.

Спустя часов пять парень очнулся и застонал.

— Ленгвард Захарович! — сквозь прутья протянул руку кукурузный гегемон.

— Как? — удивился Валя. — Вы и есть Ленгвард Захарович? Сосед Масякина по лаборатории? Он мне столько о вас рассказывал.

— Именно так, — сказал Ленгвард Захарович. — А сам-то ты кто?

— Я его друг, меня зовут Вальтер. Но можете звать меня Валя.

— Он никогда о тебе не рассказывал. И, кстати, мужественное имя. Я бы на твоем месте не уменьшал бы его.

— Всю жизнь за еврея из-за него принимают...

— Если тебя это утешит, после войны с таким именем тоже многим жилось несладко. Но там уже за немцев принимали, что логичнее. Дремучий народ. Все ищут, к кому бы придраться. А имя твое означает «управлять людьми» или «вести людей», как-то так. У немцев все имена свирепые, если перевести: кто-то у них волк, кто-то орел, кто-то воин, кто-то шлем...

— Хорошо, что родители меня Шлемом не назвали. Могли бы. А у вас ведь тоже имя какое-то иностранное... Скандинавское?

— Какое там скандинавское... Обычное советское имя. Означает — Ленинская Гвардия. Меня так в детдоме назвали.

— Красивое.

— Что есть — то есть.

Валя поведал Ленгварду Захаровичу, как очутился в Мудрове. Все по порядку, начиная с того момента, как Тамара Цой сделалась соседкой ПТУшника Костета. И до событий, которые произошли перед тем, как его вырубили, ударив головой о писсуар. И, конечно, о том, что с того света к Масякину приходила убиенная Настюха. Видимо, знала о том, что планируется, и хотела предупредить. Но он оказался несообразительный дурак.

Ленгвард Захарович выслушал историю, широко раскрыв выцветшие старческие глаза. И сам открыл Вале все, что ему известно о Мудровской катастрофе.

Пленники не подозревали, что каждое их слово жадно глотают притаившиеся в углу паукообразные близнецы — глаза-шпионы на лапках-ресничках. Когда оба заключенных выговорились, глаза дематериализовались и вновь материализовались в пристанище Тюленева и Цой — царя и царицы советских демонов.

ГЛАВА IX

Иерархия и специализация в потустороннем мире более строгая и детальная, чем в нашем бытии.

И. Малкина-Пых

1. Мозгоштурм

Постоянно проживать в здании церкви было невозможно. Куда, например, ходить по нужде? Жижу испражнениями осквернять, как какой-нибудь Ганг? Поэтому царская чета здесь и не жила. Приходила сюда, как на службу. А вечером они шли спать в один из спальных блоков, расположенных поблизости.

Тамара Цой настаивала на том, что так неудобно, и штаб нужно перенести в более подходящее место. Тюленев по этому вопросу сохранял непреклонность — если он теперь Кондуктор, то и дворец должен быть соответствующий. Чтобы все лицезрели его близость к простым демонам и священной зеленой жиже.

Очередной рабочий день царской четы подходил к концу. Скоро можно было отправляться домой.

Явившись во дворец жижи, глаза застыли в нерешительности перед своим владыкой. Хрен Тюленев беседовал со своей гражданской женой, и шпионы не хотели вмешиваться. Преданно смотрели Кондуктору в лоб, ожидая, когда тот обратит на них внимание.

— Почему, дорогая, ты не хочешь заменить свою кровь на зеленую? — выспрашивал Хрен у своей любимой. — Ведь эксперимент показал, что нормально все... Как видишь, жив и здоров. И убить меня невозможно. А так мы будем с тобой вместе править, и я официально объявлю тебя своей Кондукторшей.

— Понимаешь, моим предкам столько пришлось пережить... — грустно отвечала Цой. — Гонения Сталина, война, голод... Их прошлое многое для меня значит. И эта кровь, что течет в моих жилах... Да, я понимаю, что это предрассудок, но пока что не хочу с ней расставаться. Может, позже. После всемирного переворота. Я очень сентиментальна.

— После этих слов я словно бы полюбил тебя еще сильнее. Каждый день ты открываешься все новыми гранями, и все они одинаково прекрасны.

Топ-топ-топ, — застучали лапками глаза, чтобы напомнить о себе руководителям, пока те еще не занялись сексом. А то ведь займутся прямо здесь, никого не стесняясь, и жди тогда не менее получаса, пока нарезвятся.

— Это вы, глазки мои ненаглядные, — заметил шпионов Кондуктор. — Идите сюда, рассказывайте, что удалось разузнать.

Глаза запрыгнули на кондукторские плечи, — один на правое, другой на левое, — и зашептали по очереди все, что им удалось выяснить. Выслушав шпионов, Тюленев в точности пересказал все любимой своей женщине.

— Нет, ну какие упорные, а с виду обычные разгильдяи, — отдала должное Тамара Цой. — Но ничего. Это до поры до времени. Упорство и мужество отлично лечатся... смертью!

— Здорово ты придумала получить от пленников информацию, просто поселив их рядом и подслушав с помощью глаз, — похвалил Тюленев. — Можно эту уловку и дальше использовать. Они ведь думают, что одни в этом бараке. И под пытками не расскажут того, что так запросто выкладывают друг дружке.

— Да, мой носорожек. Но обещай, что, когда поймаем детишек, — устроим им бесчеловечные пытки.

— А какую информацию ты планируешь от них получить? Разве они знают еще что-нибудь полезное?

— Ничего они такого не знают. Но в этом-то и прелесть.

— То есть мы будем их просто так пытать? За красивые глаза?

— За них.

— Вот ведь чертовка! — Кондуктор хихикнул. — У меня, кстати, есть мысли на этот счет. Давай превратим их в жалких зомбиподобных созданий. Пусть ползают в собственных кишках и крови, умоляя не бросать их в зеленую жижу. Нет! Пусть вообще разучатся говорить от всех перенесенных мук и страданий. Просверлим дырки в их черепах и вольем прямо в еще живой мозг концентрированное вещество для мытья посуды! Тебе что больше нравится, Фэйри или Мистер Мускул?

— Фэйри.

— И мне тоже Фэйри. У нас с тобой столько общего! — Кондуктор поцеловал свою избранницу в ушко.

— А Вальтера со старым пердуном нам все же придется отпустить, — сказала Цой. — Надеюсь, ты не будешь против.

— Как так отпустить?

— Сначала подлатать нужным образом, потом отпустить. Мы ведь все же цари демонов — проявим великодушие.

— Как так? — широко раскрыл свои маленькие глазки кондуктор. Но даже в таком виде они были существенно меньше его ноздрей.

— Помнишь, перед тем, как передать местный госпиталь жукам, я наведывалась туда…

— Помню.

— Так вот, я нашла массу прекрасных лекарств, иные из которых, усиленные раствором уса, могут избавить нашего пациента от излишней активности. Вколем Вальтеру хорошую дозу обогащенного аминазина. И еще чего-нибудь.

— А когда действие лекарства пройдет? Что тогда?

— Оно не пройдет. Он навсегда останется таким же заторможенным. Без его поддержки кучка подростков никогда бы не добралась до Мудрова. Лишенный воодушевления лидер будет их тормозить и снижать боевой настрой. Полуживой лидер — это нечто существенно худшее, чем лидер мертвый.

— Еще мы можем послать за ними хвост! — смекнул Кондуктор. — Кого-нибудь из наших шпионов-глаз, например. Так Вальтер, сам того не зная, приведет нас в укрытие бунтовщиков. Мы пошлем туда Черную Ромашку, и она всех вырубит!

— Опять ты про эту дылду! Тянет же тебя на всяких баб! Признайся, у тебя с ней что-то есть?

— Нет ничего, что ты, ревнивица. Просто она уже справилась с ними однажды. Справится и теперь. Мастерица своего дела. Очень ценный кадр.

— Пускай, — махнула рукой Тамара Цой. — Ты мне лучше скажи, что мы будем делать с этой Настюхой? Малолетняя шалава с того света, чувствую, не оставит нас в покое…

— Согласен. Грязный мухлеж со стороны мертвецких ангелов. Жаль, пожаловаться на них некому. Придется взять инициативу в свои руки. Доверься мне, я разберусь с паршивкой.

2. Мотивы

Рафаэль Яковлевич с Масякиным выслушали историю о кровавом усе и Настюхе. Теперь у ученых не оставалось никаких сомнений, что оба они — и Цой, и Тюленев — оказались напрямую причастны к случившемуся в Мудрове катаклизму. Масякин прямо сиял от того, что впервые вышел победителем в их частых с Рафаэлем Яковлевичем диспутах.

Сам же он подробно рассказал о своем опыте знакомства с «корейской сукой» на кафедре. Она была научным руководителем Вали. Сначала рекомендовала его к публикациям в сборниках, участиям в проектах, и вообще всячески проталкивала. А потом она уехала куда-то в командировку, а вернулась из нее совсем другим человеком.

Не только устранилась от помощи Вале в исследовании, но и стала его всячески чморить на заседаниях кафедры. Он видел, к чему все катится, и очень переживал. Стал много пить — только так со стрессом и справлялся. На этой почве у него возникла бредовая идея, что это вовсе не Тамара Цой, а совсем другой человек. Что ее вроде как подменили. На одном из заседаний кафедры он поднял этот вопрос, явившись туда пьяным. После этого его выгнали из универа под мнимым предлогом. Можно подумать, до него на заседания никто пьяным не являлся.

Рафаэль Яковлевич тоже был знаком с кореянкой. Она несколько раз наведывалась к нему в лабораторию, еще до всего. Пыталась, кажется, соблазнить его, но он не уверен. Как женщину он ее никогда не воспринимал.

Один раз она проникла в лабораторию в его отсутствие. Оправдываясь, сказала, что дверь была не заперта, вот и вошла. Но Рафаэль Яковлевич точно помнил, что закрывал дверь. Теперь, когда открылось, каким побочным эффектом обладает нановодка, все стало на свои места. Скорее всего, ведьма пыталась вывести аппаратуру из строя.

— Нужно навестить ее убежище, — сказал Масякин. Я знаю, где она живет. Вернее, жила раньше. Там должны остаться какие-нибудь подсказки.

— Мы отправимся туда немедленно! — вскочил Костет.

— Нет, — возразил Рафаэль Яковлевич. — Мы пойдем туда утром. И не все, это было бы слишком рискованно, а только двое.

— Я пойду! — заявил Костет.

— И я, — сказал Вовка.

— И я пойду с ними, — сказал Жека.

— Нет, — опять не согласился Рафаэль Яковлевич. — Константин, уместнее будет, если пойдете вы и Масякин. Он молодой и резвый, а еще отлично знает город и Тамару Цой. Евгений и Владимир пойдут со мной. Нужно будет наведаться в мою старую лабораторию, чтобы наделать побольше нановодки. Если, конечно, эти черти еще не уничтожили мою аппаратуру.

3. Демоны и ангелы

Кондуктор Тюленев не видел ничего невозможного в том, чтобы изловить бесплотную Настюху. Более того, даже сложного ничего не видел. На вооружении у него был соответствующий агрегат, который нужно было лишь слегка модифицировать. До этого он уже ловил с его помощью особо строптивых демонов, не веривших в идею захвата мира. Демонов, которые могли навредить и ему и себе, сами того не ведая.

В основном это были существа, живущие в людских снах. Почти как Фредди Крюгер, наши отечественные его коллеги. У них был мощный профсоюз с влиятельным лидером Василием Кузьмичом. Он крепко держал власть в своих руках, имел большой моральный авторитет и недолюбливал Хрена. Вероятно, метил на его место. Сам хотел стать Кондуктором.

— Что с того, что покойный Кондуктор Справедливый его обожал и сделал своим преемником, — говаривал Василий Кузьмич на профсоюзных собраниях. — И лучшим из нас иногда приходится ошибаться. Хрен идет против естественного положения дел. Если демоны советского строя, мы с вами, и должны умереть, то пускай. Кто бы ни был в этом виноват — Ельцин, Путин или постмодернизм. Нужно принять свою судьбу стоически и не устраивать истерик.

Его-то, Василия Кузьмича, Тюленев и изловил с помощью того самого устройства. За ним последовали другие несогласные обитатели снов, которых, впрочем, набралось всего-то штуки три. Остальные пошли за новым Кондуктором безоговорочно.

Машина представляла собой увеличенную и модернизированную копию индейского ловца снов. Эх, сколько понадобилось оленьих жил для его изготовления — страшно вспомнить!

Но, если иметь контакты в охотничьих клубах, достать их особых проблем не представляет.

Кондуктору не просто нужно было поймать ночных существ. Ему необходимо было материализовать их, то есть вырвать из реальности сна. Для этого он пустил по оленьим жилам зеленую жижу. Ею же, только кристаллизованной, он обработал и окружность ловца. И все заработало!

Кстати сказать, всех четверых демонов-диссидентов Кондуктор держал в специальном здании, за пределами Мудрова, чтобы они, не дай бог, не подняли бунта. Хрен заботился о них, как о дорогих гостях. Ни в чем не отказывал пленникам, кроме, конечно, свободы. Для него любой демон был существом привилегированным от рождения, и обходиться с ним подобало соответственно.

Чего уж говорить о демонах, поддержавших Тюленева. Он всегда был открыт для общения, готов поддержать, помочь, посоветовать… Когда к нему пришел Кожемякин и пожаловался на то, что убежал один из пленников (а это был Масякин), Тамара Цой хотела Кожемякина наказать. Кондуктор заступился за него. Посоветовал Кожемякину установить на окнах решетки и железную дверь. И еще поставить всюду свечей для атмосферности.

— А если они наткнутся на выключатель? — спросил Кожемякин, записывая ценные идеи Кондуктора.

— Тогда они будут шокированы, а ты подойдешь к ним и глотку перережешь. Очень эффектно получится. Всюду держи ножи. Под столом особенно. Вдруг кто-то из них попробует хлопья первым, умрет, а остальные посмотрят на него и есть откажутся.

Тамару Цой пусть и уважали, как избранницу Кондуктора, но не любили по-настоящему. Во-первых, она была не одной с ними крови, а во-вторых, относилась к ним утилитарно.

Провозившись всю ночь с ловцом демонов и ангелов, усталый монарх Тюленев возвращался во дворец-церковь. Чтобы полностью восстановить силы, ему требовалось посидеть минут пять на своем троне, в окружении озера.

Вдруг серия выстрелов разорвала тишину.

— Интересно, — меланхолично протянул Тюленев.

Спустя короткое время выстрелы прозвучали вновь.

— Очень, очень интересно, — оживился Тюленев и заспешил, куда шел.

Скорее всего, какие-то люди стреляли в каких-то его подчиненных. Если и так, то вреда они им все равно не причинят. Хорошо бы, чтобы демоны кого-нибудь из них уничтожили, ослабили отряд сопротивления, думал Тюленев.

Он еще ничего не знал о нановодке и ее неожиданном побочном действии.

4. Заначка

Аппарат для приготовления нановодки, опытный образец, располагался в трех кварталах от нынешнего убежища сопротивления. Теперь, когда выяснилось, что водка — это замечательное оружие, требовались дополнительные ее запасы.

Рафаэль Яковлевич неспроста отрядил в логово ведьмы вместе с Масякиным именно Костета. Он был самым хилым из всех ребят. Водочному Моцарту необходимы были крепкие парни, чтобы перетащить как можно больше бутылок.

Если, конечно, оборудование цело... Надежда на это была не велика. Когда, добравшись до здания, спустились по лестнице, растаяла и она.

Дверь нараспашку. Расшвыряны бумаги с графиками, цифрами, формулами. На белых листах отпечатки грязных копыт и когтистых лап.

— Она побывала здесь! — оценил ситуацию Рафаэль Яковлевич. — Важнейшие чертежи пропали. Перегонная машина разрушена. Микросхемы сожжены.

— Вот сука! — сказал Жека.

— Починить можно? — спросил Вовка.

— Не думаю, — покачал головой Рафаэль Яковлевич. — Хорошая новость заключается в том, что есть *еще* нановодка. Готовая.

Он подошел к стене, извлек из кармана маленький пульт управления и ввел код. Стена отъехала в сторону. За ней прятался тайный холодильник.

— Хоть что-то, — сказал Рафаэль Яковлевич.

Груженные пластиковыми бутылками, вышли из разоренной лаборатории. Требовалось пройти каких-то пару кварталов. И тут загремели выстрелы. Те самые, что слышал Тюленев.

— Кто стреляет? — спросил Жека. — Может, это Масякин с Костетом отстреливаются?

— Рации в штабе забыли! — сказал Вовка. — Никак не спросить у них. Нужно торопиться.

— Может, ну ее, эту водку, — предложил Жека. — Возьмем по паре бутылок и на выручку побежим?

— А если это не они? — размышлял Вовка. — Если нас заманивают? Если они просто по банкам стреляют — тир устроили? Тогда что?

— В штаб, — коротко сказал Рафаэль Яковлевич.

Выстрелы повторились.

— И быстро, — прибавил он.

5. Передовой отряд

— Где они?! — крикнул демонический гопник по имени Степан. Среди равных он был равнее. Самый бойкий и беспощадный. Бригадир. Только его одного Кондуктор называл по имени, чтобы подчеркнуть статус. К остальным обращался: «мальчик». Или, что чаще, во множественном числе: «мальчики».

Степан дорожил своим статусом. Вот почему, когда вчера совершил оплошность, он не пошел в церковь к царю-батюшке и не покаялся. Ведь рядом с Кондуктором сидела она. Мерзкая эта Цой. Кто-кто, а она умела засрать патрону мозги. Раскричалась бы на весь штаб:

— Гони в шею этих дилетантов! Недостойны они быть твоим элитарным демоническим отрядом! Это ж надо было: пропустить сразу двух лазутчиков. Что это за живая цепь была, которую так просто порвали! Как эти демоны бегают вообще, если не догнали двоих на скутерах. Скутер — это ведь детская игрушка. Чтоб на такой кататься, и прав-то не требуется, а они не догнали... Поставили их, называется, в ночную смену вход охранять. Что может быть проще. Хомячки вон, и те на отлично справились. А если те двое соединятся теперь с силами сопротивления? Тогда что? Может быть, это правительственные агенты. Тогда звездец нам всем и нашей революции. И будущей так и недостроенной империи звездец. И даже нынешнему демоническому царству звездец наиполнейший.

Так что гопники не сознались. Поймай они тех двух беспечных ездоков и придуши по-тихому, потом легко можно будет выкрутиться, что их кто-то другой пропустил, а они вот поймали. Те же хомячки, может быть, проворонили. И бросить уже мертвые тела в зеленую жижу. А жижа бы и мертвецов схавала. Она не гордая. Такое уже бывало, когда в Мудров приперлось несколько припозднившихся ученых. Любители бардовских песен отправились в двухдневный поход, а когда вернулись… «мальчики» тогда недурно над ними покуражились.

Но эти были проворнее ученых.

Утром они отправились выслеживать пропущенных прошлой ночью мотоциклистов. Намеренно не подчинились приказу, чтобы исправить ошибку, пока о ней еще никто не знает. В их задание входило дежурство у подземной лаборатории водочника Рафаэля Яковлевича.

Цой полагала, что сопротивленцы должны рано или поздно там объявиться. Почему, она не рассказывала, но Тюленев согласился — пусть поставят засаду. Так что лаборатория осталась без присмотра, что было очень кстати. Рафаэль Яковлевич, Вовка и Жека не подозревали, как им повезло. Пятеро матерых демонов-гопников — это вам не пиво сосать по детским садикам.

Тем временем Степан почуял запах бензина. Уловил заостренным чувствительным ухом рев мотора. Побежал, и отряд последовал за ним. В просвете между зданиями показались наездники. Гопники ринулись в атаку, выкрикивая угрозы и оскорбления.

Когда Степан был уже совсем близко, один из дерзких гостей Мудрова навел на него дуло макарыча. И Степан, и прочие гопники хоть и притормозили, но громко при этом расхохотались, демонстрируя крепкие белые зубы и что пистолетом их не напугать. Вытащили из карманов складные ножи-бабочки. Ловкими движениями выбросили лезвия. Поранить никого не успели — кому по пуле, кому по две, но досталось каждому гопнику.

Каково же было замешательство стрелявших, когда только что уложенные на асфальт пацаны вдруг повскакивали с премерзким хохотом. Регенерация тканей у особо приближенных к Кондуктору демонов проходила интенсивней, чем у всех прочих. Стрелок сориентировался, успел сменить магазин и снова уложил нападавших.

На сей раз скутеры укатили раньше, чем гопники пришли в себя и возобновили преследование.

— Почему они не умирают? — спросил тот, который стрелял. — Они что, терминаторы?

— Не знаю, брат, — но лучше бы нам попалась какая-нибудь брошенная машина. Горючее на исходе.

6. Процедуры

Время взаперти тянулось медленно. Порою Ленгвард Захарович удивлял Валю странным поведением. Расстегивал на груди рубаху, потом застегивал. Разговаривал сам с собой. Дергал за прутья клетки. Авторитетно и безуспешно приказывал ей открыться. Сокрушенно мотал головой.

Большую же часть времени Ленгвард Захарович и Валя общались на разные темы. Они тоже услышали выстрелы. Сперва первую партию, потом и вторую.

— Ты слышал это? — поднял голову Валя.

— Слышал.

— Может быть, это помощь? Может быть, это Масякин идет сюда, отстреливаясь?

— Если это Масякин, то не исключаю, что он скоро окажется рядом с нами. В той свободной клетке.

Валя выругался и пнул прутья клетки, которые, хоть и были из мяса, но никак не отреагировали.

После выстрелов никому не хотелось говорить. Валя полчаса как прикидывался спящим, отвернувшись от соседа.

— Масякин мне как внук, которого у меня никогда не было, — внезапно признался Ленгвард Захарович. — И вообще, сирота я...

— Ясно, — отозвался Валя.

Он хотел еще кое-что рассказать про своего старого друга Масякина. Совсем неожиданное, характеризующее того, как благородную, но запутавшуюся личность. Выудить из проруби прошлого важную, но потерявшуюся подробность. Но не успел. На пороге барака показались гопники.

— Пора на прививку, голубок! — сказал Степан, подойдя вплотную к клетке с Валей.

На лбу у гопника-бригадира красовалось едва заметное зеленое пятнышко с пятидесятикопеечную монету — все, что осталось от пулевого ранения. Когда гости в очередной раз укатили на скутерах, отряд вернулся в штаб.

Смена в лаборатории Рафаэля Яковлевича все равно должна была вот-вот закончиться. И тут же их осчастливили новым приказом: тащить сюда молодого на медицинские процедуры.

— Не пойду, — Валя забился в угол клетки и ухватился руками за прутья.

— А тебя никто не спрашивает! Ну-ка, клетка, откройся! Клетка открылась, они схватили его и поволокли.

ГЛАВА X

*Зависимость от компьютерных игр
более изощренно высасывает
духовные силы из человека,
делает его энергетическим донором
глобальной киберсистемы.
Компьютерные системы
активно действуют на людей
с ослабленной психикой
по принципу гипноза,
поэтому многие люди,
у которых снижена психоэнергетика тела
и слабая психическая защита,
не могут самостоятельно оторваться от них.
От компьютера идекакт энергетическое полевое излучение,
которое встраивается в биополе человека
и начинает активно влиять
на его сознание и подсознание.*

*«Психологическая помощь
при игровой зависимости»*

1. Сборы

Сразу, как определились, кто, куда и в каком составе идет утром, улеглись спать. Нужно было набраться сил, и Костет понимал это, но заснуть у него не получалось.

— Чего не спишь? — проворчал Жека, лежавший с ним на одной кровати вальтом.

— Разбудил тебя?

— Дрыгаешься постоянно…

— Блин, извини.

Костет постарался лежать спокойно, но это было невыполнимо. Тело чесалось то здесь, то там. Не разберешь: то ли помыться не мешало бы, то ли нервное.

Жека все же заснул. Костету казалось неправильным, что его друг, вроде молодой парень, а уже храпит. Он раньше полагал, что храпеть должны только люди под тридцать и старше.

Или когда до этого он спал поблизости от своих сверстников, сон был таким крепким, что не слышал? Может, он сам постоянно храпит, да не знает? Друзья ему об этом не говорят, потому что боятся обидеть. Стыдно, если так. Хотя нет, не стыдно. Приятно, что у него такие друзья. Они здесь с ним. В самом пекле. А завтра станет еще жарче.

Проснувшись по будильнику, наскоро позавтракали консервами. Оделись, обулись. Костет с Масякиным лишнего с собой не брали. Только травматический автомат — 1 шт., нановодку в литровых бутылках — 3 шт., две из которых достались Костету и только одна — молодому ученому.

Они ушли на сорок минут раньше, чем вторая группа, пусть и предполагалось, что обе группы выдвинутся одновременно. Во-первых, Жека опять закопался, во-вторых, Костет все поначивал Масякина торопиться. Масякин кобенился: «Дай хоть чайку попить, может, в последний раз, мало ли там чего». Но что ему было против парня, движет которым любовь. Или месть за нее, что, в принципе, одно и то же.

— Мы верим в тебя! — напутствовали товарища Вовка с Жекой. — Ты, главное, будь холодным, как викинг. И решительным, как всегда.

Обнялись.

Когда пара исследователей покинула бункер, Рафаэль Яковлевич с сомнением произнес:

— На вид тщедушный какой-то. Этот ваш друг.

— Сто пудов справится! — заверил Жека

— У него стержень есть, — поддержал Вовка. — Раньше не было, а теперь вдруг появился. Сами в шоке.

Следовало поторапливаться. Первая группа стартовала, а нановодка сама себя не приготовит и не перенесет в убежище сопротивления.

2. Масякинский кодекс

По пути к логову ведьмы и, по совместительству, своему бывшему жилищу, Масякин без умолку болтал всякие глупости. Поделился с Костетом, как давно и сильно он хочет смотаться в США, где поп-дивы разъезжают по ночным клубам без нижнего белья. А еще там приличный кадиллак можно отхватить штуки за полторы баксов.

Вспомнил бесчисленное множество баек из студенческой жизни, про себя, Валю и других знакомых. Рассказывал и сам же смеялся, в то время как Костет сохранял угрюмое молчание.

Подросток, будто, не слышал ни слова. Его мир сузился до одной лишь цели — отомстить Тамаре Цой во что бы то ни стало. Пусть он и потерял свою любовь, но все еще может отдать ей последний долг. Именно этому и будет посвящена его жизнь. Он не имеет права на то, чтобы сдаться или умереть раньше срока.

Вдруг ведьма все еще там? Костет в подробностях прокручивал в голове ход возможной битвы. Зайдет туда с открытой бутылкой. Плеснет ей водку в ненавистную узкоглазую харю. Если будет плеваться — не страшно. Из лаборатории он прихватил пару защитных очков. Их он тоже наденет, прежде чем зайти на ее территорию.

Чем дольше порол всякую чушь Масякин, не видя никакой ответной реакции со стороны Костета, тем выше росло его, масякинское, чувство вины. Он стыдился своих снов с голой Настюхой.

Когда Вовка дошел до той части истории, где она после шашлыка приснилась всем троим, Масякин сразу же понял, кто ему являлся во сне. И даже примерно догадался, что именно она ему говорила. Предостерегала от несчастий и прочее. Но не признался в этом.

С одной стороны, ему было обидно, что он так и не запомнил, чего она там ему вещала, а запомнил только сиськи, с другой же, неудобно было перед Костетом за эти же самые сиськи. Так что, как ни посмотри, а получалось, что все беды от сисек.

У Масякина был свой собственный кодекс чести, еще со времен учебы в институте. И по этому кодексу худшим грехом было переспать с девушкой своего друга. В троице пацанов он видел своих боевых товарищей.

С одним из них Масякин прямо сейчас шел на опасное задание. И при этом он любовался прелестями его девушки. И, кажется, передергивал сквозь сон. То, что она сама к нему пришла — не важно. Ему ведь нравилось видеть ее сиськи и то, что ниже.

Чем ближе они подходили к жилому блоку Тамары Цой, тем невыносимее становилось у Масякина на душе.

— Она ко мне голая приходила, — не выдержал он.

— Кто?

— Твоя девушка мертвая... Голая на фоне мерцающих звезд. Она являлась ко мне несколько раз, говорила всякое, предупреждала, но, просыпаясь, я не мог вспомнить, о чем... Я об этом тебе не сказал.

— Почему?

— Не знаю... Боялся, что ты как-то неадекватно прореагируешь, что я ее голую видел. Пустяк вроде, но как-то неуютно... У тебя ведь с ней все серьезно было. Раз ты после всего, что случилось, отважился сюда приехать. И друзья твои.

— Я спрашиваю, почему она являлась именно к тебе, а не ко мне?!

Масякин заметил, что Костет с трудом сдерживается, чтобы не разрыдаться. Или чтобы не наброситься на него с кулаками.

— Не знаю, — честно признался он.

— Вот и я не знаю, — Костет глубоко вздохнул.

— Она красивая у тебя, — почему-то сказал Масякин.

— Не у меня. Умерла она. В этом виновата ведьма, но по факту это я ей горло порезал... Лучше бы никогда не знал ее. Настюху. Тогда бы она была еще жива. А ведь она была достойна того, чтобы жить.

3. Заколдованная приставка

Квартира Тамары Цой была заперта, но Масякин с Костетом без труда выбили дверь — косяк рассохся и сгнил. Внутри было тихо и воняло сыростью. С порога и не скажешь, к кому пожаловали в гости. Можно подумать — жилище люмпенов-маргиналов.

Костет проворно нацепил очки и открыл бутылку нанооружия. Масякин же щелкнул предохранителем автомата, свирепо выдвинул нижнюю челюсть и выпучил глаза.

Осторожно перемещались от комнаты к комнате. Сначала шел Костет, за ним появлялся Масякин. При этом нигде не обнаруживали ничего угрожающего. На обоях не сырело никаких пятен.

Костету вспомнился тот раз, когда они еще в Питере вломились к ведьме. Вряд ли она знала об их приходе. И все же они не нашли ничего, что указывало бы на ее возможное местопребывание. Никаких брошюр: «Перебирайтесь в Мудров, здесь клево!» Значит, она всегда тщательно следила, чтобы чего—

нибудь такого не оставить. Чтобы, в случае чего, можно было броситься наутек, в чем есть, и не наделать ошибок.

Костет от разочарования снял очки. Никакой битвы ему, по всей видимости, пока не светило. Но тут они вошли в еще одну комнату, где стоял большой плазменный телевизор с подключенной к нему приставкой типа «Денди». На экране ухмылялся пиксельный портрет самой Тамары Цой. Внизу же мигала надпись «Пуш старт буттон».

— Это она, — остолбенел Костет.

— У меня такая же в детстве была! — обрадовался Масякин и уселся на пол, взяв в руки джойстик.

— Не стоит этого делать, — запоздало предостерег Костет.

— Брось ты, — махнул рукой Масякин. — Что нам может сделать приставка? Я мастер игры в «Денди». К тому же мы всегда успеем залить ее водкой, — лицо Масякина приобрело маниакальное выражение. — Старые игры лучше современных. Они условные. И высокая степень их условности развивает воображение детей. Это моя главная и, заметь, доказанная гипотеза в магистерской диссертации! После этого я расширил тему и перешел на персонажей мультфильмов. Но был бы умнее — с самого начала занимался бы разработками искусственного интеллекта. Нынче это самое хлебное направление.

— А ты разве по мультфильмам? — разочарованно спросил Костет. Ему не верилось, что ученые занимаются такой ерундой.

Масякин нажал на красную овальную кнопку, и сверху вниз под пафосную восьмибитную музыку пополз текст вступления:

«Приветствую вас, дорогие незваные гости! Меня зовут Тамара Цой. Как я понимаю, вы хотите получить ответы на некоторые вопросы. Если вы осмелились проникнуть в мою старую покинутую обитель, значит, храбры до глупости. И я ничего не имею против того, чтобы удовлетворить ваше любопытство. Но сначала вы должны сыграть со мной в игру. Несложный приставочный платформер-прыгалка, промежуточное между «Супер-Марио» и «Черепашками-ниндзя-2». Если вы готовы — нажмите старт еще раз. Если же нет — выметайтесь отсюда подобру-поздорову!»

— Рискнем? — от возбуждения у Масякина вспотел лоб и тряслись ладони.

— Я не думаю, что стоит играть с чертом в его игры, — сомневался Костет.

— Послушай! — гневно воскликнул Масякин. — Мы пришли сюда за ответами. И мы были готовы к чему угодно. А здесь нам всего лишь предлагают сыграть в игру. Когда в школьные годы мы с пацанами играли на деньги, — у Сереги Мартынова дома было нечто вроде казино, — я всех уделывал в «Контру». Равных мне не было и по «Танчикам». В «Супер-Марио» просто был виртуозом. К тому же, если станем проигрывать, пошлем все нафиг и зальем приставку водкой. Я всегда так делаю.

— Как раз с этого я бы и начал, — видя, что с Масякиным творится несуразная херня, Костет полез в рюкзак за водкой.

— Морда трусливая! — презрительно крикнул Масякин и вдавил пальцем кнопку «старт». — А еще что-то о любви говорил... Тряпка!

На экране что-то мелькнуло, Костет не успел понять, что именно. Прямо как 25-й кадр. После этого весь мир Костета сузился еще раз, пуще прежнего. Теперь до размеров игрового поля, на котором шло сражение двух благородных героев с полчищами врагов. Костет вцепился в джойстик, как в оружие, позабыв, что рядом стоит бутылка водки, и принялся остервенело жать на кнопки.

Сюжет игры был прост и типичен: два парня продвигаются к своей цели, уровень за уровнем. Можно прыгнуть врагам на голову или дать им хорошего пинка, — в большинстве случаев хватало двух ударов. При этом стоило остерегаться ловушек и летящих отовсюду камней. Предельно классическая платформенная формула, только вот герои и миссии у каждого персонажа были свои.

Так, Масякин играл за плешивого ученого в белом костюмчике, цель которого — вырваться из опостылевшей Рашки в Юэсэй. Первым уровнем у него был бесконечный коридор с озлобленными бюрократами, скрывающимися за каждой дверью. Вместо очков за поверженных врагов давали доллары. Если за уровень Масякин получал больше тысячи долларов, то они автоматически конвертировались в дополнительную жизнь.

Масякину пришлось повоевать на кафедре психологии в Университете, в общественном транспорте, в отделении полиции и во множестве прочих мест. Скорее всего, финальный босс должен был встретиться в американском посольстве. Все к тому шло. Но до него надо было еще дотянуть.

У Костета главным героем был усатый мариоподобный парнишка. Его принцессу, так же, как в первоисточнике, вовсе не убили, но похитили враги. Эта маленькая деталь только распалила Костета. Он идет выручать ее, уничтожая таксидермистов, милиционеров и коварных фиолетовых рук. Здесь были как хорошо знакомые места, вроде улиц Мудрова, так и хмурые городские пейзажи, ему пока не знакомые.

Но оба увлеченных, до капающей с губ слюны, игрока не знали, что на самом деле сидят перед экраном телевизора, на котором вообще ничего нет, кроме кислотно-зеленых помех. Условность этих помех была такова, что каждый видел в них что-то свое, напрягая, прежде всего, воображение. Таким образом, гипотеза, выдвинутая Масякиным в магистерской диссертации, снова полностью подтверждалась. Воображение решает.

Вот почему так полезно читать книги. Вам всего-то буковки предъявляют в качестве стимульного материала, а в голове проходит яркое действо, более выпуклое, чем любое трехмерное кинцо. Здесь, кроме картинки, есть еще и внутренние монологи, и мысли, и важные мысли. Вот, например, мысль о том, что читать интересно и полезно, очень важная. И когда в следующий раз захотите скачать фильм на торрентах, лучше книжку скачайте. Можно даже в аудиоформате, хотя, конечно, это немного не то. Прочитать книжку — это как ментальным фитнесом заняться.

4. Сюрприз

— Масякин! Костет! Меня кто-нибудь слышит? — трещала валявшаяся на полу рация голосом Рафаэля Яковлевича.— Вас нет уже три часа. Если вы все еще в квартире Тамары Цой — там и оставайтесь. Мы скоро будем!

Масякин с Костетом не слышали рацию, потому что продолжали увлеченно геймиться. Раз рации не существовало в игровой реальности, значит, не существовало вообще.

Жека, Вовка и Рафаэль Яковлевич спешили на выручку друзьям. То и дело они оглядывались, услышав непонятные звуки, доносящиеся то тут, то там.

— Во всем Костет виноват, — уверенно сказал Вовка. — Придурок несдержанный.

— С тем же успехом может быть и Масякин, — заметил Рафаэль Яковлевич. — От него тоже каких угодно глупостей ожидать можно. Хороший парень, но слишком поверхностный. Такого в ловушку заманить проще пареной репы.

Когда ворвались в квартиру и увидели спины Костета с Масякиным, Жека к ним сразу же легкомысленно бросился. Уселся рядом, заглянул в глаза Костету, похлопал по плечу:

— Слышь, ты чего это? Живой хоть? Чего молчишь? Мы волновались, шли сюда... А ты тут... Ты тут чего, кстати?

Жека пробежался взглядом сначала по джойстику, потом по приставке, потом по экрану телевизора.

— Ух ты! — сказал Жека. — Это чего за игра такая? Графа так себе, конечно... «Сталкер 2Д»?

В руках у него молниеносно возник джойстик. Еще один. Третий джойстик, которого до этого не было. Он материализовался из воздуха, как порою поступают паучьи глаза-разведчики.

Вовка тоже хотел броситься к сидящим у телевизора, но Рафаэль Яковлевич остановил его и помотал головой: стой, парень, нечисто здесь.

— Приставка! — догадался Вовка. — Она завладела их умами... Нужно ее уничтожить.

— Это может быть опасно, — сказал ученый. — Возможно, это убьет их. Или сделает на всю жизнь дураками.

— Тогда что ты предлагаешь?

— Не знаю. Нужно подождать. Подумать.

— Ждать? Думать? Да они вообще не здесь. Они там, в этом ящике! Им, может быть, с каждой секундой хуже, мы же не знаем. Их мозги как в болото засасывает.

— Сильно рискуем. Нужно подумать, — переминался в нерешительности Рафаэль Яковлевич.

Зажмурившись и отвернувшись, Вовка отправился на выручку товарищам.

— Может, ты и прав, — сказал Рафаэль Яковлевич.

«Прав», думал Вовка, уже дошедший до сидящих друзей, нащупавший их затылки рукой. Они никак не реагировали на его прикосновение.

Прикинув, где примерно находится приставка, Вовка полил ее нановодкой. Дьявольский прибор завизжал, как крыса, которой дверью прищемили хвост.

Приставка подскочила и вцепилась Вовке в лицо, обвив голову и шею множеством проводов. Со стороны это напоминало фильм «Чужой». Тот эпизод первого фильма, где тварь вцепилась космонавту в шлем скафандра.

Освобожденные из пут забвения, Жека, Костет и Масякин безвольно попадали кто на спину, кто на бок. К Вовке, сражающемуся с порядком потрепанной игровой приставкой, подоспел Рафаэль Яковлевич и вылил на нее еще две бутылки одну за другой. Вскоре комнату заволокло испускаемым плавящейся приставкой дымом. В ее корпусе зияло множество дыр, словно от серной кислоты.

Подыхая, приставка раскрылась диковиной раковиной, и Вовка с Рафаэлем Яковлевичем узрели, что именно она скрывает и охраняет. Это была толстенькая записная книжка с наклеенным заголовком: «История монстра, рассказанная им самим. Автор: Налимов Н.Л.». Тот самый сюрприз, который запрятали в заколдованную приставку по просьбе Тамары Цой.

— Кто такой этот Налимов? — спросил Вовка, подняв книжку.

— Узнаем в бункере, — отобрал у него «Историю монстра» Рафаэль Яковлевич. — Здесь открывать не будем. Там может быть еще какая-нибудь ловушка. Нужно убираться отсюда. Чем скорее, тем лучше.

5. Какая встреча!

Когда Рафаэль Яковлевич привел Масякина в чувство, растерев ему виски нановодкой и влив оную ему внутрь, тот первым же делом залепил своему спасителю пощечину.

— Сдурел, что ли? — водочник приложил к месту удара ладонь.

— Я почти победил! Почти победил! Последний уровень оставался! Такую игру запороли, мерзавцы! — завопил Масякин, как в горячке. После еще нескольких глотков водки он окончательно обрел разум.

— Я знаю, кто такая Тамара Цой, — неожиданно произнес Костет. — Я вспомнил. Мы вроде как играли в игру... но параллельно я видел ее историю... или слышал... или читал... но читал прямо внутри своей головы... как во сне...

— Да, — подтвердил Жека. — И я. Только самое начало. Дальше вы меня отсоединили.

— А ты, бесноватый? — склонился над сидящим Масякиным Рафаэль Яковлевич. — Ты помнишь что-нибудь?

— Ничего не помню, — сказал Масякин. — Как тогда, ко мне Настюха ваша являлась. Сам факт помню, но никаких подробностей.

— К тебе она тоже приходила? — раскрыли рты Вовка с Жекой.

— Я уже рассказал об этом Косте, когда мы сюда шли. Ну не запоминаю я снов, и все тут!

Еще раз по-быстрому осмотрев жилище корейской ведьмы и ничего не обнаружив, отряд вышел на лестницу, где столкнулся, как вы думаете, с кем? Правильно, с Вальтером Михайловичем и Ленгвардом Захаровичем.

— Вальтер Михайлович! — бросился обнимать своего наставника Вовка. В порыве он не заметил, что Валя совсем плох и стоит с огромным трудом, опершись на плечо Ленгварда Захаровича. Последний от долгих странствий с малоподвижным восьмидесятикилограммовым спутником тоже порядком устал. Поэтому все трое — Ленгвард Захарович, Валя и Вовка — чуть не рухнули. Упасть им не дали вовремя подоспевшие Костет, Жека и Масякин.

— Я знал, что найду вас здесь, — с огромным трудом проговорил Валя и драматично вырубился.

— Он сразу сказал — идем к Масякину. Много домов обошли, прежде чем добрались сюда, — пояснил Ленгвард Захарович. — Город сильно изменился, а номера домов говном каким-то замазаны.

Вовка, Костет и Жека перехватили Валю у Ленгварда Захаровича и сами дотащили его в бункер.

Уже в убежище первым делом влили в рот рюмку нановодки, но он не пришел в себя. Капитально потерял сознание, когда встретился со своими пацанами. С чувством выполненного долга.

— Состояние стабильное, но очень слаб, — осматривал Валю Рафаэль Яковлевич. — Было бы проще, если бы вы вспомнили, что именно они с ним сотворили.

— Уже все сказал, — начинал сердиться Ленгвард Захарович. — Просто пришли за ним хулиганы и увели куда-то. А потом, спустя час, вернули. Внешне невредимого, но полуживого какого-то. И говорят, чтоб я его отсюда унес. Я спрашиваю, куда нести? А они говорят, куда хотите, туда и несите. Оба отсюда валите, говорят. Вот мы и ушли. Он мне шепнул, что надо к Масякину. А там мы уже вас нашли. Все. Больше не было ничего.

— Остается только ждать, когда он придет в себя, — вздохнул Вовка. — Пусть сам тогда и расскажет.

— А пока давайте узнаем, что в книжке, — предложил Костет.

— Хорошо, — поддержал Рафаэль Яковлевич. — Только читать будет кто-то один, а остальные рядом будут стоять. С бутылками. Мало ли.

— Я прочитаю, — сказал Костет.

Никто не возражал.

6. «Майн Кампф»

Дочитав, Костет захлопнул книгу. Все выглядели озадаченными и угнетенными. Это была в точности та же самая история, что они с Масякиным и частично с Жекой услышали/увидели, пока играли в цоевскую игру. Только теперь с ее содержанием познакомились все.

— И что это нам дает? — спросил Жека.

— Видимо, это был такой жест, — сказал Рафаэль Яковлевич. — Хотите что-нибудь обо мне узнать? Что ж, ваше право. Узнаете, только заплатите за это жизнью. Будете узнавать, а попутно угасать, все глубже погружаясь в игру.

— А книжка в этой приставке, как картридж! — обрадовался Масякин. — Гениально придумано! И написано, кстати, неплохо. Книгу можно издать. Все права нам принадлежат, как нашедшим. Ну, а потом... Так и вижу экранизацию. Это будет хит. Любая кинокомпания руки оторвет за такой материал. Совместное российско-американское производство. Можно ведь еще и мультсериал по его мотивам сварганить. Консультантами станем. Денег огребем!

— Нет, — твердо сказал Костет, бросил книгу на пол, взял у Вовки бутылку водки и полил ею адский манускрипт.

— Что делаешь, долбоеб! — вскричал Масякин и бросился было на выручку своему безбедному будущему. Могучий для своих лет Ленгвард Захарович схватил его в охапку и удерживал, пока книга, загоревшись синим пламенем, не взорвалась.

— Это правильно, — подытожил Рафаэль Яковлевич. — Нельзя позволять, чтобы этот «Майн Кампф» печатали и экранизировали. Всегда найдутся уроды, желающие приобщиться к силам тьмы. Хотя бы из нонконформизма. Это заложено в человеческой природе.

— Да сами вы фашисты! — рыдал Масякин. — Это же был мой шанс! Мой, шанс, а вы его… Мой… шанс… Вы погубили меня, изверги! Ненавижу вас!

Кинувшись на Ленгварда Захаровича, Масякин попытался ударить его в лицо, но тот уклонился и сам отрезвил наглеца хуком. Масякин опустился на корточки и заскулил.

— Уууу, засранец! — поморщился Жека.

— Мы его перевоспитаем, — пообещал Ленгвард Захарович. — Он в глубине себя хороший малый, просто легкомысленный. Ну и да, корыстолюбивый. Это капитализм его так изуродовал. Бытие, оно ведь определяет сознание. Но если поменять бытие — сознание в ответ тоже изменится. А здесь, в Мудрове, бытие ой какое. Из любого мужика сделает, не хуже советской армии.

Усевшись рядом с Масякиным, Ленгвард Захарович положил руку ему на плечо. Масякин трижды ее скидывал, и трижды Ленгуард Захарович возвращал ее на место.

— Порыдай, сына, порыдай. Легче станет. Пусть дерьмо из тебя слезами выходит.

Они не знали, что в это самое время за ними наблюдают глаза-шпионы, один из которых выглядел весьма довольным. Тот самый, которому когда-то досталось от Масякина. Потом глаза посмотрели друг на друга, синхронно хлопнули ресницами и дематериализовались.

ГЛАВА XI

*Ограничимся здесь лишь кратким пересказом дневника Налимова.
А то ведь и вправду, начитается кто-нибудь с неустойчивой психикой
и пойдет по его стопам.*

1. Начало

Детству Налимова в дневнике уделяется мало внимания. Родители-перфекционисты, которые сами в школе были троечниками, требовали, чтобы сын их был круглым отличником. Вот почему они били его ремнем за любую оценку ниже пятерки. А так как Налимов-младший был генетически запрограммированным троечником, били его почти каждый день.

Налимов и сам стремился стать отличником, пионером, всем ребятам примером. Корпел над учебниками все свое свободное время, но так и остался при всем при этом на узкой грани, отделяющей троечника от хориста.

Все у него в жизни было как-то недоделано, неправильно, не так, как он мечтал. И девушка была средней паршивости. И друзья были какими-то не совсем настоящими. И родители его всегда хотели не сына, а дочку.

Каждую ночь Налимов тихо рыдал в подушку от непробиваемой тоски — он страстно желал во что бы то ни стало сделаться ярким и заметным, как виджеи на MTV. Как-то Налимов отважился и покрасил волосы в темно-салатовый цвет.

<u>Цитата:</u> «Никто в целом мире не оценил стремления юного существа к счастью обретения собственной индивидуальности. Окружающие вообще никак не откликнулись на изменения в моем облике, словно бы внутренняя моя сущность, остававшаяся прежней, перекрывала любые изменения внешние».

Окончив школу, Налимов поступил в институт, тот, что был ближе всего к дому, на тот факультет, где был самый мизерный конкурс. Учился спустя рукава, но, получив свой совсем не красный диплом, решил поработать по специальности. В первом же учреждении, куда он пришел устраиваться, Налимову попался хитрый директор. Звали директора Герман Петрович.

140

<u>Цитата:</u> «— Сотрудник вы молодой, без опыта, — Герман Петрович прохаживался по кабинету, заложив руки за спину, глядя в потолок и напоминая собою ворона. — В нашем учреждении существует правило, что каждый из вновь прибывших членов трудового коллектива обязан досконально изучить структуру нашего предприятия. Начать, что называется, с подвала. И уже потом, при условии безупречной службы, такой работник будет подниматься все выше и выше по карьерной, и не только, лестнице...»

Говоря о подвале, Герман Петрович имел в виду подвал не фигуральный, а очень даже конкретный. В этом подвале располагался архив документов, далеко не со всеми из которых был полный порядок. Основным источником этого беспорядка стал некто Воробьев. Он не так давно уволился со страшным скандалом и теперь работал в другой фирме, на зарплате, в восемь раз превышавшей зарплату Налимова.

2. Подземелье

<u>Цитата:</u> «Старожилы вспоминают, что, когда выяснилась вся правда о состоянии дел, оставленном после себя Воробьевым, Герман Петрович сказал со свойственным ему красноречием: «Упорхнула наша маленькая птичка, но какую гору дерьма после себя оставила. Придется брать какого-нибудь кретина, чтобы он эту кучу разгреб.»

И кретином этим стал, конечно же, я, Налимов. Представлял ли тогда Герман Петрович, что вынужденное заточение откроет во мне невиданные таланты, произведет меня в монстра, по всем статьям превосходящего хорошо всем знакомого «Призрака Оперы», который, как вы помните, тоже ютился в подземелье».

В подвале молодой сотрудник должен был приводить в порядок документацию на получение разнообразных услуг. В большинстве случаев Воробьев вообще никаких бумаг не заполнял. Если и заполнял, то в корне неправильно. А между тем все ближе была кошмарная проверка, которой Герман Петрович страшился как судного дня. Каждый документ нужно было подписать в четырех местах: в двух — подписью клиента, и в двух — подписью сотрудника Воробьева.

Налимов решил, что проще будет сначала подделать подписи разных людей-клиентов, и уже потом подпись поганца Воробьева. Для этого у него было припасено около двадцати синих ручек, заметно различавшихся между собой по тону и толщине линии.

Начал Налимов бодро, с опережением графика, потому как обнаружил, что работа не такая уж и плохая. Никто его не трогал, не отвлекал разговорами. Скучно если и бывало, то редко, потому что Налимов по натуре был человеком довольно скучным и скуки не ощущал. Врожденный иммунитет.

Он в деталях представлял себе каждого человека, чью подпись придумывал, — вот толстяк с волосатой спиной, а вот тетка в климаксе и жутком парике, а это парнишка-студент с розовыми легкой пушистости ушами.

Через пару месяцев та часть работы, где Налимов выдумывал подписи множества незнакомцев, закончилась. Подделывать размашистую реально существовавшую подпись было значительно скучнее. Тем более что и сам Воробьев был ему антипатичен.

Цитата: «Совсем недавно я находил в своем подземелье убежище от внешнего жестокого мира, считавшего, что я не слишком хорош для него, и был счастлив. Теперь же я был заперт здесь, наедине с Воробьевым, вернее, с его противной подписью, отчего-то такой торжественной и широкой... О, это было торжество победы надо мной! Подумать только — он даже не знал меня, но умудрился так отравить мне жизнь. С этими горькими мыслями я продолжал выполнять свою работу... До тех самых пор, пока...»

До тех самых пор, пока однажды утром на проходной Налимова не стопанула пухлая лесбиянка-охранница:

Цитата: «— Воробьев, чего это ты пришел? Ты же у нас больше не работаешь.»

Налимов промямлил что-то невнятное и проскочил. Уже в подземелье, в одной из папок старого тормозного компьютера, он нашел фото Воробьева. Запечатлена была одна из сцен корпоратива, и мужчина был сильно бухой. После этого Налимов подошел к зеркалу и сравнил себя с Воробьевым... Конечно же, он не узнал себя. И да, он узнал Воробьева, только трезвого. Как он мог не заметить за все эти недели, что меняется? Как такое могло произойти с ним?

Ярость переполнила Налимова. Его новые воробьевские, навыкате, глаза налились кровью. Из-за этого подлеца он вынужден прозябать здесь, в самом низу карьерной лестницы. Исправлять его, воробьевские, ошибки. А теперь еще и обладать его, воробьевской, ненавистной наружностью!

От безысходности Налимов еще глубже зарылся в содержимое старого компьютера. В системной папке он нарыл множество интересных сведений... Выяснил, что лучшим другом Воробьева был другой сотрудник с птичьей фамилией — Снегирев. Именно с ним Воробьев позировал на большинстве «пьяных» снимков. Чаще всего они изображали гомосексуалистов. Видимо, это их забавляло.

Фальшивый Воробьев посмотрел на часы — как раз намечался обеденный перерыв.

Оказавшись в столовой и бодро подвалив к Снегиреву, Налимов без труда убедил его, что он — это Воробьев, забредший сюда так, пообщаться. Выяснил некоторые дополнительные детали воробьевской жизни.

Например, что он прямо сейчас, по сведениям Снегирева, должен быть типа в командировке, а по правде — с любовницей в Греции. В голове Налимова тут же нарисовался злодейский план, и он замолчал, чтобы его всесторонне обдумать.

Стремясь заполнить образовавшуюся паузу, Снегирев сказал:

— А тот дебилушка, ну, тот, которого взяли твои ошибки исправлять. Так он все еще в подвале сидит. Не, ну ты представь?! Полгода прошло! Человек, бля, в железной маске. Гаспар, бля, из тьмы.

У Снегирева явно был завидный культурный уровень, но Налимов в воробьевской шкуре не оценил его. Он только что впервые осознал, насколько жестоко его развели. Взревел, к изумлению Снегирева, и куда-то убежал. Неделю никто не видел Налимова на работе. Директор, не хотевший увольнять за прогулы столь способного и выгодного сотрудника, серьезно переживал и обратился в милицию.

3. Человек с тысячей лиц

Когда, загорелый и довольный жизнью, подлинный Воробьев вернулся после командировки/турпоездки в собственную квартиру, потрясению его не было предела. Лицо у него вытянулось и перестало быть похожим на настоящее воробьевское лицо. Оказалось, что все то время, пока настоящий Воробьев отсутствовал, поддельный Воробьев обитал в его хорошо обставленной квартире. Пил его дорогой джин и трахал его вполне себе сносную жену. Пока Воробьев-Воробьев столбенел в ужасе, Воробьев-Налимов выбежал на улицу в одних трусах и скрылся.

Из-за того, что Налимов предохранялся, у следователей остался презерватив с образцами его биологического материала. Изучавшие сперму криминалисты были потрясены: больше чем наполовину она состояла из странной субстанции, в которой сперматозоиды жить не могли. По своему химическому составу она была ближе всего к настою золотого уса. Они никогда прежде с таким не сталкивались и не могли это ничем объяснить.

Дело поручили лучшему оперативнику-сыщику по имени Виталий Израилевич. Сопоставив таинственное исчезновение Налимова с загадочным появлением на территории предприятия Воробьева, который в то время был с любовницей в Греции, он напал на след.

Виталий Израилевич смекнул, что во всем виноват именно этот скромный молодой специалист, склонный к уединенному образу жизни. Но как Налимову удалось все это провернуть? Надо же, не дело, а подарок к уходу на пенсию! Теперь он точно навек останется в анналах истории сыска!

Налимова схватили в собственной квартире, но в облике Воробьева, из которого он не успел выйти. Вернее, он просто еще не знал, что может принимать любой облик и из любого же облика выходить. Налимов ошибочно думал, что на всю жизнь останется с этой ненавистной мордой.

Подозреваемого заставили подрочить в пластиковую баночку и сравнили результат с той спермой, что обнаружилась в презервативе. Как вы понимаете, совпадение было стопроцентным.

Цитата из уголовного дела: «Но почему в сперме преступника почти нет сперматозоидов, даже дохлых, а вот частиц золотого уса, напротив, очень много? Вопрос остается открытым. Феномен, в котором, по всей видимости, и скрывается основа невиданного налимовского таланта».

4. Как Налимов плеваться научился

Налимова-Воробьева обвинили в многократном изнасиловании обманным путем. Он же, в свою очередь, обвинил бывшего своего директора в подделке официальных документов и дал свидетельские показания. Вскоре Налимова посадили, а директора заменили на нового, мало чем от старого отличавшегося.

В тюрьме Налимову пришлось несладко. О тюремных порядках он вообще ничего не знал, и вскоре над ним стали сгущаться тучи. Но жить Налимову хотелось очень сильно. Поэтому он решился на авантюру: однажды ночью выкрал у авторитета аудиокассету Михаила Круга с автографом и до самого утра без устали подделывал подпись уважаемого артиста.

Это был риск, потому что, если бы ничего не вышло, криминальный авторитет порешил бы его за такую наглость. Но когда объявили подъем, авторитет проснулся и увидел, что ему протягивает подписанную кассету Миша Круг, как тогда, после концерта. Он чуть в ладоши от восторга не захлопал.

Зеки, конечно, знали, что Михаил Круг не настоящий, но копия вышла столь впечатляющая, что никто не мог причинить вред Налимову в этом воплощении. Жизнь Налимова стала почти такой же прекрасной, как в первое время в подземелье. Только теперь он испытал нечто, чего никогда до этого не испытывал: почитание толпы. И чувство это ему понравилось. Тогда-то Налимов и осознал свой талант в полной мере.

Особенно велико было это почитание, когда они устраивали вечера песни. Лжекруг бродил по камере с импровизированным микрофоном и открывал рот под фонограмму настоящего Круга.

А еще Налимов научился изумительно изуверски плеваться. Потому что заняться в тюрьме было особенно нечем, разве что плеваться, кто красивше, дальше и обильней.

Феноменом Налимова заинтересовались. С одной стороны, были киношники, задумавшие снять биографический фильм про Круга: «Спасибо и пока», с другой — ФСБ.

Сначала про фильм. Тюремное начальство согласилось выпускать Налимова на время съемок, при условии возвращения обратно. А еще за ним следил кто-то из тюремного персонала, чтобы Налимов не подделал чью-нибудь подпись, не перевоплотился и не сбежал.

Все это стало возможным только потому, что служебное начальство и само постоянно заслушивалось песнями Круга. Особенно ему импонировали такие хиты, как «Владимирский централ», «Жиган-лимон», «Фраер», «Ништяк, браток!», «Прокурору зеленому — слава», «Водочку пьем».

Теперь про другое. Сотрудники Службы Безопасности решили, что Налимов обладает уникальными свойствами и может хотя бы ими послужить своей стране. В шпионы они его брать почему-то не захотели, а ведь какой Джеймс Бонд мог бы получиться! Взялись вместо этого выяснить, откуда у Налимова такой вопиющий талант, и можно ли этот талант растиражировать.

Для полноценного обследования Налимова отправили двух ученых. С одной стороны допустили Тамару Цой, которая верила в невиданные возможности почерка. Потому что, как вы поняли, превращался Налимов только при помощи копирования чужих подписей.

С другой же стороны прикрепили доктора Геннадия Усова, занимавшегося исследованием свойств золотого уса. О нем, пожалуй, стоит сказать подробней. По образованию он был вовсе не доктор, а технолог кондитерского производства. В конце восьмидесятых он много экспериментировал с золотым усом. Предлагал сделать на его основе пирожные, но никто его не поддержал, потому получалось очень невкусно.

На этом усе он и сделал себе карьеру. Даже фамилию себе сменил в честь уса. На самом деле его фамилия была Черепахин. Его книги про золотой ус расходились многотысячными тиражами. Какое-то время он даже вел программу про золотой ус по телевизору, только продержалась она недолго. Настоящие ученые, конечно же, считали Геннадия Усова шарлатаном. В том числе таковым его считала Тамара Цой.

Бодрый семидесятилетний старичок уверял, что проживет до двухсот лет на одной только усовой диете.

ФСБшники пригласили Усова только из-за того, что налимовская сперма по своему составу была очень близка к настою того самого растения. Хотя почему все было именно так — никто не знал. Налимов никогда в жизни ни в каком виде ус в пищу не потреблял. Видимо, что-то генетическое. Мутация.

И для Тамары Цой, и для Геннадия Усова Налимов стал гениальной находкой. Он подтверждал все спорные гипотезы Тамары Цой, касавшиеся важности почерка в исследовании характера и разнообразных психологических свойств человеческой личности. Хоть и не совсем, с чисто внешней стороны дела, но все же.

Для Геннадия Усова — не просто подтверждение многочисленных его идей, но и база для множества новых идей и книг с названиями вроде: «Стань красивой, как Бриджит Бардо, с золотым усом», «Стань сильным, как Шварценеггер, с золотым усом», где прилагалась бы подпись человека, рецепты уса и инструкция по копированию.

5. Бегство с государственной дачи

Вскоре Налимова выпустили из тюрьмы досрочно, за содействие государству в науках и искусстве. Тем более, после того, как фильм «Круг: спасибо и пока» сделался всероссийским кинохитом. Но отпустили его не совсем на волю. Его перевели на секретную правительственную дачу, по соседству с той, где до этого держали Ленгварда Захаровича.

Налимову Тамара Цой не нравилась. Постоянно давала ему заполнять кучу опросников. Заставляла рисовать несуществующих животных, расспрашивала о детстве. И хмурая была очень. И некрасивая.

А вот Геннадий Усов нравился Налимову, потому что был всегда приветлив, словоохотлив и называл его «сверхчеловеком». Он вселил в Налимова мысль о том, что тот мессия, и с помощью уса он наконец остановит войны, экономические кризисы, эксперименты над животными и т.п.

Амбициозного Геннадия Усова стали утомлять устоявшиеся рамки усо-бизнеса, и он жаждал расширения. В качестве такого расширения он рассматривал идею создания новой мировой религии на платформе многофункционального уса.

Непонятно, где и как, но Геннадий Усов умудрился раздобыть дневник Абеля Стрейса — голландского путешественника девятнадцатого столетия. Большой карьеры этот исследователь не сделал, и дневники его ни разу не были опубликованы. Но содержали при этом крайне важную для Геннадия Усова информацию, а также подробные карты.

Вольный перевод той части дневника, где Абель Стрейс описывает свое путешествие по Корее: «Ян умирал от лихорадки. Наш лекарь развел руками. Сказал, что ему уже ничто не поможет. Но тут кто-то из местных согласился отвести нас в чудесную деревню, где жили народные целители. А еще там произрастала какая-то неведомая трава — средство от всех болезней. Наш лекарь, редкостный тупица, настолько был уверен в себе, что поспорил на пять золотых, что Ян все же умрет, и никакая магия дикарей его не излечит. Но как перекосило ему рожу, когда Ян уже на второй день прыгал козлом. Мы спросили у деревенских, что это была за трава, но они нам ничего не сказали. Только ограбили и прогнали пинками. Дикари и вообще...». Дальше шла ненормативная голландская лексика.

Этот ус, по мнению Геннадия, был всемогущ. При его помощи можно было воскрешать мертвых, сводить с ума здоровых, возвращать разум сумасшедшим, материализовать бестелесных сущностей и кучу всего другого делать. Но его так просто не взять. Для этого нужно быть корейцем. Бледнолицых грингов истинные корейцы прогоняют пинками.

Между Налимовым и Усовым произошел следующий диалог:
«— А вот если ты убьешь Тамару Цой и перевоплотишься в нее... Смотри, она ведь все равно представитель устаревшей традиционной науки, так что нет ценности в ней. Утратила связь с предками, овца.
— Согласен с вами. Тамару Цой необходимо убрать. Она мне и самому знаете, как надоела!
— Могу себе представить, сынок... Она мучает тебя бестолковыми своими опросниками... Заставляет всякие закорючки рисовать... Тут кто угодно решится на смертоубийство. Надо придумать, что делать с ее телом. И желательно так, чтобы все подумали, что это твое тело... Может, сжечь?
— Геннадий... Я еще ни разу не пробовал подобное провернуть, но есть у меня одна мысль...
— Какая такая мысль?»

Чтобы убить Тамару Цой, Геннадий Усов дал Налимову усиленную настойку уса, которая по эффекту превосходила самый крепкий чифирь, а, значит, давала колоссальную нагрузку на сердце. А у Тамары Цой, как известно, с сердцем были проблемы. Выпив чаю, Тамара Цой умерла.
Кстати, именно этим чаем Налимов в облике Цой планировал напоить Вовку, Костета и Жеку, когда они пришли к нему тем утром, когда увидели во все Настюху, после шашлыка. Но,

как мы помним, Вовка, Костет и Жека отвергли его предложение, и правильно сделали.

После смерти Цой Налимов полторы тысячи раз скопировал ее почерк. Этого хватило для полнейшего перевоплощения. После этого Налимов приступил к реализации той самой мысли, о которой упоминалось выше. Он взял окоченевшую руку Цой и вывел ею свою собственную налимовскую подпись более трех тысяч раз. Как он и рассчитывал, его сила оказалась настолько безгранична, что перешла и на жмурика. И женский мертвец Цой выглядел теперь точь-в-точь как мужской мертвец Налимова. Вуаля!

6. Путешествие в Корею

Тем же вечером Налимов перебрался жить к Цой, воспользовавшись ее ключами. Хорошо, что она вела одинокую жизнь некрасивой женщины-ученого корейского происхождения, и, кроме кошки, дома у нее никого не было. Кошка не признала в Налимове хозяйку и больно поцарапала ему руку, когда тот попытался ее погладить. Тогда Налимов выбросил кошку в форточку. Упав с пятого этажа, животное убилось и опасности разоблачения больше не представляло.

Убийство Тамары Цой стало для Налимова переломным моментом в жизни. Устранив сначала ее, потом кошку, он понял, что теперь может без зазрения совести уничтожить кого угодно. Пусть и целое поселение корейцев.

Именно так он и поступил после того, как посетил их тайную деревню и втерся к ним в доверие. Напоил все тем же чаем на усе, и вся деревня умерла, схватившись за сердце.

Тех корейцев, что не стали пить чай, Налимов убил лично, из пулемета. (Мы не знаем, так ли все было на самом деле, но по книжке выходило, что Налимов — просто Рэмбо какой-то).

Основательно осмотрев деревню, Тамара Цой и Геннадий Усов похитили древние манускрипты с секретами, а трупы зарыли в котловане. Жили деревенские отдельной общиной, сами себя обеспечивали и враждебно относились к гостям. Так что никто к ним не совался.

Вернувшись в Россию, основатели новой религии принялись расшифровывать секретные манускрипты. У Геннадия Усова глаза полезли на лоб от открывшихся ему возможностей.

Когда расшифровка была закончена, Геннадий Усов почти сразу же умер от сердечного приступа, опровергнув свое заявление, что доживет до двухсот лет. К его смерти Налимов не имел никакого отношения. Во всяком случае, если верить его рукописи. Геннадий сам случайно заварил неправильный чай — тот, который умерщвляет.

Налимов теперь остался один. Если бы не закрепленная за ним профессорская ставка в институте, ему пришлось бы туго. Какое-то время там поработал. Аспиранты были ему не нужны, так что он первым делом постарался избавиться от Вали. Опираясь на конспекты и учебные планы Цой, Налимов без труда читал лекции по общей психологии младшим курсам. И преуспел в этом, что говорит, разумеется, о качестве цоевских конспектов и планов.

Без своего идеолога Налимов постепенно все дальше отходил от мысли о создании новой религии. Ему эта мысль стала казаться утопической. «Другое дело, — стал думать Налимов, — завоевать этот мир полувоенным путем». Для этой цели он планировал привлечь бесплотных мистических существ. Вот оно — оружие, против которого были бесполезны современные смертоносные танки. Неубиваемая орда.

Самым известным экспертом по бесплотным мистическим существам в России являлся ученый Тюленев, с которым Геннадий Усов имел некоторые связи. Чтобы обзавестись его поддержкой, Налимов планировал его соблазнить богатыми перспективами господства над этим миром, но не только ими. Еще и собственным телом.

7. Любовь

Сначала Налимову претило целоваться с Тюленевым. Но потом он втянулся и стал получать удовольствие. Когда дело дошло до секса, и он пережил множественный оргазм, куда более богатый и сильный, чем что-либо, испытанное до этого, то решил, что женщиной быть неплохо. Этот момент в биографии Налимова также следует считать переломным, потому что после него главный герой был озаглавлен исключительно как Тамара Цой и говорил о себе только в женском роде.

Тюленева идея господства над миром хоть и привлекала, но как-то не очень. Куда больше он беспокоился о спасении исчезающих демонов. В то время он уже работал на РПЦ и планировал перебраться в Мудров. Но денег все равно не хватало. Чтобы заработать средств на воплощение замысла, Цой решила заняться черным риэлторством.

Продежурив в книжном магазине, недалеко от отдела народной медицины, несколько дней, Тамара Цой заметила немолодую женщину, регулярно скупавшую все новые и новые книги об усе. Это была Костетова мамаша. Выследив ее, она сняла квартиру не просто в ее доме, но и в ее подъезде.

План Тамары Цой заключался в том, чтобы втереться к Костетовой мамаше в доверие и дать ей то, от чего она точно не сможет отказаться — редкий вид уса. Попробовав этот ус, вызывающий безумие, она должна была убить своего сына и стать марионеткой в ее руках.

Тамара Цой собиралась заставить Костетову мамашу сначала написать дарственную на квартиру задним числом, а уже потом — признательное письмо, в котором бы говорилось о том, что она убила своего сына и вообще давно страдает шизофренией, но успешно притворяется.

Но все вышло, как мы знаем, совсем иначе. Настойку уса выпил Костет, погубил Настюху и пришел в себя только от двухсот граммов не самой хорошей водки. Видимо, корейские приверженцы золотого уса не были знакомы с результатами взаимодействия всемогущего уса и водки. Как не был с ним знаком и Геннадий Усов, известный пропагандист трезвого образа жизни, автор книги «Излечиваемся от алкоголизма с помощью уса».

Планы Тамары Цой провалились. Она переехала жить к Тюленеву. Видя ее страдания и безмерно веря в свою священную миссию по спасению демонов, Тюленев тогда продал собственную квартиру. Тамара Цой настолько была поражена его жертвенностью, что втюрилась в него еще сильнее. И впервые позволила в сексе некоторые забавные извращения, подробно описанные в оригинале рукописи.

Тамара Цой не открыла Тюленеву своей истинной природы, но лишь потому, что боялась его потерять. Она планировала сделать это много позже, перед этим поработав над смягчением оголтелой тюленевской гомофобии. Прежде чем открываться ему, нужно было сделать его чуточку толерантнее.

Оказавшись в Мудрове, Тамара Цой и Тюленев незамедлительно приступили к исследованиям. Суть их сводилась к тому, чтобы создать в недрах Мудрова озеро сверхнового топлива.

Руководство иннограда думало, что это топливо для машин, растительный аналог нефти, возобновляемый ресурс.

Это действительно было топливо, только не для машин. Топливо предназначалось как раз для тех самых исчезающих демонов. И было не простым топливом, а заменителем крови, благодаря которому они могли наконец воплотиться в нашем мире. Стать существами более мощными, чем когда-либо. Именно они должны были привести кошмарную чету к мировому господству.

Озеро питалось человеческими телами и от этого разрасталось. Постепенно оно должно было превратиться в зеленый усовый океан. Для того, чтобы заманить жертв, Тамара Цой и Тюленев использовали пение одного из монстров. Этот монстр типа «сирена» за свою жизнь явился причиной катастрофы множества отечественных судов, включая теплоход «Иван Тургенев».

Проблема заключалась в том, что в настоящее время «сирена» очень тяготилась содеянным. Для многих монстров так называемое «пробуждение совести» было первым звоночком их скорого затухания. Со временем они переставили верить не только в собственное предназначение, но и в себя самих. Лишившись веры, они умирали.

Тюленев долго уговаривал «сирену» в последний раз исполнить песню и после этого завершить карьеру. Навешал ей на тонкие музыкальные уши килограмм лапши о спасении мирового демонического конгломерата. И «сирена» сдалась.

Именно ее пение услышал Ленгвард Захарович у куста сирени. Впрочем, сам момент перерождения Мудрова в сценарии никак не описывается. Произведение завершается на том моменте, когда Цой берет Тюленева за руку и говорит речь, вглядываясь в его маленькие какашечные глазенки.

Цитата: «Этой ночью нам предстоит битва, от которой зависит все. Ночь эта станет для нас либо Тулоном, либо Ватерлоо. Но, скорее всего, Тулоном. Сначала мы захватим Мудров. Потом близлежащий город, что с железнодорожным вокзалом. Организуем передвижение слизи в запломбированных вагонах... Захватим всю страну! Россия вновь возродится и засияет. Только это будет совсем другая Россия. И сияние у нее будет зеленоватое!»

ГЛАВА XII

Вы, может быть, должны судьбу благословлять
За то, что маску не хочу я снять.
Быть может, я стара, дурна... какую мину
Вы сделали бы мне.

М.Ю. Лермонтов
«Маскарад»

1. Простое решение

Масякин напряженно жалел себя, забившись в угол лаборатории и уставившись на собственные ботинки. Никто больше не обращал на него внимания, не ругал, не отчитывал. Ему дали время, чтобы подумал над своим поведением.

Рафаэль Яковлевич горячо спорил с Ленгвардом Захаровичем, как им спасти Валю, спавшего так крепко и спокойно, что Жека несколько раз бегал проверять пульс. И каждый раз он поднимал тревогу, потому что не чувствовал сердцебиения наставника.

Жека крайне херово умел определять пульс и не мог научиться делать это нормально, сколько бы его ни учили. То шею потрогает, то запястье, но все как-то не в том месте и не так. Ситуация несколько поправилась, когда он догадался подносить к ноздрям наставника зеркальце.

— Это все из-за того, что мы в холодной войне проиграли, — заключил Ленгвард Захарович. Их долгая громкая беседа с Рафаэлем Яковлевичем рано или поздно должна была соскочить на всегдашнюю тему.

— А почему мы проиграли? Все потому, что Советский Союз изначально был несостоятелен и провален в экономической сфере... Причем не только в ней! Куда ни глянь — везде одна гниль творилась. Что в Корее, что на Кубе... Социализм — он как больное гангреной дитя. Сколько за ним ни бегай, а все равно помрет.

— Гниль, может, и была, — признал кукурузный гегемон. — Но сейчас все гниет в разы насыщенней. Вон демоны, казалось бы, твари бездуховные, и те не могут выжить при капитализме. Народу сколько перемерло... Сталин столько не передушил, сколько Ельцин замучил. Про науку вообще молчу.

— Вот и правильно, — кивнул водочник. — Вот лучше и помолчите, вместо того, чтобы всякие глупости говорить. Сколько вокруг, в Мудрове, талантливых ученых было понапихано. И наука наша здесь вовсю развивалась, пока демоны, — прошу обратить внимание, советские, — не вырвались...

— Демоны при капитализме всегда вырываются, — отметил Ленгвард Захарович. — Это потому, что наука вынуждена заниматься изобретением оружия массового поражения, вместо того, чтобы решать проблему мирового голода...

— Куда уж нам до советских свершений! Мы и не метим рылом своим в калашный ряд... Забудем про голодомор, забудем про голод в Полтавщине, ведь хотя бы одного человека совковая наука точно от голода избавила!

— И что? — широко развел руками кукурузный. — Я, со своими малютками, действительно никогда не помру с голоду. И смогу прокормить нескольких человек. Если бы нас здесь замуровали — мы бы не погибли. Жили бы себе припеваючи, дожидались спокойно и благополучно, пока нас спасут. И тогда бы вы сказали спасибо советской науке, своей кормилице.

— Я бы лучше с голоду умер, чем кукусиськами питаться.

— Это ты сейчас такой гордый. А как нас замуруют, тогда и посмотрим.

— Советский Союз из тебя монстра сделал, а ты ему дифирамбы поешь! Что за рабская философия у вас, у совков, не пойму.

— Я тебе харю разобью! — кинулся обиженный спорщик.

Ребята еле успели разнять их, а то без крови бы не обошлось. Если Масякину Ленгвард Захарович годился в деды, то Рафаэлю Яковлевичу в отцы, но по физической силе и храбрости превосходил и того и другого.

— Что-то мы с вами, уважаемый, ушли от главной нашей темы, — присмирел Рафаэль Яковлевич, которому не хотелось получить леща. — Очень эмоциональная у нас получилась дискуссия. Увлеклись мы оба...

— Струсил, каналья! — продолжал свое Ленгвард Захарович. — Как оскорблять, так он в первых рядах, а как отвечать за свои слова, так в кусты сразу же... Вот она, полюбуйтесь, новая поросль ученых мужей! Позорники! Интеллигенты!

— Так вы будете Валю спасать, или как? — встрял между враждующими сторонами Вовка.

— Мы почти ничего не придумали, — невесело признался Рафаэль Яковлевич. — Разве только водкой его напоить. Ведь Константину вашему она помогла... А нановодка куда эффективней обычной. Других идей у нас нет. Так что, если не поможет, — не знаем, что будем делать. Правда ведь, Ленгвард Захарович?

Тот кивнул. Теперь он выглядел виноватым, и драться ему расхотелось.

2. Первая пошла

— Вальтер Михайлович, проснитесь, — расталкивал наставника Вовка.

Валя открыл глаза, обреченно скользнул ими по лицу парня и снова закрыл. Сделал вид, что не узнал.

— Так его не разбудишь, — Масякин вылез из своего угла, подошел к Вале и отвесил ему несколько звонких пощечин.

— Ты что его бьешь? — остановил Масякина Жека.

— Я не бью, — поправил свои очки Масякин. — В чувство привожу.

— Ну ладно, — сказал парень с сомнением. — Раз так, тогда можно.

Прием Масякина подействовал, и Валя не только открыл глаза, но еще и принял сидячее положение.

— Валя, пить будешь? — подмигнул ему Масякин.

— Нет, — сказал Валя, глядя в пустоту.

— Дело плохо, — прокомментировал Масякин. — Впервые вижу его в таком состоянии. Никогда от бухла не отказывался.

— Почему ты не хочешь пить? — спросил Вовка.

— Не вижу смысла, — равнодушно проговорил Валя. — Ни в чем его не вижу. Глупо это все. И безнадежно.

Масякин еще несколько раз ударил Валю по щекам.

— За что? — спросил Валя.

— Не нравится? — поинтересовался Масякин.

— Не-а.

— Тогда пей, — велел Масякин. — Выпьешь стакан водки, не буду тебя бить.

— Ну у вас и методы, молодой человек, — насупился Рафаэль Яковлевич.

— Наливай, — сказал Валя, подтверждая, что методы у Масякина правильные.

Ленгвард Захарович до краев наполнил винтажный граненый стакан и протянул его Вале.

Сделав пару больших глотков, пациент остановился. С сомнением посмотрел сначала на стакан, потом на Масякина:

— Может, хватит?

— Еще пей! — стоял на своем Масякин. — А то отхлестаю!

Валя пожал плечами и выпил остальное. Протянул пустой стакан Ленгварду Захаровичу.

— Ну как? — нетерпеливо поинтересовался Рафаэль Яковлевич.

— Никак, — безучастно сказал Валя.

3. Монолог

Все приуныли, и только Масякин не терял оптимизма:

— Еще наливай! Организуем ему переход количества в качество.

Ленгвард Захарович наполовину наполнил стакан.

— Целый! — сказал Масякин.

На сей раз Валя не желал пить водку ни в какую. Многочисленные масякинские пощечины не помогали.

— Вальтер Михайлович, ну пожалуйста, выпейте эту водку, а? Ради нас, — попросил Костет.

— Ради вас не буду, — сказал Валя. — Вы все обманщики. Обещали отстать, если я стакан выпью, и не отстали.

— Тогда ради себя выпей, — предложил Рафаэль Яковлевич. — Хорошая водка. Здешняя. Неужели она тебе не понравилась?

— Как так здешняя? — тихо удивился Валя.

— А вот так здешняя. Здесь, в Мудрове ее изготовили. Я лично изобрел ее замысловатую рецептуру и следил за производством на всех стадиях. Неужели плохая водка? Ну, если объективно.

— Если объективно, то водка замечательная, — признал Валя. — В жизни такой водки не пил. Думал, что иностранная, как всегда. Шведская какая-нибудь... Но эта, конечно, лучше, чем шведская.

— Если лучше шведской, то выпей. Будь человеком.

156

— Хорошо, — коротко сказал больной и залпом осушил стакан.

Вторая доза подействовала на него куда выраженней, чем первая. Он встал с кровати, подошел к Рафаэлю Яковлевичу, обнял его за плечи и расцеловал на манер Брежнева.

— Неужели сработало? — расправил плечи Ленгвард Захарович.

Из глаз Вали брызнули слезы.

— Братцы! — обратился он к окружающим. — Я — это отработанный материал, из которого толком ничего не получилось изготовить, коммерческое предприятие, требующее закрытия по причине его провальной нерентабельности, и я, понимая это, закрывал себя, закрывал себя алкоголем, не желая убивать себя быстро, потому что хотел себя подольше помучить, а еще потому, что трусил и надеялся на чудо, на какое-нибудь приключение, которое меня из болота за волосы выдернет, как в сериале «Остаться в живых», чтобы оказаться на волшебном острове, который во мне самые лучшие качества проявит, а самолет все не падал, а только летел в сторону солнца, расплавиться в нем хотел, потому что это был вовсе не самолет, а космический корабль, ведь жизнь моя не была ужасна, не была совсем уж уродлива, да, но она была компромиссом, томившим мое бедное сердце преступлением, филистерством и пустозвонством, обывательщиной и хренью, и вот это же сердце воспылало, вдохновившись любовью Костета к Настюхе, делавшей из него героя почти античного, бесконечно прекрасную любовь, пробудившую в Костете Геркулеса, д`Артаньяна, богатыря, того самого, из сказки Салтыкова-Щедрина, который, помните, все лежал в своем дупле, а вокруг все шептались, вот пробудится этот богатырь и покажет врагам, где раки зимуют, а он сам так и зазимовался в этом дупле, и черви сожрали его изнутри, глисты какие-то, а вот Костет вовремя проснулся, воспрял духом, это любовь его разбудила, а я в свое дупло сейчас так глубоко зарылся, ну так глубоко, как никогда до этого еще не зарывался, и не в силах вырваться из него, чувствую, что должен, а не могу, сил нет, ребята, и сейчас я многое понял, но не вырваться из этого дерева, я в нем замурован, это что-то на уровне физиологии, даже забавно, ведь человек это такое высокоорганизованное существо, а вот вколют ему какое-то лекарство усиленное, и все, оказывается, всегда только в химию и упиралось, а водка эта просто великолепная, ведь это же спасение для нашей родины многострадальной, такая водка, новая национальная идея, и вот говорю я все это и чувствую, что силы покидают мое тело, вот и все, нет снова никаких сил терпеть все это, хуже горькой редьки, надоело, не могу...

Договорив, Валя свалился на пол. Над ним склонились Костет, Жека, Вовка, Масякин, Рафаэль Яковлевич и Ленгвард Захарович. Лица у всех были одинаково печальные.

— Может, еще раз ему по щекам надаешь? — предложил Масякину Жека.

— Теперь не поможет, — ответил Масякин, возвращаясь в свой угол. Ему предстояло еще многое обдумать.

4. Экстренный выпуск

— А почему вы так никуда и не уехали? — спросил Ленгвард Захарович, когда все, кроме спящего Вали, сидели за столом и пили чай с овсяным печеньем. — Почему стали все это сопротивление устраивать, вместо того, чтобы попытаться выбраться отсюда? Не подумайте, здорово, что мы на вас наткнулись, и что вы не бросили товарищей в беде... Но, может, пользы было больше, сбегай вы за помощью?

— Мы пытались, — Масякин вновь рассказывал грустную историю своего неудавшегося побега. — Нас было двадцать человек, когда мы попробовали удрать через главный вход с турникетами. Там была засада — целый рой бешеных летающих смертоносных хомячков.

Ленгвард Захарович поперхнулся печеньем.

— Есть такие, — подтвердил Рафаэль Яковлевич. — Жуткие твари. Вопьются в сонную артерию — пиши пропало. В нее, главное, и метят, подлецы.

— А какие у них крылья? — спросил Вовка. — Как у летучих мышей?

— Нет, — сказал Рафаэль Яковлевич. — Скорее, как у воробьев. Они вообще очень на воробьев похожи. Когда на ветке сидят — не отличишь. Только очень уж кровожадные и уродливые, — морды, как у маленьких бульдогов, и слюна капает. Вам повезло, что вы их не видели.

Внезапное шипение прервало обсуждение летающих грызунов — это сам собою включился радиоприемник. Легко было заподозрить, что произошло это по волшебству, и все склонились именно к этой мысли. Потому что не увидели глаза-шпиона, материализовавшегося только для того, чтобы нажать

158

на кнопку, и тут же исчезнувшего. Очередной фокус Кондуктора Второго.

Вскоре все услышали элегантный мужской баритон, уже хорошо знакомый пацанам.

— Специальное сообщение для молодых людей, находящихся в жилом комплексе 28/Ж/12, по адресу: улица Аллы Пугачевой, восемь, — отчеканил диктор.

— Это опять она! — догадался Жека. — Это Черная Ромашка!

— Срочно покиньте названное место, потому что по вашему следу идет Черная Ромашка. У нее острый нюх, и она уже почуяла, на какой улице вы находитесь.

— Скорее! — закричал Масякин. — К оружию!

Он сам, Ленгвард Захарович и Рафаэль Яковлевич схватили автоматы. Вовка, Костет и Жека вооружились двухлитровыми бутылками водки. Скинув с себя верхнюю одежду, они остались в одних футболках с изображением глаза. Образовав тот самый трезвый взгляд, готовый испепелить врагов потоками целительной нановодки, которая была у него вместо слез. Вальтера Михайловича спрятали в железный шкаф, чтобы он в случае чего не попал под шальную пулю. А то будет обидно — так долго его спасали, и так глупо его потерять.

— Как можно скорее убирайтесь из своего убежища, потому что Черная Ромашка уже свернула на улицу Шойгу с улицы Сергея Михалкова и принюхивается, чтобы учуять, в каком вы прячетесь доме...

— Пусть только сунется! — отчеканил Масякин.

— Черная Ромашка уже почуяла, в каком именно доме вы находитесь, и следует к нему. Она напрягает ноздри, чтобы определить, в какой квартире вы прячетесь, уважаемые господа...

— А в прошлый раз она нас по именам назвала, — вспомнил Костет.

— Наверное, лениво перечислять, — предположил Жека.

— Черная Ромашка вошла в здание и спускается по лестнице в вашу лабораторию... Бежать поздно! Скоро все вы сдохнете и накормите собой изголодавшееся озеро уса!

Послышались быстро приближающиеся тяжелые шаги.

— Весит, наверно, килограммов двести, — предостерег Вовка. — Она просто динозавр какой-то.

— Да хоть бы тонну весила, — выцветшие глаза Ленгварда Захаровича загорелись отвагой. — Все равно уложим!

5. Смерть как освобождение

Мощный удар по толстой стальной лабораторной двери, и вот она уже покорежена. Еще один — и дверь валяется на полу.

На пороге стояла она — Черная Ромашка — и оскалилась под черной своей вуалью черными своими зубами.

— Огонь! — крикнул Ленгвард Захарович, и на монстриху обрушился ливень резиновых пуль с железным сердечником.

Черная Ромашка не упала. Согнулась пополам. Закряхтела, потом выпрямилась и вновь улыбнулась черной улыбкой, которую никто не увидел, но все поняли, что она улыбается.

Женщина-демон принялась картинно размахивать руками, словно разводя тучи:

— Меня невозможно убить, несчастные!

— Рано радуешься! — крикнул Вовка, подбежал к ней, остановившись на расстоянии метра, и сильно сдавил пластик двухлитровой бутылки. Широкая струя мгновенно прожгла в пузе Черной Ромашки солидную сквозную дыру. Теперь, если смотреть через нее на мир, может сложиться впечатление, что Ромашка беременна целым миром.

Чудовище опустило голову и потрясенно уставилось сквозь себя. Да. Так и есть. Целый мир.

— Сыночки, — сказала она растроганно, — а в голову можете мне так выстрелить? Я даже рот раскрою...

С этими словами Ромашка широко раскрыла рот под вуалью и зажмурилась. Вовкина бутылка была пуста. Пожав плечами, к нему подошел Жека, прицелился и выпустил струю нановодки Черной Ромашке прямо в пасть.

— Бляяяаааа! — заорал голос из приемника. — Сссуки! Ромашка, ты предательница! Как так можно вообще? Я ведь все тебе дал...

Но Ромашка не слышала упреков голоса, потому что была мертва. Расслабленно пузырясь, ее тело расплывалось в огромную зеленую лужу, как снежная баба на большой сковородке.

6. Сделка есть сделка

— Ну, чего еще скажешь? — Масякин опустил оружие. — Нечего теперь тебе сказать, да?

— Вы думаете, это конец? — гневно захрипел голос. — В чем-то вы правы, потому что ваш конец действительно близок.

Теперь мы знаем, где вы прячетесь. И мы идем на вас могучей непобедимой армией!

— Еще посмотрим, кто кого, — сказал Вовка.

— А с кем мы говорим, кстати? — спросил Рафаэль Яковлевич. — Назовите себя. Может быть, как-нибудь договоримся? То, что мы представляем опасность друг для друга, это понятно всем. Так не проще ли нам объявить наши разногласия недоразумением и расстаться обоюдно довольными сделкой?

— Оставьте свои жидовские штучки! — фонил и надрывался приемник. — Они вам больше не помогут. А говорите вы с Тюленевым, если вам от этого легче. С великим повелителем советских демонов! С новым Кондуктором! — Новый Кондуктор на пару секунд замолк, чтобы фраза звучала выразительней. — Хотя, может быть, мы с вами и договоримся. Мои условия таковы: вы сдаетесь нам, и мы убиваем вас быстро. Если окажете сопротивление — мучения ваши будут бесконечны... Как вам такая сделка? — Тюленев расхохотался.

— Мы подумаем, — ответил Рафаэль Яковлевич. — Это, конечно, не то, о чем мы мечтали, но, если другого выхода нет... Можно нам подумать над предложением какое-то время? Обговорить это дельце...

— Подумать? — голос Хрена звучал удивленно. — То есть, вы согласны умереть?

— Согласны. Главное, чтобы быстро. Умирать ведь придется когда-нибудь. Вы от нас все равно никогда не отстанете. И вас больше. Так что, по всей видимости, мы обречены.

— Хорошо. Но думайте не больше часа. Ровно через час или меньше выходите на главную площадь, там, где церковь, и раньше стоял памятник Борису Ельцину.

— А что теперь с этим памятником? — спросил Масякин.

— Неважно! — Тюленев перешел на визг. — Нет его, и хватит об этом.

— Хоть что-то правильно сделали, — похвалил Ленгвард Захарович.

— Заткнись ты, старая развалина! — крикнул Тюленев. — Не с тобой говорят. Надо было тебя с самого начала утопить в зеленой жиже, как Тамарочка предлагала.

— А ты в курсе, что твоя Тамара на самом деле мужик? — не удержался Вовка. Он помнил по записям, что Налимов так и не открыл гражданскому мужу тайну своих перерождений.

— Что ты такое говоришь, сопляк? — Кондуктор заподозрил, что его тупо «троллят», но повелся.

161

— На самом деле она — рецидивист по фамилии Налимов, — сказал Масякин.

— А ты сам теперь — пидорас! — обрадовался Жека. — Каково тебе с мужиком спать?

— Вы заплатите кровью за свою клевету!

— А ты спроси у нее! — сказал Вовка.

— Вернее, у него, — уточнил Костет.

— Спрошу! — заверил Тюленев. — А после вас всех уничтожу. Чернить честь царицы демонов — это мерзкое и тяжкое преступление. Вы охрипнете от собственных криков, пока могильные черви будут терзать вашу еще живую плоть... Но это произойдет уже после того, как наш милиционер устроит допрос с пристрастием. Он выведает ваши самые потаенные страхи, после чего мы воплотим их во всех подробностях... Но в конце будут черви! Давненько я не бросал никого в червивую яму...

— Не забывайте, что у нас сделка, — напомнил Рафаэль Яковлевич. — Через час или меньше мы придем сдаваться на площадь. Вы обещали нам быструю смерть в этом случае.

— Слово демона — закон... — невесело проговорил Хрен Тюленев. — Сделка в силе. Если явитесь на площадь — умрете самым комфортным образом.

На этом сеанс связи закончился.

— Сам урод, а голос красивый, хоть на радио выступай, — восхитился Масякин.

— У нас есть около получаса, — сказал Рафаэль Яковлевич. — Берем оружие, водку и двигаем к главному выходу. Пока они будут ждать нас на площади, мы прорвем кордон у выхода и вырвемся.

— Мы сейчас не только победили первого монстра, но еще и перессорили руководство, — потирал руки Ленгвард Захарович. — В правильном направлении идем, товарищи.

Протяжно скрипнула дверь железного шкафа. Это из своего укрытия вышел болезненно-апатичный Валя.

— Что ты разглядываешь? — спросил Масякин, заметив у Вали какой-то предмет в руках.

— Ничего интересного, — сказал он так тихо, что всем пришлось напрячься, чтобы его расслышать. — Нашел бейджик одного парня. Его зовут Аслан Магомедов. Я уже встречался с ним. Вернее, не с ним, а с его посланием.

— Он был одним из тех, с кем мы пытались вырваться, — вспомнил Масякин. — Когда нас атаковали хомячки, все рванули в разные стороны. Разбежались кто куда.

— Конкретно он прятался в здании администрации, в туалете, — поделился Валя. — В той самой кабинке, где меня нашли гопники.

— Мы сейчас находимся в его лаборатории, — поведал Рафаэль Яковлевич. — Поэтому ничего удивительного, что ты его бейджик в шкафу нашел. Странная штука судьба.

— Может быть, он еще жив? — спросил Валя.

— Нет, — сказал Масякин. — Я видел его чучело в «классе» Кожемякина.

Валя сунул бейджик в задний карман брюк.

7. Момент истины

Тем временем в штабе восставших демонов гремели грозы семейных разборок. Много чего повидавшие на своем веку, глаза-шпионы с ужасом следили за происходящим.

— А когда ты собиралась мне об этом сказать?! — орал Хрен Тюленев во все горло. — Да как такое может быть вообще? Не верю я в такое... Не может человек взять, да и превратиться в другого, просто подделав подпись...

— У меня какая-то аномалия... говорю же тебе... огромное количество зеленого уса в сперме...

— Так у тебя еще и сперма есть??? — изумился Хрен.

— Была, — сказала Тамара Цой. — Была, пока я была мужчиной, но теперь-то я женщина! И нету больше спермы... Кончилась.

— Не уверен в этом, — зло сказал Хрен. — Вообще теперь ни в чем не уверен!

— Прости меня, — взмолилась Тамара Цой. — Конечно, я должна была с самого начала тебе об этом сказать...

— Но не сказала!.. Не сказала, потому что я был нужен тебе как ресурс. Чтобы ты смогла править миром. Теперь я все понял!

— Не сказала, потому что любила тебя и боялась потерять...

— Не сказала, потому что в наших отношениях никогда не было ничего, кроме лжи!

— Это неправда!

— Вот видишь… Опять неправда… Опять ложь! — громче прежнего закричал Кондуктор.

— Нет! Неправда, что это неправда! Тьфу ты… Правда, что я тебя люблю!

Тамара Цой попыталась обнять Хрена, но тот лишь презрительно оттолкнул ее. Отвернулся. Подошел к самому краю площадки, на которой стояли их троны. Дотронулся носком ботинка до зеленой жижи. Вытер подошву об пол.

— Мы можем начать все сначала? — спросила Тамара. — С чистого листа? Или просто сделаем вид, что ничего не было.

— Не думаю, — коротко ответил Хрен.

— Но ведь самое главное — это любовь! Ты поклялся мне в вечной любви. А как же наши мечты о царстве демонов на земле? Царстве золотого уса!

— Ты сделала из меня педераста… — скорбно сказал Хрен. — И даже эти ПТУшники надо мной потешаются… Смеются, и правильно делают. Ты ведь была у меня самой первой. Значит, за свою жизнь я трахался только с мужиком. И больше ни с кем… Значит, я педераст в чистом виде. А ведь я всегда был гомофобом… Всегда, сколько себя помню. Я даже выходил на акцию в поддержку тех гомофобных законов, хотя до этого никогда на такие мероприятия не ходил. Нарисовал красивый плакатик… Знаешь ли ты, каковое это — предавать свои убеждения?

— Я и не знала, что была у тебя первой…

— Я постарался, чтобы ты этого не заметила, — по лицу Хрена пробежало подобие удовлетворенной улыбки.

— Ты был бесподобен…

— Закрой свой рот, ради бога… — Хрен с трудом сдерживал рыдания.

— Но ведь все это условность. Случайность. Это ведь лотерея, кем ты родишься — мужчиной или женщиной. Мои родители, например, всю жизнь девочку хотели. Это судьба, что я обрела талант перевоплощений. Послушай, родненький мой, послушай, что я тебе скажу, только не перебивай. До встречи с тобой я думала, что способность перевоплощаться в других людей — это моя фишка. Что это мой талант, предназначение. И я действительно думала воспользоваться тобой. Для того и соблазнила тебя перспективой стать властителем мира, и не только ею… Но потом я почувствовала это… Я почувствовала нечто необычайно сильное. Куда сильнее моих неудовлетворенных амбиций. Почти то же самое, что движет этим малолетним придурком Костей… Я почувствовала любовь! Самое важное в моей жизни… Это любовь к тебе. И я больше не хочу меняться. Я хочу остаться такой, как сейчас. Я поклялась, что больше не приму ничей облик. Тамара — вот мое имя. Цой — вот моя фамилия. Тюленев — вот моя любовь!

— Я услышал тебя, — сказал Хрен.

— Сможешь ли ты простить меня?

— Не знаю. Но сейчас эти мысли не должны нас занимать. Нам предстоит битва. И мы должны одержать победу. Не ради себя, но ради всех демонов этого мира.

— Думаешь, они пойдут на главную площадь, как условились? За быстрой смертью.

— Думаю, что они специально рассказали мне, кто ты на самом деле, чтобы нас перессорить. И пойдут они вовсе не на площадь, сдаваться, а к выходу. Там-то мы их и перебьем!

— Ваше превосходительство! — объявился кто-то за спиной Тюленева.

Обернувшись, Тюленев увидел одного из своих гопников. Он стоял, схватившись за горло.

— Что случилось, Степан? — удивленно спросил Тюленев. — Почему у тебя такой сиплый голос? Где твои товарищи?

— Они еще не восстановились. На нас только что была совершена атака. Другим пацанам головы отрезали, а мне не успели. Милиционер с Кожемякиным их спугнули. Мне только наполовину успели. Я и пришел, а они пока новые головы отращивают.

— Кто это был? — строго спросил Тюленев. — Кто-то из сопротивления?

— Нет, — сказал гопник Степан. — Здесь еще кто-то. Они разъезжают на скутерах. Они черные. Не скутеры, а водители. Хачи с большими кривыми кинжалами и пистолетами. Мы давно за ними охотились.

— Как это?! — возмутился Тюленев. — Почему не доложили, если давно охотитесь? Мы бы направили большие силы на поимку этих боевиков.

— Хотели сделать вам сюрприз.

— Сегодня у меня день сюрпризов, бляха-муха! — вцепился в собственные волосы Хрен Тюленев.

— Мы рассчитывали — погоняем их чуток, и у них бензин закончится… — оправдывался Степан. — Так они чего надумали… Из машин стали бензин откачивать. Так и катаются. Какие-то террористы по виду.

— Это еще не все проблемы, — сказала Тамара Цой, утерев слезы и сопли. — Напоминаю, что у них есть еще нановодка, которая разъедает наших солдат. Именно так они и убили Ромашку. Все очень серьезно. Нельзя, чтобы они раскрыли всему миру, как можно нас погубить.

— Ты ведь знала о водке-кислоте и до этого, так ведь? — догадался вдруг царь демонов.

— Знала... И начала уже кое-что предпринимать по этому поводу...

— А чего мне не сказала? Еще один сюрприз сделать хотела?

Тамара Цой уклончиво промолчала.

— Они не покинут Мудров живыми, — сжал кулаки Кондуктор. — Только если в составе зеленой жижи...

ГЛАВА XIII

Кукуруку — это чудо,
Лучшее из всех на свете.
Это сладкое названье
Дарит праздник и веселье.
Это дешево и вкусно,
Это чудо — кукуруку.
Подарите встречу с нею,
Мама, папа, поскорее!

Реклама такая была

1. Прибавление

В последний раз покидая подземную лабораторию, нагрузились по полной. Взрослые, по традиции, прихватили автоматы, молодняку доверили водку. Под тяжкой ношей пацаны сначала кряхтели, но вскоре привыкли.

Вале ничего не дали. Довольствовались тем, что он шел без посторонней помощи, куда ему говорили идти. И то достижение.

— Еще месяц водочной диеты, — поделился мыслями Вовка, — и вообще полноценным человеком станет.

— Скучаю по нему прежнему, — ответил Костет. — И до того, как мы его нашли, скучал. А теперь еще больше скучаю. Не знаю, почему так.

Жека молча почесал левую ягодицу.

— Я рад, что они вычислили наше укрытие, — поделился Рафаэль Яковлевич. — Что ни делается, все к лучшему. Теперь хоть развязка стала ближе. Ненавижу, когда сюжет затягивается. Ни в фильмах, ни в жизни.

— Стойте! — сказал Жека.

Все остановились и прислушались. С севера в их сторону явно направлялось нечто моторизованное.

— Снова этот шум! — сказал Ленгвард Захарович. — Мы с Вальтером слышали его, когда сидели в клетках.

— А мы слышали его, когда Кожемякин вел нас в свою западню, — припомнил Вовка.

Звук зазвучал громче и отчетливей. Рафаэль Яковлевич, Ленгвард Захарович и Масякин передернули затворы автоматов. Между зданиями показался скутер. Всего один, но с двумя всадниками.

Масякин на всякий случай прицелился.

— Не знаю, кто это, — сказал Ленгвард Захарович, — но стрелять погодите.

— Это же террористы! — воскликнул Жека, когда скутер с двумя сидящими на нем кавказцами подъехал совсем уже близко. — Те самые, с которыми мы в поезде ехали! У них еще рожи такие были, будто они что-то взорвать собрались.

— Что они здесь забыли? — спросил Вовка.

— Не стреляйте! — крикнул тот террорист, что управлял скутером.

Террористы заглушили мотор, слезли со скутера и подошли ближе.

— Меня зовут Билял, — сказал первый кавказец.

— А меня Загалав, — представился второй.

2. Мирные социологи

Оба «террориста» оказались дагестанцы по происхождению и Магомедовы по фамилии. В Мудрове у них работал брат, инженер-физик Аслан Магомедов. Когда все началось, он был в подземной лаборатории. Еще до того, как мобильная связь накрылась медной трубой, он успел эсэмэснуть, что здесь творится что-то чрезвычайное, и что, если он не выйдет на связь — пусть приезжают за ним.

Аслан решил, что Мудров захватили террористы-мусульмане. На правительственные войска надежды у него не было. В это время братья Магомедовы находились в Питере, где работали в социологическом центре социологами. Хотя оба они были вполне себе адаптированными и интеллигентными, некоторые нужные в таких случаях знакомства у них имелись. Но самое забавное, что вовсе не среди соотечественников, а среди вполне славянских бывших ВДВшников, фанатов оружия.

Благодаря этому они быстро раздобыли пару макарычей, патроны и большие охотничьи ножи с рукоятями из бараньего рога. Когда высадились с поезда, первым делом начали интере-

168

соваться, у кого бы взять напрокат машину. Но население здесь было крайне антикавказски настроено и предоставлять им технику не хотело. В паре мест их чуть не побили.

Пришлось довольствоваться покупкой двух скутеров, один из которых недавно как раз сломался. Обманул русский паренек, обещавший, что бегать будет лет десять без ремонта.

Оказавшись в Мудрове, почти сразу же схлестнулись с гопниками, сторожившими вход. Никто из них не хотел сдаваться. Ни Магомедовы, явившиеся спасать брата, ни гопники, желавшие захватить очередных гостей города и заслужить одобрение царя демонов.

Битва была отчаянная, но дагестанцам удалось скрыться без потерь и походя пырнуть пару гопников. Билял и Загалав далеко не сразу сориентировались, что имеют дело с потусторонними шайтанами.

С тех пор гопники объявили на них охоту, стали выслеживать. А кавказцы, в свою очередь, следили за гопниками, которые в основном околачивались у главного штаба злодеев — у бывшей православной церкви.

Вблизи церкви-штаба был сооружен барак-тюрьма. Билял и Загалав думали освободить пленников, но потом сами злодеи их освободили, непонятно, по какой причине.

Правда, после того, как пленники ушли, все стало ясно из междусобойного базара демонических гопничков. Выяснилось, что в Мудрове функционирует какое-то сопротивление, и за отпущенными людьми установили хитрое наблюдение.

Когда из церкви к убежищу-лаборатории направили Черную Ромашку, «террористы» пошли за ней. Потому что им тоже важно было знать, где прячутся сопротивленцы.

Это было нелегко, потому что передвигалась Ромашка очень быстро. Прямо спринтер какой-то. Кстати, судя по всему, она ориентировалась все же не на нюх. А на ту информацию, что ей давали в штабе. Про нюх злодеи специально придумали, чтобы страху нагнать.

Магомедовы были уверены, что сопротивленцы одолеют Ромашку своими силами, иначе какие они после этого мужчины. И отправились обратно к штабу. Но тут встретили своих «друзей»-гопников, которые, оказывается, следили за ними, пока они следили за Ромашкой.

Завязалась баталия, в ходе которой братья снова одолели нечистую силу. На всякий случай отрезав ей головы, чтобы восстанавливалась подольше. Только одному не успели снести башку, потому что на горизонте появился страшный милиционер и начал палить в них из пистолета. С ним еще был какой-то подозрительно любезный тип, похожий на школьного учителя.

Последняя же новость, поделиться которой так спешили кавказцы, заключалась в том, что идти к выходу не стоит, если они туда направляются, потому что враг устроил засаду.

3. Планы меняются

— Мы знаем. Там всегда засада, — ответили дагестанцам силы сопротивления.

— Но в этот раз особенная засада. Они все силы бросили на защиту выхода из города, рассчитывая, что вы собираетесь убежать. И еще у вас есть кислота, которая их растворяет. Поэтому штаб остался почти без охраны. Мы вообще никого там не увидели, но подозреваем, что кто-то там все же есть, но прячется.

— Магомедовы дело говорят! — поддержал дагестанцев Ленгвард Захарович. — Озеро зеленой жижи представляет для чертей стратегическую ценность. Они ведь хотят из этого озера целый океан сделать и планету с его помощью захватить. Мы сломаем их планы. Отравим его нановодкой!

— Но ведь мы сбежать хотели, — малодушно напомнил Масякин. — А так не факт, что получится. Драка будет.

— Пусть! — сказал Вовка. — Не факт, что мы и так бы выбрались. Если они все свои силы туда направили. А так хоть пользу принесем человечеству. Правда ведь, Вальтер Михайлович?

Валя сделал шаг к Билялу и Загалаву. Словно предчувствуя, куда вот-вот упрется ручеек разговора.

— И вот еще что, — сказал Билял, стараясь не выдать горячей надежды. — Может, Аслан жив еще? Не попадался он вам? Может, есть еще один отряд сопротивления?

Валя протянул им бейджик. Масякин кивнул. Братья Магомедовы сжали зубы. Костет хоть никогда и не любил дагов, но к этим, конкретным, почувствовал теплоту почти родственную. Их, как и его самого, лишили близкого человека сволочные демоны.

В это самое время в полной боевой готовности силы сопротивления ожидала армия советских монстров. Здесь присутствовали почти все, кого успели материализовать к тому моменту: милиционер, Кожемякин, фиолетовые руки, красные кружевные платочки, жуки в большом количестве, гробик на колесиках, тетка, подозрительно похожая на Елену Ваенгу, чудовищного вида мягкая игрушка-медведь, мальчик в фашистской форме, дырявая простыня, сиамские близнецы-азиаты, неуклюжая гигантская вагина с зубами, зловонные человекообразные рыбы и многие-многие-многие другие.

Во главе армии, верхом на сухопутном плотоядном осьминоге, находился сам Хрен Тюленев. По случаю битвы он был одет в свой самый эффектный, расшитый золотом и алмазами китель, в штаны с рубиновыми лампасами, в лакированные сапожки-казаки с железными носами.

Сопротивленцы запаздывали. Хрен Тюленев посмотрел на часы и цокнул языком.

— Может быть, стоило оставить большие силы у дворца? — робко поинтересовалась Тамара Цой.

— Это была бы тактическая ошибка, — голос Хрена прозвучал как никогда отстраненно и холодно. — Они вполне могли бы выбраться из города, выставь я против них даже половину своих бойцов. Теперь, когда у них есть такое смертоносное оружие, как нановодка, мы можем взять их только количеством. Если потребуется — завалим их трупами.

— Но может, тебе стоит поберечь себя? Зачем самому подвергаться опасности?

— Если мне суждено помереть от нановодки, — усмехнулся Хрен, — это произойдет в любом случае. Я нужен здесь, чтобы вдохновлять моих воинов. Было бы нечестно подвергать их опасности, а самому в кустах отсиживаться. Мы должны помешать им выбраться. Если это произойдет, они предупредят президентов всех мировых держав. И вскоре в наш город въедут танки, оснащенные этой всепрожигающей кислотой.

— Но разумно ли оставлять без достойной охраны источник нашей силы? — упрямо двигала свое Тамара Цой.

В другой ситуации она говорила бы с Хреном более жестко, но после всего, что открылось, мучилась чувством вины. В глубине души по-прежнему надеялась на примирение. На то, что их связь станет только прочнее. Ведь теперь у них больше не будет тайн друг от друга. А какой классный получится эпизод в продолжении дневника! Даже хорошо, что враги обнаружили ее записную книжку-картридж и, скорее всего, уничтожили. Все равно это был пробный шар. Новая версия будет в разы круче и эпичней.

— Раз я сказал, что мы встретим их здесь, — Тюленев был тверд и уверен, как никогда прежде,— значит, так и будет! Если сунутся к дворцу — хомячки обратят их в бегство. Я вполне уверен в этих зверьках. И хватит тут ерунду разглагольствовать, Налимов!

Как же непривычно было Тамаре Цой слышать свою настоящую фамилию! И как больно...

4. Э-эх.

— Почему никого нет? — вертел головой Жека. — Жопой чую, что-то здесь неладно. Может, стоит отправиться к выходу, пока не поздно?

— Я согласен с Евгением, — сказал Масякин.

— А я нет, — ответил Ленгвард Захарович.

— И мы нет, — высказались дагестанцы.

Остальные молчали. До тех самых пор, пока на них с верхушек пальм, окружавших храм, не полетели тучи крылатых хомячков. Тогда все заорали, потому что хомячков было уж очень много.

Дагестанцы палили по грызунам из пистолетов. Ленгвард Захарович, Рафаэль Яковлевич и Масякин поливали тварей автоматными очередями. Подростки резво «потчевали» хомяков нановодкой.

В итоге все сопротивленцы оказались в той или иной степени покусаны. Особенно досталось Вале, который должным образом не сопротивлялся. Только брезгливо стряхивал с себя особо наглых зверюшек.

Часть хомячков-воробьев упорхнула в самом начале — предупредить Кондуктора, что главное сокровище находится в опасности. Остановить их не представлялось возможным. Впрочем, оружейные выстрелы наверняка долетели до Хреновых ушей куда раньше его маленьких слуг.

Заключив, что нельзя оставлять Валю на поле боя, — загнется в два счета, — коллектив отправил его в соседнее здание барачного типа с мясными клетками. Отсидеться. Валя согласился и безвольной походкой направился в укрытие.

— Ты, гондон упоротый! — кричала Тамара Цой, после того, как прилетели гонцы-хомячки и обо всем подробно пропищали. — Бездарь! Урод, морда брюквой, в клоунском наряде! Доволен теперь? Все труды насмарку! Они ведь теперь взорвут наш храм за милу душу! А ну, армия, марш спасать озеро!

Но армия не подчинилась ей.

— Уебок, слышишь меня, давай, приказал им резко! — потребовала Цой, схватив Тюленева за грудки.

— А вдруг это маневр... — попробовал возразить он. — Вдруг только часть из них там, у храма, а остальные сюда пойдут... Если один-единственный сопротивленец выберется из Мудрова — все равно демоны окажутся в самом уязвимом положении.

Психанув, Тамара Цой схватила Тюленева за волосы и выдрала солидный клок. Армия демонов ахнула. Тюленев огляделся и почувствовал себя крайне неловко. Ему не хотелось бить женщину, даже ненастоящую, как того требовала ситуация и демонские обычаи.

Все же заставил себя, размахнулся и расквасил Цой ее небольшой широкий носик. Монстры ахнули еще раз, на этот раз одобрительно. У Тамары потекла кровь. Красная кровь. Лишнее свидетельство того, что она здесь чужая.

— Будешь знать свое место, сука, — сказал Тюленев.

— Все на спасение нашей святыни! — приказал он.

Двери храма, конечно же, были закрыты. Билял несколько раз выстрелил из пистолета по замку. Взвизгнув, пули отскочили от него, не поцарапав.

— Может, возьмем Жеку и используем его как таран? — предложил Вовка.

— Какие же вы, в самом деле... — Рафаэль Яковлевич вытащил из рюкзака Костета бутылку водки и несколько раз плеснул на замок. Дверь застонала и неохотно, со скрипом, открылась.

— Все гениальное просто, — сказал Ленгвард Захарович. — Хороша все-таки ваша водочка.

— Универсальный продукт! — не без гордости произнес Рафаэль Яковлевич. — Погорячее святой воды, когда дело касается демонов!

— Я бы сказал, демонов-мутантов, коллега, — поправил его Ленгвард Захарович. — У них ведь зеленая экспериментальная кровь. Они не банальные какие-нибудь нечистые духи.

— Этот вопрос мы обсудим с вами в других условиях.

При появлении гостей зеленое озеро стало штормить. Несколько капель упало Вовке на рукав, быстро проев в нем дыру. Он сразу смахнул остатки слизи, но кожа все-таки пострадала. Спустя пять секунд на месте ожога вырос огромный чирей.

— Хорошо, — посмотрел на чирей Масякин.

— Что значит «хорошо»? — возмутился Вовка.

— Теперь мы знаем, что эта субстанция разъедает материю, — сказал Масякин. — Значит, можно просто бросить туда один из рюкзаков и добиться нужного эффекта.

— Только сделать это надо будет очень быстро, — присоединился к обсуждению Рафаэль Яковлевич. — Ты ведь помнишь, как взорвалась рука в аквариуме...

— Да их фиг поймешь, — пожал плечами Масякин. — Один взорвется, в другом просто дыра появится... Все по-разному подыхают. Но лучше, конечно, провернуть это побыстрее...

— Я бегаю лучше всех у нас в путяге, — вызвался Вовка.

— Нет! — сказал Билял. — Слишком велик риск. Русская молодежь, в отличие от дагестанской, много пьет и курит. Это я знаю по нашим с братом социологическим исследованиям.

— Тогда давай я на скутере, — предложил Костет. — Тут не важно, какое у тебя здоровье. Главное, разогнаться хорошо.

— Мой скутер, я и поеду, — безапелляционно произнес Загалав.

Понимая, что подземное озеро значительно шире того кусочка, что виден в церкви, публика отбежала подальше. Можно сказать, вообще ушла с площади.

Загалав взял разгон. Помчался на скорости. Забросил рюкзак, развернулся и рванул обратно. Жижа булькнула и зашипела. Затем последовал взрыв.

Огромный, с таким неожиданно широким радиусом, что сопротивленцев отбросило взрывной волной. В жилых блоках повышибало окна. С барака, в котором прятался Валя, сорвало крышу. Сама же церковь улетела в небо ракетой Гагарина и шлепнулась в лесу за пределами Мудрова.

Загалава вместе со скутером подняло в воздух. Он упал, пролетев метров десять, и, скорее всего, не пережил этого. Но тут с неба на него упал скутер и тем самым добил в любом случае.

Билял бросился к окровавленному телу брата. Дрожащими руками размазал кровь по родному такому небритому лицу, упершемуся неподвижным взглядом в небо. Глухо ударился лбом в проломленную грудную клетку. Сдавленно зарыдал. В один день он получил известие о смерти одного брата и тут же потерял второго.

Жека беспомощно взглянул на Вовку с Костетом.

5. Бум! Бам! Тыдыщ!

Войско чудовищ уже подходило к церкви, когда прогремел страшный взрыв, и в небе вырос грибок сгорающей зеленой жижи, дав старт ракете на удивление прочного строения с блестящими куполами.

Кондуктор остановил своего верного осьминога. По лицу его текли слезы, казавшиеся куда крупней его маленьких глазок.

— Вперед! — завопил он, едва опомнившись. Взмыленный моллюск понес его туда, где прежде находились дворец и озеро.

Когда показались фигуры сопротивленцев, Кондуктор вновь притормозил осьминога. Осьминогу это не понравилось — он рвался в бой, но Кондуктор хотел прежде понаблюдать за ходом сражения со стороны. Он знал кое-что такое, о чем не рискнул бы рассказывать подчиненным демонам и что гарантированно снизило бы их боевой дух. Теперь было не до пафосных жестов.

Пятерых демонов-гопников Кондуктор оставил рядом с собой, как личную охрану. Ему не хотелось отпускать их в эту страшную мясорубку.

Демоны сами быстро догадались, что кое-что в их состоянии изменилось. Они падали под градом травматических пуль, — кто замертво, кто с переломанными конечностями. Теперь, после уничтожения озера, исчадья ада чувствовали боль, как живые. Вдобавок потеряли способность к регенерации, а это было уже совсем плохо. Именно от него, от озера исходила прекрасная и мощная живительная сила. И чем ближе ты находился к дворцу, тем быстрее заживали твои ранения.

Резиновые пули с металлическими сердечниками косили демонов, как полчища отбившихся от рук анархистов на какой-нибудь антиглобалисткой демонстрации. Те монстры, что уми-

177

рали, получив пулю в глаз или в горло, умирали с удивлением. Не понимая, как так.

Конечно, сопротивленцы обрадовались, что можно убить демонов и без водки. Но патроны были отнюдь не бесконечны. Магазины нужно было время от времени менять.

Вовка, Костет и Жека работали вместе, прикрывая друг друга. Очень красиво у них получилось одолеть Ваенгу, — Жека побежал ей навстречу с диким криком, а она двинулась на него, скаля зубы и клацая когтями. В самый последний момент он кувыркнулся ей под ноги. Когда обескураженная Ваенга упала, с двух сторон подбежали Костет с Вовкой и залили ее водярой по самое не балуй.

Этот же прием они несколько раз использовали в сражении с жуками. Теперь, лишившись возможности восстановления, эти беспозвоночные оказались уязвимей всех остальных, поскольку были тупее в разы.

Кондуктор чуть слышно стонал, видя, как бездарно умирают его солдаты. Гопники-демоны пытались поднять ему настроение только что придуманными фанатскими кричалками:

«Передушим как цыплят и утащим прямо в ад!»

«Демоны — герои, люди — геморрои!»

«Черти больно бьют по почкам, как бульдозер среди ночки!»

Один из гопников-демонов неожиданно замолк.

— Чего не кричишь? — строго спросил Степан.

— Видишь того, мелкого... И других — белобрысого и еще одного... Мы ведь с ними встречались уже. Когда они как-то в наш двор забрели. Лет шесть тому назад, или больше. Мы мелкому еще бицуху порезали. Убивать не стали. Попугали только. Для первого раза.

— А ведь и вправду, — узнал пацанов Степан. — Жаль, что мы их тогда не дорезали.

— Ваше Кондукторское Величество, — обратился он к Тюленеву. — Можно нам на секунду буквально принять участие в битве?

— Зачем это? — раздраженно спросил Тюленев.

— Доделать кое-что хотим... Прирежем тех троих лопухов и обратно. Пять сек всего займет...

— Нет, — твердо сказал Тюленев.

— Да мы же их в два счета...

— Стоять здесь, я сказал! — повысил голос Кондуктор. — Здесь вы важнее. Для меня и для всего царства. Обещаю, что у вас еще будет шанс расквитаться. Слово царя демонов!

Гопникам не осталось ничего другого, кроме как удовлетвориться обещанием владыки и продолжить криками поддерживать своих собратьев.

Тамара Цой плюнула себе под ноги. Ей было жаль, что гражданский муженек оказался не настолько глуп, чтобы отправить свою элиту в самую мясорубку. Она осталась бы в выигрыше в любом случае: либо ненавистных ей гопников растворили бы, либо гопники зарезали бы не менее гадких пацанов. Сложно сказать, за кого из них она болела бы меньше в этот момент.

В битве демоны выказали, с одной стороны, благородство, с другой же — неблагоразумие. Так, они набегали на врагов не всей толпой, а по двое — по трое, как в фильме «Американский ниндзя». Это давало людям нехилое преимущество. Возможно, боевой тактикой демонов до этого просто никто толком не занимался. Не научил их, как правильно. Так сказать, пробел в воспитательной работе Кондуктора и Тамары Цой. Да и зачем им это было нужно — жизни ведь бесконечные были.

У Ленгварда Захаровича не было с собой запасов водки, поэтому, когда патроны закончились, он позволил мальчику в фашисткой форме и небольшому отряду человекообразных рыб оттеснить себя в угол. Они шли на него, предчувствуя скорую победу, не понимая, что их заманивают в западню.

В нужный момент Ленгвард Захарович полез за пазуху и вытащил пригоршню своих наростов. Только не тех, какими угощал Масякина, а других, синеватых. Это и были те самые, новые побеги с не до конца изученными свойствами, которые стали с годами произрастать на его теле.

Он не располагал полными сведениями об их качествах. Обладают ли какими-нибудь целебными свойствами, в частности, помогают ли при вздутии живота. Но зато отлично знал, что при отделении от тела эти малютки становятся взрывоопасны. В первый раз, когда он их обнаружил, такое открытие едва не стоило ему жизни.

Этим же объяснялись взрывы, порою гремевшие в его подземной лаборатории. Он думал воспользоваться ими еще тогда, сидя в клетке из плоти. Но его останавливала опасность пораниться при взрыве самому и изувечить Валю. Поэтому он предпочитал не раскрывать этот свой козырь до крайнего случая.

Бум! Бам! Тыдыщ! И вот отряд врагов разгромлен. Рыболюди, и вместе с ними мальчик в фашистской форме, ловят ртом воздух. Пузыри зеленой крови вздуваются на оттопыренных губах. Ноги, руки, плавники переломаны и разорваны.

6. Новые потери

Ленгвард Захарович заметил, что враги окружили Масякина. На протяжении всей битвы он то и дело обращал внимание на своего подопечного, готовый в случае чего тут же прийти на помощь. Этот момент наступил. Жабы величиной с овчарку повалили Масякина на землю, дернув за ноги длинными липкими языками.

По пути Ленгвард Захарович бросил несколько взрывных кукурузин под ноги гигантской вагины. Неповоротливая тварь зашаталась и рухнула. Повреждения были не столь серьезны, однако без посторонней помощи подняться она не могла.

Пожилой ученый принялся яростно распинывать жаб, спасая Масякина. Жабы с поросячьим визгом летели в разные стороны.

Когда прогремел роковой выстрел, Масякин был уже полностью освобожден от гадких рептилий. Вдруг лицо парня окрасилось в красный — это на него выплеснулось содержимое черепной коробки кукурузного старца.

После того, как тело Ленгварда Захаровича с расколотой, как арбуз, головой упало, Масякин увидел перед собой звероподобного милиционера, нацелившего на него ТТ.

— Наша служба и опасна и трудна-а-а, — напевал милиционер, готовясь прикончить молодого ученого. В этот момент с диким воплем на него накинулся Билял и опрокинул верзилу навзничь. Оружие монстра отлетело в сторону, выбив сноп искр при падении на асфальт.

Дважды спасенный от смерти Масякин подоспел к ТТ раньше мента. Но пистолет не послушался Масякина, когда тот попытался застрелить монстра. Оружие верой и правдой служило своему хозяину, отказываясь открывать по нему огонь. Этот ТТ тоже был своего рода монстром.

180

Чудовище, отбросившее Биляла в сторону, поднялось и поперло на Масякина, все еще судорожно пытавшегося выстрелить.

— Слышь, мент, — сказал кавказец, утирая кровь с губ. — Хватит маленьких обижать. Давай со мной прямо сейчас. Один на один. Без оружия.

Милиционер остановился, обернулся на Биляла и зачем-то отстегнул пустую кобуру. Кобура сползла вниз. Чудовище приняло предложение человека. На время их битвы война прекратилась. Обе стороны — сопротивленцы и чудовища — обступили бойцов плотным кольцом.

— Ты в своем уме?! — осуждающе зашептал Рафаэль Яковлевич кавказцу. — Он же тебя прикончит! Видел, какого он роста? Это тебе не битва Пересвета с Челубеем!

— И не таких укладывали, — самонадеянно заявил Билял. В прошлом он почти профессионально участвовал в боях без правил, и теперь в силах своих не сомневался. Со спортом пришлось расстаться из-за науки, — не очень-то они сочетались.

Понеслась! Лоу-кик от Биляла. Подхват под ногу от милиционера. Четыре сокрушающих удара от Биляла — в ухо, в лоб, по зубам и в челюсть. Те зрители, что имели рты, завопили. Фиолетовые руки забарабанили пальцами по асфальту, дырявые простыни захлопались в истерике. Защита, отходы, обоюдные выпады. Билял начинал утомляться. Милиционер будто бы не представлял, что такое усталость, даже теперь, лишившись подпитки озера.

Он подставился еще несколько раз, но, казалось, только для того, чтобы позволить Билялу выдохнуться. Милиционер стоял с разбитой бровью, зеленая кровь застилала ему глаза. Билял продолжал наступать. По-прежнему бил ровно и жестко, ловко уворачиваясь от чугунных кулаков соперника.

А потом демонический титан взял и просто перехватил кулак дагестанца. Сделал шаг ему навстречу. Схватил за горло, начал душить одной левой рукой. После этого отпустил кулак Биляла, схватился за его колено, перевернул вверх тормашками, поднял и со всей силы ударил головой об асфальт. Шея хрустнула. Тело обмякло.

— Получи, сука! — это Вовка прыгнул в центр круга и обдал милиционера водкой.

Лицо защитника демонического правопорядка зеленым желе сползло вниз, обнажив смеющийся белый череп. Милиционер закрыл огромными ладонями свои пустые глазницы, медленно опустился на колени и затих. Кроткая смерть.

Вовка кружился на одном месте обезумевшей каруселью, распространяя потоки водки вокруг себя, скашивая скучившихся монстров. Опомнившись, друзья примкнули к нему и тоже стали раскручиваться. Большинство демонов не успели отбежать на безопасное расстояние. В чем-то по-детски наивные, они не ждали такого коварства.

— Милые мои! — орал в бреду Кожемякин, обращаясь к классу чучел, ожидавшему его возвращения в кабинете географии. — Так и не дожили мы с вами до выпускного! Учитесь хорошо, не забывайте своего старого...

Из дыры, прожженной в животе педагога-садиста, вывалились зеленые кишки. Он шатался из стороны в сторону, еле удерживая равновесие. Пацаны не обращали на него внимания. Кожемякин больше не представлял опасности. Не стоило тратить на обреченного драгоценную водку.

Со своей отдаленной позиции Кондуктор видел, что проигрывает сражение. Понимала это и Тамара Цой.

— Это еще не конец, — пообещал Кондуктор. — Это была лишь репетиция. Я не был готов к поражению. Предполагалось, что мы захватим этот город молниеносно, не дав врагу опомниться. Кто же знал, что нам окажут сопротивление... Причем кто...

— Мы соберемся и накопим силы. Поработаем над ошибками и не допустим нового провала, — сказала Цой.

— Только не мы, а я, — Кондуктор поместил два пальца в рот и громко свистнул. На его зов из воздуха возник, примчался черный троллейбус. Как какая-нибудь сивка-бурка.

Кондуктор спрыгнул с осьминога и влетел в троллейбус. За ним устремилась Тамара Цой, пятерка гопников-демонов и несколько других созданий преисподней, кто был поближе.

— Удирают! — показал пальцем Вовка.

Троллейбус уходил, быстро набирая скорость. Немногочисленные выжившие чудовища ковыляли следом.

— Так мы чего это... Победили? — неуверенно спросил Жека.

— Пока еще нет, — Костет сплюнул и вновь посмотрел на почти скрывшийся из виду троллейбус. — С ними осталась Тамара Цой. Значит, они еще проявят себя.

ГЛАВА XIV

Когда мстит женщина —
это всегда гениально.
И очень опасно.
Но что же сказать,
если эта женщина
уже много лет как
в совершенстве освоила
смертельно изысканное искусство
шпионского мастерства?
Если эта женщина
способна выследить врага
даже там, где найти его
практически невозможно,
и нанести удар так,
как не сумеет это никто другой?

Аннотация к одной книжке

1. Далекие края

Несмотря на поражение, подчиненные продолжали относиться к царю с обожанием. С обожанием и надеждой. Они понимали, что все, что он делал, пусть и с ошибками, совершалось единственно ради их блага. Это Тамара Цой, вероломная корейская выдра, преследует свои шкурные интересы. А Тюленев — святой человек, пусть и не красавец. И покойный предыдущий Кондуктор его хвалил, и не зря прочил себе в преемники.

А то, что у демонов не получилось поработить человечество с первого раза, так это тоже типично. У них на сей счет была не столь уж высокая самооценка, ведь во всех людских сказках и большинстве фильмов добро всегда побеждало зло.

Собственных сказок и фильмов у демонов не было, поэтому приходилось довольствоваться человеческими. Это как постсоветские граждане, смотревшие в девяностые годы американские боевики, где русские показаны тупыми и злобными, которых все равно разобьет какой-нибудь Сталлоне. Ну где тут взяться адекватной самооценке?

— Мы едем-едем-едем в далекие края... — безмятежно горланил Тюленев, сидя в черном троллейбусе, все более отдаляющемся от места недавнего поражения. И все демоны ему вторили.

Не пела только одна Тамара Цой. Ее плоское одутловатое лицо коркой непроницаемого льда покрывала гримаса презрения.

2. Запоздалая помощь

Как только враг капитулировал из Мудрова, возникла другая проблема: что-то нужно было объяснить. Ведь как так — только что был наукоград Мудров, а теперь нет его. Куда делся? И ученых, новых невтонов с платонами, тоже нет. Остались только эти — один водочник, один молодой малозначительный ученый, которого даже в США не взяли, и еще какая-то шушера. Не факт, что на них в итоге и не повесят катастрофу. И валяй, доказывай потом свою невиновность по евросудам, сидючи в российской колонии.

Герои-победители постановили ничего никому не объяснять — просто забрали свои документы из отдела кадров, уничтожили все упоминания о себе в компьютерах и были таковы.

Уходили из Мудрова лесом, потому что предчувствовали, что скоро их навестят незваные гости в лице вооруженных сил Российской Федерации. Фигово было бы, столкнись они на единственной ведущей сюда дороге.

Сопротивленцы, конечно, не знали тогда, но догадывались, что демоны посылают куда надо продуманные, не придерешься, отчеты. И на звонки-письма ничего не ведающих родственников погибших ученых тоже кто-то должен отвечать, чтобы раньше времени не возникло подозрений.

Были... Были в новоМудровском городском устройстве демоны, заведовавшие этой частью. Именно они собирали симки из разрядившихся мобильных телефонов, эсэмэсили, рассылали электронные письма со стандартным: «У нас сейчас в городе запары дикие, проверка, будь она неладна, нагрянула, так что какое-то время никакой связи не будет. Но ты не волнуйся, никто меня не съел, не превратил в чучело, я жив, здоров, очень люблю тебя и нашего ребенка, если таковой имеется».

«Отдел обмана и контрпропаганды», проворачивавший все эти мероприятия, располагался в одном из неприметных жилых блоков. Мимо него наши герои несколько раз прошмыгнули туда-обратно по своим делам, так ничего и не заподозрив. Только здесь работали интернет и сотовая связь. Охраняли здание сиамские коты-невидимки, готовые в случае малейшей опасности разорвать провода и разбить модем вдребезги.

Когда пацаны, Валя, Масякин и Рафаэль Яковлевич подошли к железнодорожной станции, то заметили промчавшиеся мимо бронетранспортеры, пожарные машины, скорую помощь и черные внедорожники с генералами, а в небе — какое-то количество вертолетов.

Что странно, в прессе о случившемся в Мудрове вообще ни слова не сказали. Упоминания об инновационном центре стремительно смолкли, будто его и не было. Опять-таки, не из-за того ли, что не на кого было свалить катастрофу?..

3. Масякин и Рафаэль Яковлевич

Рафаэль Яковлевич, у которого после разрушения водочной машины забот хватало, позвал к себе Масякина в качестве подручного. И тот пошел, хоть ничего в алкогольной химии и не понимал, кроме, безусловно, потребления.

Молодой ученый работал по принципу «принеси-подай» и дегустировал образцы продукции по первому требованию. С Рафаэлем Яковлевичем они изучали и совершенствовали нановодку, а также собирали по деталям, по винтикам новую машину для ее производства.

Попутно Масякин получал второе высшее образование, по части пищевой химии. Прежде чем поступать в вуз, он пришел в американское посольство, проконсультироваться, нужны ли им химики алкогольной промышленности. Оказалось, что чрезвычайно нужны. Тем более такие инновационные.

Сам же Рафаэль Яковлевич, как только новая машина была сконструирована, без всякого стеснения торговал нановодкой из-под полы. Как какая-нибудь престарелая тетушка-самогонщица. Цена, что ожидаемо, была заоблачная.

На дальнейшие исследования требовались крупные деньги. Да и кредит, взятый на восстановление техники, тоже нужно было выплачивать.

4. Знакомый скрип

Вовка, Костет и Жека вернулись к учебе. Изменившиеся, возмужавшие, повидавшие настоящую жизнь и героическую смерть товарищей. Сплоченный отряд настоящих бойцов. Несмотря на то, что Валя снова был с ними, по-прежнему воздерживались от употребления алкоголя.

Только если иногда, по большим праздникам, или с Вальтером Михайловичем за компанию. Когда отпаивали его нановодкой в надежде на полное выздоровление. Но процедуры эти обычно давали мизерный результат.

Возвращаясь из Мудрова домой, Жека поймал себя на том, что волнуется. Не видел мать всего неделю, и так успел по ней соскучиться.

— Мам, я вернулся, — крикнул он еще в коридоре, пока разувался. Никто ему не ответил. Только звук работающего телика доносился из комнаты. А вдруг они добрались до нее, пока он воевал с жуками в Мудрове? Подослали синюю руку, или пустили по ящику программу, высасывающую мозги, как та приставка... И теперь она лежит здесь мертвая, третий день как разлагается.

Он бросился в комнату и застал мать в том же месте, в котором покинул, — развалившейся на диване перед зомбоящиком. Быстро меняющиеся картинки отражались в ее застывших глазах. Все было по-прежнему.

Жеке стало стыдно за свои чувства. Втянув голову в плечи, он развернулся в свою комнату.

— Жень, — окликнула его мать. — Это ты там мнешься?

Парень остановился. Ему хотелось, чтобы она задала ему какой-нибудь вопрос. Спросила, как там, в Мудрове, про который президент еще совсем недавно на каждом канале... Он бы не рассказал ей всей правды, придумал какую-нибудь отмазу. Но они впервые поговорили бы черт знает за сколько лет. Может, за всю жизнь впервые поговорили. Но ведь она не скажет ничего такого. Точно не скажет. Или...

— В магазин сходи. Хоть какая польза от тебя будет.

Сделав вид, что глухой, Жека прошел к себе. Обычно в таких случаях мать переходила на громкий многоэтажный мат, но сегодня отчего-то сделала исключение. Наверное, программу интересную показали.

Вальтер Михайлович недолго продержался на своем месте руководителя волонтерского клуба. Уволили за безынициативность, незадолго до этого наградив премией за инициативу с Мудровской командировкой.

Валя чувствовал себя еще более неприкаянным, чем когда-либо. Длинными драматическими тирадами, как тогда, в Мудрове, больше не разражался. Держал все в себе. Волонтеры переставшего существовать «Трезвого взгляда» пытались разговорить наставника, вместе и поодиночке, но в глубину себя он их не пускал.

Вальтер просто не был уверен в существовании той глубины. Казался себе человеком, химическим путем прошедшим эмоциональную кастрацию. Жил в своей коммунальной комнатушке на пособие по безработице, на одних только кашках, словно старик. Если только иногда кто-то из пацанов заносил ему продуктовый набор. Фрукты, овощи, сосиски, нановодку... Валя благодарил, но ел без аппетита.

Он оброс длинной хипповской шевелюрой и редкой клочковатой бородой, отчего стал похож на блаженного.

Безучастно бродил по городу. Наблюдал за быстро исчезающим питерским летом. Особенно любил пройтись в окрестностях метро «Черная Речка». Очень ему нравились тамошние парки и зеленые зоны.

Вальтер Михайлович уже давно натыкался на разные загадочные знаки. Находил смысл в надписях на заборах в различных частях города. Они, лаконичные и нецензурные, превращались для него в целостное послание. Только о чем оно — он не ведал.

Трижды под ноги ему падали волнистые попугайчики. И всякий раз были эти зеленые птички абсолютно мертвыми.

В последнее время он постоянно чего-то ждал, но стеснялся признаться в этом пацанам. Про попугаев тоже не говорил. Переживал, что через него они снова втянутся в неприятности. А так, может, и пронесет. Не зацепит.

Как-то Валя стоял на остановке. Ветра не было. Птицы не пели. Попугайчики не падали. Только хорошо знакомый, все подступающий скрип. Вальтер Михайлович оглянулся — вообще никого, пустота. Как он оказался в этой части города?

Неважно.

Это за ним.

Дождался.

Отмучился.

5. Звонок из прошлого

Вернувшись из Мудрова, Костет каждую неделю ходил в лесопарк. Подолгу стоял у березки, под которой покоились разбитые Настюхины кости. Больше ведь ничего от нее не осталось. Только мука эта костяная.

Береза была точно такой же, как и в прошлом году. Ничего сверхъестественного с ней не происходило. А должно было? Нет, ну ведь столько всего вокруг эдакого. И мистического, и не очень. Ходорковский вон вчера в тюрьме повесился.

Почему бы тогда и березке не заговорить человеческим голосом? И где теперь Настюха? Хорошо ли ей живется в загробном мире? Жаль, что так и не смог за нее отомстить. Подпортил крови мерзавцам, но этого, блядь, мало. Хорошо, да не то. Вот бы еще что-нибудь сделать. Он бы сделал. Не упустил бы возможности.

Когда она только появится, пидораска, Цой эта. И появится ли вообще. Может, хватит ума не высовываться. У них теперь завидные запасы нановодки, так что они ее быстро на место поставят. В случае чего.

Такие мысли дрессированными цирковыми хищниками проносились по арене Костетовой головы. Он стоял у заветной березы и никак не мог их утихомирить. Настроиться на нужный лад.

Зазвонил телефон. На экране высветилось имя звонящего, отчего жиденькие Костетовы усы встали дыбом. Имя, которое он явно не вносил в свою трубку. И не имя вовсе, а должность.

Костету звонил Кондуктор. Причем мелодия звонка тоже была специфическая — похоронный марш Шопена. Могли бы что-нибудь пооригинальней придумать.

Костет сглотнул слюну и приложил трубку к уху:

— Слушаю.

Г Л А В А XV

Каждый демон — это прежде всего артист!

Кондуктор Тюленев

То, что шипит в углу

Действующие лица:

Борис Андреевич
Валя
Лена
Гришка
Кондуктор

Комната. Вплотную к стене стоит малиновый диван с несколькими оранжевыми заплатками. Слева от него — маленький холодильник «Атлант». Справа — тумбочка. Еще правее — большой двустворчатый шкаф. Перед диваном — журнальный столик. Больше в комнате никакой мебели нет. Зато есть окно. А еще — обои с абстрактным растительным узором.

Если пялиться в них неотрывно, можно увидеть что-нибудь интересное. Чаще всего это пожилой дворник Борис Андреевич, только что обратившийся в мышиную веру. Черты его исполнены мученической торжественности. Словно бы он отравился паленой водкой за здравие своего писклявого бога.

Согласно преданию, мышиный господь создал планету из овсяного зернышка и тут же прогрыз в ней нору до самого рая (ада мышиной религией не предусмотрено). Только праведники обнаружат тщательно замаскированный порог райской норы. Только праведники. И только по запаху.

Валя, парень двадцати девяти лет, снимает эту комнату что-то около года. Раньше он часто смотрел в обои, но после возвращения из Мудрова избегает Бориса Андреевича.

189

Пока что в комнате темно, и мы не видим никакой мебели. Обоев мы бы не увидели при любом раскладе, потому что их нет. Вместо стены, на которую они должны были быть наклеены, — край сцены. Так что, когда герои всматриваются в растительные узоры, на самом деле они смотрят вам прямо в глаза.

Но вот дверной замок кряхтит и щелкает, после чего в комнату вваливаются двое — хорошо знакомый нам Валя и совершенно пока незнакомая Лена. Валя включает свет, закрывает дверь, несколько раз сильно дергает ручку, проверяя надежность замка. Тем временем Лена быстрыми шагами идет к дивану и падает на него, уставившись перед собой.

Предполагается, что она смотрит в стену, но по правде, вы поняли, — в зрительный зал. На вид ей дашь не больше двадцати трех. Валя просто бледный, а вот у Лены кожа так прямо и вовсе бледно-зеленоватая, под цвет обоев, которые мы не видим.

Лена *(не отрывая взгляда от обоев).* Кажется, получилось. Кажется, убежали...

Валя *(подбегает к окну и пристально высматривает кого-то на улице).* Никого. Не понимаю, почему они нас так легко отпустили.

Лена. Меня сейчас стошнит...

Валя. Давай покажу, где туалет.

Лена *(взволнованно).* Не надо! Не хочу оставаться одна.

Валя. Могу предложить пакет. Потом мы его завяжем и спрячем в другой пакет, который тоже завяжем. Двойная защита. А потом положим его в тумбочку. И все. Никакого запаха. Выбросим, когда появится настроение. Настроение выбросить пакетик с блевотой.

Лена. Спасибо, но не надо. Уже не тошнит. Прошло.

Валя. Тогда, может, водки выпьем? Раз не тошнит.

Лена кивает.

Валя достает из тумбочки пару стаканов. Из холодильника — водку, хлеб и вареную колбасу. Делает бутерброды, отрезая неровные толстые куски колбасы, не так давно принесенной Костетом. Небрежно наливает себе и Лене по полстакана. Мы видим, что руки его дрожат.

Подает Лене стакан и бутерброд, усаживается рядом с точно таким же комплектом. Теперь он тоже вглядывается в стену, будто она — плазменный телик. Выпивает свою порцию, морщится, закусывает. Лена не пьет. Ставит стакан на маленький холодильник, как на тумбочку. Сверху накрывает стакан бутербродом. Ее отвлекли обои.

Лена. Слушай, а чего такое с этими обоями?

Валя. Да ничего. Обычные обои. С абстрактным растительным узором.

Лена (*показывает пальцем*). А зачем там этот дворник? Что он вообще делает?

Валя. А... Так это Борис Андреевич. Он обратился в мышиную веру. Мышиный всевышний создал землю из какого-то там зернышка, и в нем же прогрыз нору в царствие небесное. Вот он и хочет в нее пролезть. (*Резко обернувшись на Лену.*) Так ты, значит, что, тоже его видишь?

Лена. Вижу. У него лицо такое, будто он глотнул паленой водки. Но сделал это нарочно. Он знал, чем это ему грозит, но все равно выпил, потому что бог повелел ему это. Он ведь может ослепнуть теперь. Дворник. Не бог. С богом ничего страшного не произойдет.

Валя. Это его выбор. Дворника. Не бога. Каждый делает выбор. Про бога не знаю. Сомневаюсь. Нужно уметь принимать решения. Борис Андреевич умеет, — за это я его уважаю.

Лена. Я уже слышала это. Ты говорил об этом там... Ты призывал сделать свой выбор. Принять решение. Слово в слово. Кроме Бориса Андреевича, — о нем ты не упоминал.

Валя. Так это все случилось с нами на самом деле?

Лена. Смотря что. Если ты о черном троллейбусе, то да. Если ты говоришь о том кошмарном типе, в костюме с лампасами, — я его видела. И я помню, как все сидели молча, пока он, провозгласив себя Кондуктором, невпопад шутил. Причем это были не отдельные анекдоты — это была целая шоу-программа. А помнишь, как он спросил у зрительного зала, — своих немых пассажиров, — почему никто не смеется?

Валя. Я помню. Он сказал, что, возможно, знает причину. Что, скорее всего, они просто плохо слышат его. А потом он схватил какого-то мужика, который сидел рядом с ним, у передних дверей, за ухо. И дернул за это ухо. И оторвал его. Но крови почему-то не полилось. Но так ведь не бывает, правда? Он аккуратно положил это ухо себе на ладонь, будто трупик любимой мышки. А потом прокричал в него какой-то очередной анекдот. С той моралью, что не надо было садиться на места для инвалидов, если сам не хочешь стать инвалидом...

Лена. Никто ничего не сказал на это. И только ты, единственный из всех, спросил, куда идет этот черный троллейбус. И все словно бы обернулись на тебя, хотя никто не пошевелился. Но было такое ощущение. Кажется, ты был единственным, кто не знал, куда он идет. Все остальные поняли это, как только заняли свои места. Ты и вправду не знал?

Валя. Не знал тогда, и не знаю сейчас. Ты правильно сказала, что все понимали. Все просто понимали, и переживали это понимание. И переживали небывалое единение в этом своем коллективном понимании одного и того же. Но никто из нас ничего не знал в этот момент. Никто и ничего. Мои челюсти будто склеились. Когда я задал этот вопрос в первый раз — сам не понял, что только что сказал. И еще — это было тихо. Очень тихо. Во второй раз получилось разборчивее. Тогда-то все и обернулись, хоть никто и не пошевелился.

Лена. Мысленно все обернулись на тебя. Но Кондуктор ничего не ответил. Только усмехнулся и приподнял бровь. Очень театрально приподнял бровь. Он был такой бледный-бледный, а бровь была такая черная-черная, будто нарисованная. А ты поднялся. Поднялся и продолжил.

Валя. Я поднялся. Меня знобило, ноги тряслись и не слушались, но я поднялся. И тогда я стал говорить. И челюсти расклеились окончательно. Они расклеились так, как никогда прежде не расклеивались. И слова приходили ко мне откуда-то. И я говорил их. Словно на митинге. Агитировал, поднимал на восстание. Я говорил со спинами и затылками остальных пассажиров, будто с родными лицами. И Кондуктор не обращал на меня никакого внимания, продолжая свою шоу-программу. И только ты обернулась.

Лена. Это было сложно. Я не знаю, как мне это удалось. Я хотела поддержать тебя. Сказать тебе что-то, но не могла. Говорили только губы, голоса не было.

Валя. Я заметил это. Умолк и стал читать по твоим губам.

Лена. Ты умеешь читать по губам?

Валя. Нет, но что-то я все-таки прочитал.

Лена. В деревне, откуда я родом, существует поверье, что истинной телепатией владеют только влюбленные. Своим взглядом они могут передать друг другу все, что угодно. Самые сложные формулы, факты и просто догадки...

Валя. Это не поверье, а какой-то сопливый трюизм. Жизнь куда сложнее всех этих прямых линий. Многие верят в счастье, а я — нет. Я не из таких.

Лена. Любая истина, аксиома — всегда трюизм.

Валя. А ты из деревни? Я никогда не был в деревне. Ты не поверишь, но ни разу. Завидовал одноклассникам, когда они уезжали в деревню на лето.

Лена. Это был почти город. Неважно. Вернемся в троллейбус...

Валя. Не хочу в троллейбус!

Лена. ...И ты ударил ногой по стеклу. По тому, над которым не было надписи «Запасный выход». И оно почему-то разбилось на множество маленьких осколков. А потом ты схватил меня в охапку. И потащил с собой. Я честно старалась идти, а ноги мои заплетались. Но ты все равно потащил.

Валя. ...Мы выпрыгнули с тобой на ходу. Ничего не сломали. Даже не поцарапались. Странно, правда? Но еще более странно то, что троллейбус не притормозил. Не развернулся. Не открылись двери, и из них не выпрыгнул этот нечеловеческий Кондуктор. Ничего не произошло. И мы побежали. Побежали, не оборачиваясь.

Лена. Так получается, нам удалось сбежать?

Валя. Это было бы слишком просто. Это еще не конец. Но пока что мы в безопасности. Пока мы можем отдохнуть и набраться сил.

Лена. Ты был очень бледным. Сейчас — почти розовый.

Валя. Спасибо. А вот ты по-прежнему зеленоватая. Кстати, как тебя зовут?

Лена. Меня зовут Лена. А тебя?

Валя. Вальтер. Да, такое редкое имя. Нет, я не еврей. И не немец. Давай, что ли, добьем ее? *(Взглядом указывает на водку.)* Ты не выпила, кстати.

Лена. Я не хочу.

Валя. Тогда я выпью за тебя. Чего продукт переводить...

Берет порцию Лены. Выпивает водку, морщится, закусывает бутербродом. Раздается настойчивый стук в дверь. Оба дергаются, подскакивают, с ужасом смотрят на дверь.

Лена *(шепотом, обращенным к Вале).* Кто там?

Валя *(громко, чтобы его было хорошо слышно за дверью).* Кто там?!

194

Пьяный голос за дверью. Кто-кто... Конь в говно... Гришка это! Сотку не одолжишь до вторника? Или хочешь, как часть квартплаты засчитаю.

Валя *(шепотом, Лене).* Это Гришка, алкаш-хозяин, у которого я снимаю.

Валя поднимается и идет к двери. Достает из кармана несколько бумажек, выбирает из них одну — сотенную купюру. Облегченно улыбается. Открывает дверь. Столбенеет, в ужасе прикрыв рот купюрой. Пятится в комнату. За ним в дверь заходит сосед Гришка, выглядящий сегодня совсем не так, как обычно.

Лицо у него морковное, как всегда, и волосы растрепаны, как всегда, и одежда мятая, как всегда, и все вроде как всегда, только одно лишь не как всегда — на голове у Гришки растут огромные козлиные рога. Настолько огромные, что, входя в комнату вслед за Валей, он задевает ими дверной косяк. Сыплется побелка. Гришка поднимает голову и хмуро оглядывает препятствие. Грозит дверному косяку кулаком, нагибается и входит в комнату.

Гришка. Чего уставился-то?

Валя. Да так, ничего.

Лена, сидящая на диване, с ужасом смотрит на Гришку. Гришка недоуменно смотрит на нее. Потом переводит взгляд на Валю и подмигивает левым глазом.

Гришка. А... Понятно все. Помешал тебе. Не знал, что ты тут не один. *(Переводит взгляд на сторублевку, зажатую в руке Вальтера.)* Так я, это...

Валя. Ага...

Валя опасливо протягивает Гришке сторублевую купюру. Гришка выхватывает купюру, лукаво подмигивает, но уже другим, правым глазом. Уходит. Валя быстро запирает за ним дверь.

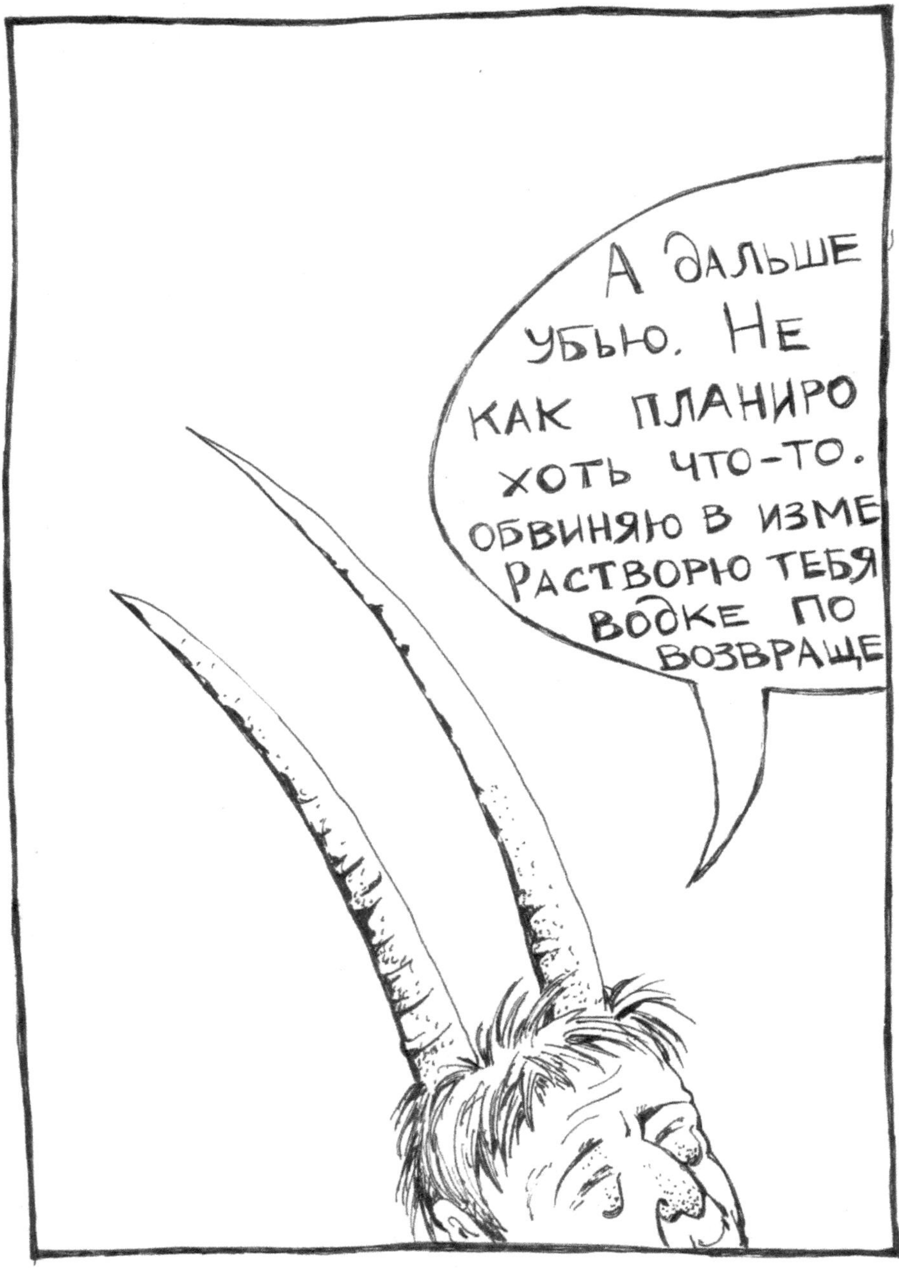

Лена. Что это было? Кто это был?

Валя *(облегченно вздохнув)*. Говорю же тебе — Гришка. Я у него комнату снимаю. Жена ему, конечно, изменяет, я в курсе, но чтобы так... Думаю, это связано с тем троллейбусом. У троллейбуса есть рога. Теперь и у Гришки есть рога. Корреляция налицо.

Лена. Я не понимаю... Но хуже всего то, что меня это удивляет, но как-то не сильно, не до конца. Не так, как должно было удивить. Я ждала чего-то такого. Я только этого и ждала с тех пор, как мы убежали.

Валя. Что-то здесь не так.

Лена. Говорят, что, когда троллейбусы только появились в Ленинграде, их называли «трамваями без рельс».

Валя. Да мало ли кто без рельс. Вся страна без рельс. Здесь другое что-то запрятано.

Лена. Без рельс — значит, без пути, без колеи...

Валя опускается на диван рядом с Леной.

Лена. Здесь мы не в безопасности... Но я не знаю, где бы мы могли спрятаться. Тут хотя бы есть дверь, которую можно закрыть на замок.

Валя. И водка. И колбаса с хлебом, что немаловажно. Еще каша есть овсяная.

Лена. Как ты оказался в этом троллейбусе?

Валя. Долгая история. Все началось с того, что я устроился на работу в какой-то там центр профилактики безнадзорности и наркозависимости и чего-то там еще, и пропаганды здорового образа жизни, толерантности и еще... Специалистом по работе с молодежью. Теперь я там не работаю. Меня уволили. Но пока я там работал, у меня был волонтерский клуб. Он назывался «Трезвый взгляд». В моем клубе были только трое — Володя, Костя и Жека. Отличные ребята. И вот...

Лена *(перебивает).* Что по зарплате?

Валя. Не очень.

Лена. А ты вообще по специальности работаешь? То есть работал.

Валя. Почти.

Лена. Так что там с троллейбусом?

Валя. Не надо было садиться в него. Но я сел по собственной воле. Я был какой-то, знаешь... Не выразить. Какой-то не я. Тень себя. И мне не хотелось быть таким. Поэтому и сел. Но сейчас, после того, что случилось, я какой-то, понимаешь, как будто прежний... Будто сбросил с себя вериги. И я все время ждал чего-то. А когда он остановился, я понял, что ждал именно его. И то, что я себя лучше чувствую, так это только подтверждает...

Лена. Вериги...

Валя. А как *ты* оказалась в этом троллейбусе?

Лена. Не помню.

Валя. У тебя такое зеленоватое лицо... Я вот *(смотрит на себя в маленькое зеркальце)* совсем розовый уже. А ты как была зеленая, так и осталась. И губы у тебя синеватые.

Лена. Ты мастер на комплименты.

Валя. Ты одна из них, да? Ты — живой труп!

Лена. Что?!

Валя. Вот почему ты не стала пить водку!

Лена. По-твоему, если девушка не пьет водку, то она чудовище?

Валя. Все больше в этом убеждаюсь.

Валя вскакивает, смотрит на Лену с ужасом. Лена закрывает лицо руками и рыдает. Внезапно доносятся звуки похоронного марша — это звонит мобильный телефон. Валя смотрит на экран.

Валя. Здесь написано, что звонит Кондуктор... Но у меня нет его номера...

Лена. Ответь ему.

Валя. Вот еще! Сама ответь.

Лена. Он тебе звонит. Я с ним уже наговорилась. Не хочу больше.

Валя. Вот и я не хочу. Он мне неприятен. Переведу лучше в бесшумный режим. *(Нажимает на клавишу, и звук исчезает.)*

Лена. Мне он тоже неприятен.

Валя. Он ведь не скажет ничего утешительного. Гадость какую-нибудь скажет. Типа, что Черная Ромашка идет за вами по запаху...

Лена. Черная Ромашка погибла. Повезло ей. Мы дружили. Она одна меня понимала...

Валя. Зато ты жива! *(Лезет в холодильник.)*

Лена. Это ты за водкой?

Валя *(достает пластиковую бутылку, отвинчивает крышку)*. Догадливая.

Лена. Если хочешь, убей меня *(распахивает на груди блузку)*.

Валя смотрит на грудь. Гладит себя по подбородку. Завинчивает крышку обратно.

Валя. Не буду пока.

Лена *(застегивает блузку)*. Если ты думаешь, что все демоны удовлетворены своим положением, ты ошибаешься. Я — сирена. Затопила огромное количество советских теплоходов, включая «Ивана Тургенева». И это я заманила Мудровских ученых прямо в Зеленое озеро.

Валя. Зачем?

Лена. Кондуктор приказал. У нас субординация. И еще красиво рассказал, как это важно для всех демонов. Но я поставила ему ответные условия. Что после этого буду абсолютно свободна.

Валя. И что Кондуктор?

Лена. Он сдержал слово. Но подлая Тамара Цой втайне от него и от меня записала мое пение на компакт-диск. Это был подарок любимому гражданскому мужу, позволявший Кондуктору и слово сдержать, и рыбку съесть. И теперь я ему не нужна. Он и так может заманить кого угодно куда угодно.

Валя. А как же авторские права?

Лена. Я пришла к нему и потребовала уничтожить запись.

Валя. А он что?

Лена. Согласился при условии, что я выполню для него еще одно задание. Поучаствую в маленьком, но очень страшном представлении. Его цель — запугать тебя до смерти. А потом убить. Моя роль невелика, — я должна была сыграть невинную девушку, которую ты героически спасаешь из лап злодея. Чтобы потом оказаться с ней в замкнутом пространстве. Тут начинается герметический триллер. Ты подозреваешь во мне монстра, но не уверен в этом полностью. И всю водку уже выпил, так что лишился оружия. Тебе мерещатся всякие вещи. Например, что обычный ремень в углу — это змея.

Валя. Так вот что там шипит!

Лена. Или что у соседа рога на голове. Короче, обычное дьявольское наваждение. Дешевые кондукторские трюкачества. И, если ты возьмешь сейчас трубку, он скажет тебе красивым баритоном: «Здравствуй, мой зайчик, надеялся сбежать из троллейбуса, не заплатив?» и так далее и тому подобное, по тексту. Если бы у тебя в комнате было радио или телевизор, он бы давно связался с тобой с их помощью. А так приходится звонить на мобильный. Ближе к концу он собирался вылезти из твоего шкафа, чтобы ты поразился тому, что смерть твоя всегда была под боком. Он и сейчас там сидит. Наверняка ковыряется с блокнотиком при свете фонарика, переписывает свои реплики.

Валя. Почему ты говоришь мне все это? Надеешься, что я не сожгу тебя нановодкой?

Лена. В последнее время Кондуктор сильно переменился, ты должен об этом знать. Он и раньше был не в ладах с собственным мозгом, но никогда не причинял вреда демонам. А теперь со многими перессорился. Некоторых обвинил в заговоре и растворил нановодкой.

Валя. Откуда у него нановодка?

Лена. Оттуда же, откуда и у тебя. От Рафаэля Яковлевича. Покупает через подставных лиц. Все грозится нанести ему визит, чтобы снести с лица земли любую угрозу демонам, но подозрительно медлит...

Валя. А куда смотрит Цой?

Лена. Цой умерла. Кондуктор убил ее за то, что она его обманывала.

Валя. Костя расстроится... Он сам хотел ее уничтожить.

Дверь шкафа распахивается. Из него выходит **Кондуктор Тюленев.**

Кондуктор (*Лене*). Дура! Всю пьесу испортила!

Лена. Потому что пьеса твоя — говно.

Валя отвинчивает крышку и окатывает остатками водки незваного гостя. Мокрый Кондуктор смотрит на него с презрением. Валя смотрит на мокрого Кондуктора недоуменно.

Кондуктор. Не сработало.

Валя. Сам вижу. Дальше что?

Кондуктор *(Вале).* А дальше я тебя убью. Не так эффектно, как планировалось, но хоть что-то. *(Лене.)* А тебя я обвиняю в измене! Наша сделка отменяется. Растворю тебя в водке по возвращению. И служить-то ты отказываешься, и пьесы портишь, — прямая дорога под трибунал.

Валя. Я готов! *(Рвет на груди рубаху)*

Кондуктор улыбается. Медленно движется к Вале, но Лена преграждает ему путь.

Лена. Стой!

Кондуктор. Чего тебе? Уговорила, подарю я тебе твой диск. Хоть ты и предательница. У меня еще копии остались. *(Достает из внутреннего кармана CD, протягивает его Лене, но та не спешит его брать).*

Лена. Есть предложение.

Кондуктор. А вот это уже любопытно.

Лена. Ты оставишь его в живых, а я буду служить тебе дальше. Можешь целую дискографию с моим участием составить.

Кондуктор. Зачем тебе это? И никаких больше фокусов, измен и прочего?

Лена. Фокусы и подлоги — это по твоей части. Демон сказал — демон сделал.

Кондуктор *(изменился в лице).* Эх, Ленка, надо было бы, конечно, тебя растворить, но мы с тобой таких дел наделаем —

закачаешься! *(Вале.)* А ты, щенок, мне больше не попадайся! А то не ручаюсь за себя! При Ленке говорю — не ручаюсь! Сам же не буду с тобой встречи искать, так тому и быть.

Кондуктор выходит через дверь комнаты, Лена следует за ним. Потом возвращается, подбегает к Вале, целует его в губы.

Кондуктор *(гневно).* Ну, где ты там? Точишь нож, который намереваешься вонзить мне в спину?

Лена убегает. Валя остается один. Садится на край кровати. Звонит телефон. Мелодия какая-то легкомысленная. Валя смотрит на экран.

Валя. Звонит Лена-сирена...

Валя прикладывает трубку к уху.

Голос Лены-сирены, как по громкой связи. Слушай меня, Валя! Слушай, не перебивай и не удивляйся. Ты не должен обольщаться обещаниями Кондуктора тебя не трогать. Его слову нельзя верить. Раньше можно было, а теперь нельзя. Он все равно тебя уничтожит, если ты его не остановишь. Совсем скоро Костету позвонят. Это будет Настюха. Потом с Костетом будет говорить сам Кондуктор. Он скажет, что казнь состоится тогда-то и там-то, и, что если он хочет проститься с ней в последний раз, пусть поторопится. Назначит встречу. Там их подберет черный троллейбус. Всех троих, потому что друзья его не бросят. Кондуктор не станет скрывать, что заманивает их в ловушку, но они все равно пойдут, потому что у них не будет иного выхода. Иди с ними. Водку с собой не бери — отберут, вдобавок по ребрам схлопочешь. Если все пройдет гладко, она и не понадобится. Не могу больше говорить. Пока.

Сцена погружается во тьму. Валя остается один на один со своими мыслями, если не считать Бориса Андреевича, испытующе косящегося на него с обоев.

ГЛАВА XVI

В живописном месте рудника
функционирует ночной санаторий,
а в каждой шахте — его филиал.
Там горняки пользуются усиленным питанием
и спокойно отдыхают.
Благодаря теплой заботе партии
автобусы поставлены на службу горнякам
при выходе на работу и уходе с работы.

«Кымгор могучей поступью идет вперед»
Ким Чхор, Журнал «Корея», 1981

1. Судьба

Валя мог сразу позвонить Костету, но не стал. Если сирена Лена сказала правду, значит, скоро он объявится сам. Не стоит тормошить пацана раньше времени. Поспешишь — Тюленева насмешишь.

У него было время привести себя в порядок. Валя сделал серию отжиманий от пола, принял душ, укоротил перед зеркалом волосы и сбрил клочковатую бороду. А он ничего такой. «Духовная кома» подействовала на него благодатно. Как будто помолодел.

На следующий день Костет действительно пришел к Вальтеру Михайловичу, и не один. С лучшими друзьями. Выглядели все трое весьма взволнованными, запыхались, явно бежали к нему со всех ног. Толком не могли ничего объяснить, но этого и не требовалось.

— Настюха звонила? — спросил Валя, когда зашли в его комнату.

Кивок.

— А потом с Костетом говорил Кондуктор.

Кивок.

— Приглашал вас на ее публичную казнь.

Кивок.

— И особенно не скрывал, что заманивает вас в западню.

Кивок.

205

— Но вы все равно намерены пойти туда.

Кивок.

— Потому что будь что будет, вдруг найдется какой-нибудь способ выбраться оттуда живыми. А не пойти туда вы не можете...

Кивок.

— Отлично. Тогда я пойду с вами.

Валя рассказал «Трезвому взгляду» обо всем, что с ним произошло. Только про поцелуй ничего не сказал. Он сам пока не знал, как к нему относиться.

— Но самое главное, — размышлял он вслух. — Вы, наверное, заметили... Самое охренненое во всей этой истории, что я снова прежний. Не знаю как. Не знаю почему, но я вернулся. Пелена спала с моих глаз. Помните то зеленое озеро? Я будто бы утонул в нем. И все это время пролежал на его дне безвольным утопленником. И каждый шаг давался мне с трудом. И всякая мысль. Постоянно приходилось преодолевать силу течения, даже просто, чтобы подумать, что неплохо бы сходить в туалет.

— А у озер бывает течение? — озадачился Жека.

— Не знаю, — признался Валя. — Но теперь я здоров. Совершенно. Как заново родился, когда из троллейбуса этого сбежал.

— Клин клином, — сказал Вовка.

— Ты думаешь, это навсегда? — поинтересовался Костет. — После той водки в Мудрове тебе тоже похорошело. Но ненадолго.

— Надеюсь, что насовсем, — поднял брови Валя. — Кто знает.

— Надежда — мой компас земной, — вспомнил Вовка.

— Жопой чую, подохнем мы там, — поделился предчувствиями жопы Жека.

— Зассал, так вали отсюда, пока не поздно, — Вовка строго посмотрел на товарища.

— Да, Евгений, у тебя еще есть шанс уйти, — сказал Валя. — Только не факт, что они тебя потом не перехватят. Я так понял, что у Кондуктора на нас зуб за то, что мы внесли разлад в его семейную идиллию.

— Да не пугайте вы меня, пацаны, — отозвался Жека. — Думаете, страшно мне помирать? Нет. Обидно просто, молодой ведь я еще. Не нагулялся. Но если с корешами, тогда не так уже и обидно. Я и сам понимаю, что мы должны до конца это все

206

пройти. Судьба это наша. И жопа со мной заодно. Просто высказывает свое мнение. Не могу же я ей запретить.

2. Старые знакомые

В том самом месте, где и обещал Кондуктор, «Трезвый взгляд» ожидал черный троллейбус. Двери его были призывно раскрыты, но что внутри — увидеть нельзя было ни через дверной проем, ни через окна. Только одна непроглядная тьма глядела на ребят из троллейбуса.

Несмотря на час пик, многочисленные прохожие в упор не видели троллейбуса. Он так и передвигался по улицам, почти никем не замеченный. Это была здоровая реакция. А вот если вы его вдруг узрели и поразились, чего это троллейбус тут делает, когда даже проводов не развешано, тогда это повод заволноваться. Значит, жизнь ваша уперлась в тупик, и, возможно, череда бесцельных скитаний вот-вот оборвется. Запомните эту простую народную примету. Пригодится.

Четверка бесстрашно зашла в троллейбус.

Когда двери за ними закрылись, внутри тут же стало светло, потому что в окна ударил яркий белый свет. Но из-за этого же света невозможно было увидеть, что там, за окном. Троллейбус будто бы постоянно находился в плотном светящемся облаке, независимо от своего местонахождения и времени суток.

— Это чтобы мы не знали, куда нас везут, — предположил Вовка.

Ехали долго. Не меньше пяти часов. Костету захотелось писать, он поднялся со своего места, отошел в заднюю часть троллейбуса и поссал, после чего как ни в чем ни бывало вернулся на место.

Троллейбусом никто не управлял. Он ехал на автопилоте. Руль поворачивался сам собой.

Когда доехали, свет погас, и снова открылись двери.

На выходе из троллейбуса четверых трезвовзглядовцев встречали пятеро гопников.

Ближе всех стоял Степан. Увидев Жеку, он обрадовался и протянул ему руку. Жека этот жест проигнорировал. Тогда

Степан насильно взял Жекину руку и вложил его ладонь в свою.

— Я не буду ломать тебе пальцы, — улыбнулся Степан. — Просто рад тебя видеть, парниша. Столько лет прошло.

— Это был ты! — поразился Жека. Перед ним стоял тот самый гопник, что когда-то порезал Костету бицуху, но старше.

— Мы можем принимать любой возраст, — словно прочитал Жекины мысли гопник. — А я ведь ждал тебя тогда. Был уверен, что вы еще вернетесь. Захотите отплатить нам. Но вы так и не отважились... Ссыкуны.

— Слышь, — сказал Костет и толкнул гопника-бригадира в грудь. Тот выпустил Жекину ладонь и попятился. — Рот бы закрыл свой.

— Ты у меня сейчас закроешь... — сверкнул зубами Степан. — Навсегда глаза закроешь... Ладно. Двинули!

Трезвовзглядовцев повели по улицам города. Повсюду были монстры. К старым породам добавились новые. Тут были и гигантские человекообразные принтеры, и обросшие змеями лесники, и пламенные парламентарии. Монстров было значительно больше, чем тогда, в Мудрове.

Бежать было некуда. Не было оружия, чтобы защищаться и отбить Настюху. Если, конечно, она и вправду жива. Оставалось действовать по обстоятельствам. Воспользоваться шансом, если он выпадет.

Демоны в последнее время были далеки от масштабных операций по захвату больших масс живого народа, как в Мудрове. После того крупного поражения они решили не рисковать, а работать аккуратней и осмотрительней. Потусторонние твари партизанили, вылавливали самых опустившихся и тоскливых людишек поодиночке. В связи с этим в Питере сильно сократилось поголовье бомжей. Большой город — большое озеро, даже если кормить его малыми порциями.

От идеи монобассейна жижи решено было отказаться навсегда. Куда безопасней рассредоточить множество небольших озер по всей территории Российской Федерации. В ближайшее время планировалось открытие филиалов в Минске и Киеве. Там были свои демоны.

Демоны везде свои.

3. Праздник

Их вели под конвоем. Валя вроде узнал этот район Питера. Судя по всему, они были именно здесь. Все эти заброшенные фабричные здания из красного кирпича... Затерянный кусок города. Затерянный навсегда. Теперь эти фабрики снова работали. На сей раз — на производство зеленой жижи.

В городе царила ночь. Вечный сумрак, какому и подобает господствовать в подобных местах.

Стены заводов были оклеены плакатами, изображавшими Хрена в одном из его грандиозных френчей. Внешность Тюленева была несколько приукрашена: огромный нос уменьшен, а глаза, напротив, увеличены. Видно было, что писался этот портрет с любовью и сыновним почтением.

Кое-где понатыканы были деревья — голые, черные, давно уже мертвые. Но при этом празднично украшенные гирляндами и елочными игрушками.

— По случаю казни устроили праздник, — пояснил Степан. — Всех граждан-демонов отпустили с работы. Это важно для поднятия духа и повышения лояльности.

Улочки здесь были узкими. Двоим тесно, если бок о бок идут. Зато площадь, на которую они вышли, была по-столичному широка. Натянутые канаты сдерживали толпу разнообразных чудовищ с четырех сторон, образуя рамку вокруг широкого помоста с водруженным на него стулом. На стуле сидела корпулентная девушка с мешком на голове. Рядом с ней стоял Хрен Тюленев в своем парадном облачении, но при этом еще и в красном колпаке палача. На шее у него висел изящный театральный бинокль.

Гопники вывели героев за канатные рамки, и они оказались прямо напротив постамента. Откуда-то появились смрадные рыболюди с девятью стульями: четыре — для трезво-взглядовцев, пять — для гопников. Расселись через одного. Гопник-Вовка-гопник-Жека-гопник-Костет-гопник-Вальтер-гопник.

— Вип-места, — пробубнил Вовка. Ему не нравилось сидеть здесь, у всех на виду.

Кондуктор уперся глазными вырезами своего колпака в стекла бинокля, чтобы лучше разглядеть почетных гостей-смертников.

— Уважаемые собравшиеся, поприветствуйте, пожалуйста, наших гостей, — начал он с праздничной торжественностью.

— Константина, Владимира, Евгения и... Кто это рядом с ними? Неужели Вальтер Михайлович? Да, это он, глупыш. Но тем хуже для него и лучше для меня. Дважды милостивым я не буду. Поприветствуйте их, как они того достойны!

Со всех стороны поднялся гул. В сторону «Трезвого взгляда» полетели хрящики, косточки, кишочки, прочие потрошки. У здешних обитателей они были вместо гнилых помидоров.

— Че, совсем уже?! Давно звезды не получали?! — поднялся и пригрозил Степан, которому, как и остальным гопникам, тоже досталось скверпахнущих приветствий, и поток требухи стих.

Валя мучительно искал знакомое лицо в первых рядах. И нашел его. Это была Лена. Она смотрела на него неотрывно, только ресницы изредка хлопали. Почему-то было не страшно, а только лишь волнительно, как на первом в жизни свидании, когда не знаешь, чего сказать, и молчишь. А потом берешь ее за руку и... Ему просто хватало этих взглядов, которыми они обменивались. Он что-то говорил, используя этот новый для него язык, а Лена ему отвечала. И говорила еще что-то. Нечто очень важное. Неужели она — это... Нет, стоп. А как же... Конечно! Он должен был догадаться раньше. Это же очевидно.

4. Спич

Тем временем Кондуктор сорвал с головы красный колпак. Толпа возликовала и зааплодировала, узрев любимую брюкву. Тюленев несколько раз поклонился — направо, налево и в центр. Поднял руки, повелевая толпе смолкнуть. Подошел к девушке и сдернул мешок с ее головы.

— Настя! — закричал Костет, вскочив со своего места. Он метнулся к любимой девушке, но бравые гопники оперативно вернули его на место.

Парень не мог спокойно сидеть. Ерзал, пытался встать. Одному из гопников пришлось дать ему под дых, чтобы утихомирить.

— Демоны всегда были доминирующей расой, — начал свою речь Кондуктор. — Потом их господство пошатнулось. Но они всегда были обречены на успех. С тех пор, как паранормальная активность подружилась с наукой, ее невозможно остановить. Эта девушка, — Кондуктор указал на Настюху, — приходила в виде мертвецкого ангела, дабы предупредить людей о неминуемости восстания демонов. Являлась она единственным для мертвецкого ангела доступным способом, то есть во сне. Сначала мы не знали, как ее остановить. Пребывали в отчаянии. О! Это была нечестная игра со стороны сил добра. Прямо скажем, это было жульничество. Но потом мы с Тамарой Цой догадались, что нужно сделать. Нужно создать ловца снов гигантских размеров и проапгрейдить его деталями из кристаллизованной зеленой жижи. Но просто изловить Анастасию Агапову нам показалось мало. С помощью зеленой жижи мы вернули ее к жизни, дабы судить демоническим трибуналом, как того требуют наши справедливые законы! Конечно, печально, что Рафаэль Яковлевич, фашист и еврей, изобрел убивающее нас вещество. Но! Здесь я хочу вас обрадовать. Уже совсем скоро мы планируем нанести ему визит, чтобы стереть его фирму-лабораторию с лица земли. Тогда демонам ничто уже не будет угрожать. А сейчас давайте убьем девчонку!

Кондуктор скрылся где-то за стулом и вскоре возник с двухлитровой бутылкой нановодки в руках. Зазвучала барабанная дробь. Тюленев размахнулся и плеснул водку Настюхе в лицо.

— Нааааааасс!.. — отчаянно вскричал Костет.

Но орал он, как выяснилось, преждевременно. Потому что на девушку не попало ни единой капли. В лицах Тюленев изобразил нечто вроде: «Ой, какой же я глупый! Запамятовал удалить крышечку!» Он издевался в открытую.

Отвинтив, наконец, крышку, Кондуктор бросил ее в толпу. За право обладания ею демоны устроили небольшую драку, как порою бывает на концертах Мадонны, когда та кидает в толпу зрителей лифчик.

5. Роковой вопрос

— А где Тамара Цой? — неожиданно закричал Валя.

Услышав это, Лена удовлетворенно вздохнула, а Кондуктор опешил.

— Ну, как это где... — неуверенно начал он. — Она лгала мне, за это я ее убил. Похороны мы превратили во вселенское торжество. Все знают эту историю... Я еще организовал выдачу памятных подарков по этому поводу: керамическая кружка, брелок и воздушные шарики.

— А правда ли, что Кондуктор, управляющий демонами, должен быть с ними одной, зеленой крови? — продолжал свой неожиданный допрос Валя.

Толпа замерла в ожидании.

— Да, это так. Но к чему все эти вопросы? Хватит мне зубы заговаривать! — Кондуктор размахнулся, чтобы залить девушку нановодкой. Настюха зажмурилась. Костет тоже зажмурился.

— К тому, что ты — не Кондуктор! Ты — это Тамара Цой, убившая собственного гражданского мужа! — торопливо перешел к самому важному Валя.

— Зачем мне нужно было это делать?! — чудовищные ноздри Кондуктора задрожали от волнения.

— Потому что он отказался делить с тобой царство после того, что узнал о тебе в Мудрове. И ты убила его с помощью нановодки, которую смогла раздобыть у Рафаэля Яковлевича.

— Это ложь!

— Это правда! И некоторые демоны знают, что это правда. Лена была свидетелем того, как я облил тебя нановодкой. И водка эта не причинила тебе ровно никакого вреда. Тогда я не придал этому большого значения, но теперь я все понял. Расскажи им всю правду, Лена!

— Слушайте меня, свободные демоны! — Лена вышла из-под каната и быстро взбежала на сцену, заняв место рядом с Хреном. — Я все думала, почему вскоре после того, как мы наладили быт в этом районе, наш царь так изменился. Раньше он делал ошибки, но в нем был класс. Он предлагал демонам прекрасные идеи, как лучше нападать на людей. — Лена испытующе уставилась на своего правителя. — Ты хорошо постаралась, подделываясь под неповторимый стиль Тюленева... Но спектакли твои были слишком далеки от присущего ему лаконизма. В причудах Тюленева было нечто, что не так-то легко передать словами... Какая-то легкость, юность... Она не била в лоб, но явственно проступала во всем, к чему бы он ни прикасался. Это вовсе не наш правитель! — обратилась Лена к демоническому народу. — Это — самозванка! Вернее, самозванец по фамилии Налимов! Глаза-шпионы все мне рассказали о размолвке, что произошла между тобой и Тюленевым после того, как Мудровские сопротивленцы открыли правду!

На плечах у Лены материализовались глаза-шпионы — один на правом, другой на левом. Они смотрели на толпу демонов прямо, никуда не бегая. И толпа понимала, что глаза ей не врут.

— Так что ты зря не уничтожил их... Это стало большим твоим упущением. Но уж очень удобно было с их помощью следить за своим же собственным народом, правда? Ты превратил разведчиков в доносчиков! — воскликнула Лена.

— Да как ты смеешь, паршивка! — закричал Тюленев. — А вы, глаза-уроды... Я хоть раз что-нибудь вам плохое сделал? Только баловал постоянно. Подарил по квартире в самом хорошем доме.

— Ты пытался купить их молчание, — сказала Лена.

— Эй, Степан! — крикнул Тюленев. — Эй, остальные мальчики! Взять ее! Девка очень уж многое себе позволяет.

Гопники, оставившие трезвовзглядовцев без охраны, уже стояли у края сцены.

— Степана ты знаешь, — сказал один из них. — А как зовут других?

— В смысле? — не понял Кондуктор.

— Наш правитель знал всех по именам. Но обращался по имени только к одному Степану, в знак особого расположения. Поэтому ты и запомнила только его имя, Тамара, — сказал другой гопник.

— Измена! — вскричал Хрен. — Хватайте их, честные граждане!

— Мы давно знали о тебе правду, — заговорил Степан, как никогда, проникновенно и пафосно. — Ждали удобного случая. Хотели разоблачить тебя ярко. Чтобы понравилось подлинному Кондуктору, будь он жив. Так сказать, почтить его память. Мы здесь для того, чтобы скинуть тебя принародно. Мы освободим из заточения демонов-политузников, которых в последнее время стало страшно много. Тюрьму, в которой их держат, растащим на сувениры. Во главе нашей нации встанет теперь Василий Михалыч, если ты его помнишь. Председатель профсоюза демонов из снов. С тиранией будет покончено раз и навсегда.

6. Страшная смерть Налимова

— Это еще не все! — неожиданно продолжила Лена. — С самого начала меня удивляло, почему ты не заменила и свою кровь на раствор уса, если эта замена сулила тебе такое количество бонусов... Ты оставляла для себя шанс в случае чего расправиться с неугодными демонами. Ты знала, что есть вещества, способные уничтожить демонов, и что они содержатся в нановодке, которая разрабатывалась у тебя под носом в Мудрове. Тебе просто очень не повезло, когда опытным путем отважные юные ребята догадались, как она действует на цоевое мясо. Именно машину для производства водки ты и строишь сейчас на территории нашего города. На одном из секретных заводов. Если бы ты уничтожила Рафаэля Яковлевича, как давно обещала, под рукой у тебя остались бы собственные неисчерпаемые запасы жидкости, несущей демонам смерть!

— Шлюха! — заревел Налимов-Цой-Тюленев и облил Лену водкой.

Лена задрожала и взорвалась.

Вместо того, чтобы выдать душераздирающее и уместное в подобных обстоятельствах «Неэээээт!!!!», Валя молчал. Сначала он не поверил своим глазам. Потом его стало тошнить.

Он отвернулся, закрыл глаза, задержал дыхание, насколько смог. Выдохнув, вернулся в реальность. Помогло. Главное, теперь меньше думать и больше действовать. Меньше думать и больше действовать, если он все еще хочет выбраться отсюда живым.

Демоны напирали на своего бывшего руководителя жадной до кровавой справедливости оравой.

— Как вы не понимаете, тупорылые! — прослезился поддельный Кондуктор. — Я ведь любила его! Любила его, как женщина! А он отверг меня, когда узнал обо мне правду... Как он мог, ведь мои чувства к нему были так чисты, так честны... Будьте вы прокляты, кретины! Ну, кто на меня??? Кто хочет получить в рыло струю нановодки? А, подлецы? Ну, давайте, наступайте, гады!

И гады наступали. И не боялись умереть, потому что знали, что водки не хватит на всех. В бутылке оставалось еще около литра. А значит, смерть их монарха будет отомщена в любом случае. Но умирать никому не понадобилось. Степан, любимейший гопник Кондуктора Второго, молниеносным движением выбил водку из рук самозванца. Ложный правитель советских демонов остался безоружен. Перевел взгляд бусинок-глаз поверх озверевшей толпы, к тусклому безлунному небу вечной демонической ночи. По крайней мере, он погибал в облике своего любимого, ненаглядного Кондуктора. А значит, в каком-то смысле умирал не один, — значит, оба они умирали в один день, в одно мгновение. Это хоть немного, но утешало.

Его тело было абсолютно расслаблено, когда хищные звери погружали когти в его плоть. Когда рвались сухожилия и мышцы. Когда кровь хлестала из того места, где раньше торчало ухо. Когда чей-то острый и вздыбленный член пробуравливал дыру в его бедре и начинал ритмично в ней двигаться. Когда ломался хребет. Когда высасывались чьими-то алчными губами глаза. Когда отгрызался носовой хрящ и аппетитно хрустел в бездонной оскаленной пасти.

7. Куда?

Тем временем пацаны отвязали и спасли Настюху. Демонам было не до них. Они были заняты тем, что жестоко карали Налимова. Дело государственной важности, сами понимаете.

Убегали прочь без оглядки. Настюха и Костет крепко держались за руки.

— Как нас вели сюда? — спросил Валя

— Думаешь, помню? — сказал Вовка.

— Кажется, мы далеко ушли от площади, — заметил Жека.

— Да, но куда нам идти дальше? — задался вопросом Вовка.

— За мной! — махнул рукой Валя и куда-то заспешил.

Сооружение, которое увидел Вальтер Михайлович, было точно таким же, как тот барак, в котором держали его и Ленгварда Захаровича. Это была тюрьма для пленников, типовая постройка.

Дверь в сам барак была не заперта, — видимо, демоны не боялись того, что людей освободит кто-то из своих, а не свои в их городе не появлялись.

В клетках из плоти сидели люди. Четверо. Замученного вида блондинка с виднеющимися корнями волос крысиного цвета, молодой парень с орлиным пирсингованным носом, коренастый, явно пьющий мужичок лет пятидесяти и еще один парень в свитере, слегка за тридцать.

— Клетка, откройся! — скомандовал Валя, и клетка открылась. Он помнил, как подобным образом открывали клетки гопники. Но помнил также и то, что, когда Ленгвард Захарович решил поэкспериментировать и открыть клетку, у него не получалось, сколько бы он ни пытался. Видимо, клетка из плоти слушалась только тех людей, что были снаружи.

— Вы знаете, куда бежать? — спросил Валя после того, как вывел пленников из барака.

— Я знаю, — сказал один из них. — Меня везли сюда в гробике на колесиках, и я запомнил дорогу. Подглядывал через щелочку. Правда, я помню не весь путь. Только часть его.

— И этого пока хватит, а там разберемся! — сказал Валя. — Дорогу осилит идущий.

ГЛАВА XVII

Глупые снежинки, не тревожьте март,
Город так устал от снега и вьюги.
Глупые снежинки, кто вам виноват —
Вы бы еще выпали, да в июле!
Глупые снежинки... Капельки весны
Падают с моей горячей ладони.
Глупые снежинки марту не нужны.
Если б только знали они!

Гр. «Ласковый май»

1. Мы ведь не любим скучать

Парень в свитере, — тот, что из гробика на колесиках, — заправским гидом вел группу людей по улицам демонического города. Будто всю жизнь здесь прожил.

Костет был счастлив каждой секунде, проведенной вместе с вновь обретенной Настюхой. С момента воссоединения он не сказал ей ни слова, потому что боялся разрушить мираж. Все происходящее казалось ему невероятно прекрасным, прямо сказочным. Несмотря на то, что он, вместе с друзьями и несколькими незнакомцами, застрял в городе демонов.

— Стойте! — крикнула блондинка, когда герои подошли к большому бетонному мосту.

— Я точно помню этот мост! — сказал парень в свитере. — Нам нужно идти через него. Мы должны пройти этот путь в точности, не упустив ни малейшей детали. Только так можно отсюда выбраться.

— Я его тоже припоминаю, — сказала девушка. — Очень смутно. Но помню. Не надо туда идти.

— Тогда куда? — спросил Жека.

— Не знаю, — призналась девушка и оглянулась. — Вы слышите это?

— Что «это»? — спросил Валя.

— Шелест листвы...

Оглянулись, но не увидели на черных деревьях ни единого листика.

— И этот шелест, — продолжала девушка, — постепенно переходит в песню, спетую мутантом-шопенгауэром...

— Кем-кем? — поразился коренастый мужичок.

— Мутантом-шопенгауэром... — повторила девушка.

— И что он поет? — поинтересовался парень с сережкой в носу.

— «Нас, без сомнения, ждут приключения, мы ведь не любим скучать...» — напела девушка.

— Это песня из «Винни-Пуха», — узнал Жека.

— Мы должны двигаться немедленно! Немедленно мы должны пойти по этому мосту! — блондинка ни с того ни с сего поменяла свое решение и побежала на мост.

Все посмотрели на нее, как на сумасшедшую, но пошли следом.

— Торопитесь! — скомандовала она на ходу. — Вы ведь не хотите, чтобы вам носы пооткусывали?

Припомнив участь Налимова, «трезвовзглядовцы» подумали, что она говорит о его откушенном носе. Но ее же там не было?

На мосту всем сразу стало как-то спокойнее. Выяснилось, что парня в свитере звали Юрой, вздорную девицу — Ольгой, коренастого мужичка — Игорем, а обладателя серьги в орлином носу — Пашей.

— Жопой чую, выберемся отсюда, — уверенно сказал Жека. Вовка, Костет, Настюха и Валя заулыбались. Впервые Жекина задница выдавала оптимистичный прогноз.

2. Чудо-лес

Никто из путников не заметил, как они оказались в тумане. Мост к тому моменту не был пройден и наполовину. С каждым шагом туман становился все гуще. И вскоре они лишись возможности обозревать пространство впереди более чем на полметра.

Игорь предложил поиграть в города, и все оживились. Архангельск-Камышин-Новомосковск-Королев-Вологда-Абакан-Нижневартовск-Каспийск-Кисловодск-Калининград-Дербент-Тверь-Рыбинск-Красноярск-Краснодар-Рубцовск-Кемерово-

Орехово-Зуево-Одинцово-Обнинск-Курск-Курган-Кызыл-Ленинград...

— Нет больше такого города! — запротестовал Вовка. — Не считается!

И тут беглецы наткнулись на траурный венок из искусственных роз.

— Кто мог оставить его здесь? — прикоснулся к одному из бутонов Костет.

— Мало ли, — сказал Жека. — Давайте не тормозить. Пока нам носы не откусили.

— Погодите! — Валя упал перед венком на колени. — Этого просто не может быть! Вы видите? — Он приподнял венок от земли. — Вы тоже видите *это*?

Пластиковый венок, явно пластиковый, абсолютно точно пластиковый, пророс в бетонную почву моста, пустил корни. Его отростки, сначала тонкие, затем утолщались. Зарывались в густую бетонную пыль и тут же выныривали из нее мощными кустами.

— Это все очень интересно, — сказал Вовка. — И страшно очень, не спорю. Но надо двигаться дальше.

И они вновь пошли. Но чем дальше они продвигались по мосту, тем непроходимее становились пластиковые джунгли. Из венка росли пальмы, ели, дубы, кактусы, папоротники... В один прекрасный момент Ольга запуталась в свисающих с затуманенного неба черных траурных лентах-лианах с надписью «от чистого сердца». Конечно же, она запаниковала, забилась в истерике. Половина путников успокаивала ее, другая освобождала.

Что-то взвизгнуло под ногой Вовки, но прошмыгнуло в заросли раньше, чем он смог его разглядеть. Юра божился, что не видел всего этого, когда ехал в гробике. Может быть, тогда этого всего еще просто не было? Никто не оставил венок к тому моменту, или он не успел прорасти?

Они преодолели две трети страшного моста, прежде чем лишились Игоря. Виной всему стала пустая бутылка из-под пива «Охота крепкое». То ли случайно оброненная здесь, то ли кем-то нарочно брошенная. Как и венок, она пустила корни. Спустя пару метров они увидели огромное дерево с листьями из темного стекла. У дерева также были плоды — бутылки пива «Охота крепкое». Игорь сорвал один из них и развернул задней этикеткой к себе.

— Свежее! — провозгласил он, и, прежде чем его остановили, сковырнул крышку зажигалкой и присосался.

Все страшно хотели пить. Но здешнее пиво?!

— Я бы не стал этого делать на твоем месте, — сказал Валя.

— И очень зря, — настаивал Игорь. — Только что с дерева. Очень советую.

Что-то произошло. Игорь схватился за живот. Повалился на землю, изо рта у него поползла пена. Валя пытался его спасти. Совал ему в глотку пальцы, чтобы вызвать рвоту, но это не помогло. Страшно сказать, но бедняга умер вовсе не от отравления... Сложно сказать, умер ли он вообще. Он просто пророс в бетон, пока лежал на боку без сил. Его живот все еще поднимался, когда его тело стало прорастать в мост волосами, ушами, пальцами рук...

— Двигаем, — сказал Вовка. — Пока сами не приросли к этому мосту подошвами.

Все согласились. Игорю было уже не помочь. Добивать его не хотелось. Ну, а вдруг он тоже вырастет во что-нибудь выразительное, и такая жизнь ему даже больше придется по душе, чем прежняя? Зачем лишать его перспектив?

3. Сакральная сосна

Пешеходы отошли от моста уже достаточно далеко, когда с неба посыпались опилки. Белые и холодные, почти как снежинки. За снежинки их и приняли. Все, кроме Юры.

— Неужели снова? Неужели опять? — вскричал он, и все изумленно уставились на него. — Бежим отсюда! Быстрее!

Все побежали. Под ногами что-то противно хлюпало. Будто передвигались по пересыхающему болотцу. Когда опилочный снег прекратился, Юра поведал свою историю.

— Это было дня три тому назад, — начал он, вытирая рукавом сопли. — Я тогда устраивался на завод по производству покрышек. Мне для этого кровь из носу надо было сдать кровь из пальца, а я этого терпеть не могу. У меня очень чувствительные к проколам пальцы. Я всегда подскакиваю на метр, когда случайно чем-нибудь уколюсь. Вы не подумайте, я не какое-нибудь там отребье, — и в морду дать могу, и получить, без проблем, но вот кровь из пальца ненавижу сдавать. Из вены —

сколько угодно, хоть два литра с меня надаивайте, но пальцы мои лучше не трогайте!

Вот я и говорю врачихе, берите, мол, из вены, вам-то какая разница, кровь — она и есть кровь. Но она, дура старая, оказалась очень принципиальная, и решила обязательно взять из пальца. Делать нечего, я подставил палец и зажмурился, но страшного укола не последовало, так как во врачихином кармане зазвонил телефон. Она посмотрела, кто вызывает, и убежала, не прощаясь. Причем так резво, что вообще с ее обликом не вязалось, — с виду-то она была толстая и неповоротливая, как помесь слона и ленивца.

Слава богу, в кабинете была еще одна врачиха, не такая старая и безобразная и не такая принципиальная. Она-то и взяла у меня кровь из вены, — считай, повезло. Выхожу я из поликлиники, довольный, что пальцы мне никто не проколол. Они у меня медленно заживают. А мне этими руками еще работать. Иду, значит, на старую работу, за какой-то там справкой. Нужно было. И тут подходит ко мне сердитый такой полицейский.

Ты, говорит, наверное, наркоман, раз такой веселый, а ну засучи рукава. Я засучил, а он, конечно же, увидел на вене свежую дырочку с прилипшей к ней ваткой. Все ясно, говорит милиционер, и в «уазик» меня заталкивает. Я попробовал спорить, но он огрел меня дубинкой и предупредил, чтобы я не рыпался, а то он мне впаяет сопротивление при аресте.

В «уазике» пахло блевотиной. Он долго вез меня непонятно куда, в сторону леса куда-то, за пределы города. Я тогда снова попробовал протестовать, попытался хотя бы узнать, куда меня везут. Но мент оказался непреклонным, почти таким же, как недавняя врачиха.

Да и внешне они были очень похожи. Та же бородавка над правой бровью. То же родимое пятно в половину нижней части лица. Тот же шрам в виде православного крестика на виске. Те же аккуратно подстриженные рыжеватые усики. Те же сросшиеся кудрявые брови. Такие же обвисшие уши с массивными золотыми сережками. И тогда до меня наконец дошло, что милиционер — вовсе не милиционер, а врачиха, переодетая в милиционера.

«Милая, — обращаюсь я так жалостливо, как только могу. — Зачем вы меня увозите куда-то явно из города? Что я вам сделал, чтобы вы переодевались в полицейского?» Врачиха на это ответила молчанием. То есть вообще никак не ответила.

Уже совсем далеко от города врачиха в полицейской форме свернула на насыпную дорогу и ехала по ней какое-то время. После этого она вывела меня из машины под дулом пистолета и повела в самую гущу. К тому моменту уже стемнело, ветки больно царапали лицо. А я никак не мог защититься от них руками, потому что руки мои были защелкнуты в наручники за спиной. Время от времени я спотыкался и падал, и тогда врачиха, мощная как помесь слона и ленивца бабища, поднимала меня рывком и толкала вперед. Я все спрашивал у нее, зачем она это делает, куда ведет меня, но она ничего не отвечала на это. Только пыхтела и больно тыкала дулом макарыча между лопаток.

Когда мы дошли до места, я сразу понял, что это именно то место. Я увидел сосну. Это была очень странная сосна, куда выше и толще всех остальных сосен, какие мне только приходилось видеть. Она одиноко стояла посреди рыжего песка, и на два метра вокруг нее не росло ни деревца, ни кустика, ни травинки. Ствол дерева был обвязан окровавленной веревкой, — я тогда сразу понял, что меня привяжут, как сотни других до меня. Так и произошло.

Привязанный к дереву, с кляпом во рту, я с ужасом глядел на свою мучительницу, пока та рылась в карманах ментовской своей куртки. Наконец она извлекла пробирку и огромную сапожную иглу. Врачиха обошла сосну сзади, схватила мою левую руку и принялась жестоко, с остервенением колоть мне пальцы.

Я заорал, и от крика кляп выпал у меня изо рта. А потом я очнулся в поликлинике, из пальца у меня брала кровь та самая страшная врачиха. Как оказалось, я упал в обморок за секунду до прокола. Молодая врачиха предложила дать мне понюхать нашатырь, но страшная врачиха ей не позволила. И проколола мне палец. Стыдясь своего пидорского поведения, особенного перед той врачихой, что помоложе, я сбегал в ларек и купил им по шоколадке с орехами и изюмом.

Но это еще не все. Какое-то странное чувство поселилось во мне после этого видения. Я знал, что все это не просто так. Поймал машину и поехал в лес. Попросил притормозить у того самого места, где в моем видении остановился ментовский «уазик». Щедро заплатив водителю, я направился в глубь леса. Меня не волновало, что нужно будет добираться обратно, а денег у меня больше нет, — я просто не думал об этом.

Ветки деревьев царапали лицо, но я даже не пытался отвести их руками. Все шел и шел вперед, к той ритуальной сосне. Что-то влекло меня к ней, и я не в силах был сопротивляться. Будто бы сосна эта была чем-то глубоко личным и родным. Будто бы позорный случай в поликлинике пробудил в моем сознании крайне важные чувства и воспоминания. Я чувствовал, что встреча с сосной перевернет мое сознание, возможно даже, сделает меня счастливым. И не надо будет больше сдавать кровь из пальца и чувствовать себя немужественным.

Оказавшись на месте, именно таком, как в видении, — только песок и ни деревца, ни кустика, ни травинки, — я рухнул в бессилии на колени. От сосны остался лишь низкий пенек, саму же сосну срезали и увезли неизвестные неизвестно куда, но, судя по всему, недавно. И тогда я сел на этот горестный пенек, закрыл лицо руками и зарыдал от безысходности. Когда я открыл глаза, то увидел, что с неба сыплются холодные белые опилки, именно такие, как сейчас. Я сразу успокоился и заснул. И спалось мне так сладко, как никогда до этого.

А потом я очнулся в гробике на колесиках. Я ехал в нем и понимал, что он сделан из той самой сосны. И был абсолютно спокоен. Абсолютно. Я понимал, что поездка эта судьбоносна. Я был беспечный ездок в гробике из сакральной сосны.

4. Вишневая косточка

— Ты думаешь, они идут по нашему следу? — спросил Вовка. — Поэтому опилки и посыпались?

— Не знаю я, что мне думать, — сказал Юра. — Единственное, что пришло в голову, когда это вновь началось, — надо смываться отсюда. И как можно скорее.

— Ты прав, — сказал Валя. — Пойдем дальше. Стряхнем холодные опилки с волос и одежды и пойдем дальше.

— Зачем?! — взвизгнула Оля, к тому времени уже сильно всех утомившая. — Зачем идти! Лучше полюбуйтесь на мои кеды! Правда, прекрасные кеды?

— Хорошие, — примирительно сказал Жека. — Пойдем теперь.

— Это — кеды мертвеца! — похвалилась Ольга.

— В смысле? — уставился на нее Вовка.

— В том смысле, что я сняла эти кеды с трупа, — невозмутимо пояснила она.

Окружающие глянули на нее с опаской.

— Не бойтесь! — засмеялась Ольга. — Я не убила его. Он умер сам, хоть и не своей смертью. Его убил мутант-шопенгауэр, когда я пыталась удрать из города демонов в прошлый раз. Мы как раз подошли к мосту. Нас было двое. Всего двое. Но сначала нас было семеро. Дошли до моста только двое.

— И ты молчала об этом?! — вскричал Валя.

— Да, — улыбнулась Ольга. — Но я не специально. Я просто начисто забыла об этом. Как и о том, что хожу в кедах мертвеца, а потом пошел опилочный снег, и я вдруг вспомнила. Они такие удобные, эти кеды мертвеца, такие удобные, что в них обо всем забываешь. Даже не идешь, а летишь. И ничего не страшно. Только я вдруг вспомнила кое-что.

— Что еще ты вспомнила, Оля? — как можно спокойнее спросил Валя.

— Я вспомнила, — сказала она, подняв глаза к звездам и начав кружиться на месте, как девочка на утреннике в костюме снежинки, — я вспомнила, как умер бывший хозяин этих чудесных кед.

— И как же он умер? — спросил Юра.

— Мутант-шопенгауэр откусил ему нос, и он умер от потери крови, — сказала девушка и засмеялась. — Я стояла на месте. У меня был шок. Монстр выскочил так неожиданно. Из темноты. Но вроде это была свободная темнота. Вроде там не стояло никаких мутантов-шопенгауэров, но оказалось, что стояло. И он набросился на меня, а тот парень бросился на шопенгауэра, и они стали кувыркаться в драке, и шопенгауэр победил и откусил ему нос. И, кажется, насытился этим, ему вроде с самого начала не столь уж много нужно было, и ушел обратно во тьму. Перед этим выплюнул сережку, будто вишневую косточку. А тот парень умер от потери крови. И я ничем не могла ему помочь. У меня был шок. Но я, честно, болела за него в том поединке. Только за него. За шопенгауэра я не болела. Никогда не понимала его метафизического анализа воли. Но мне надо было идти дальше, а я, как назло, была на каблуках. И тогда я сняла с мертвеца кеды, потому что хотела жить. Это ведь не так уж плохо, когда люди хотят жить, так ведь? А нога у меня большая, вы не подумайте. Размер как раз мой оказался.

— Оля, это все, что ты хотела сказать нам? — спросил Валя.

— Если это все, то мы должны идти дальше. Оставаться на одном месте слишком опасно. То, что ты сделала... В этом ничего страшного нет. Учитывая обстоятельства...

— Нет! — гневно прервала его Оля. — Это не все! — голос ее дрожал от ужаса. — И еще кое-что я вспомнила! Я вспомнила, как звали того паренька. И как он выглядел. И тут я поняла, что этот мертвец — это ты, Паша! — с этими словами она ткнула Пашу в грудь указательным пальцем. — Это ты тот мертвец!

И тогда только все заметили, что все это время Паша шел босиком.

— Отдай мои кеды, — сказал он не своим голосом. Лицо его было синим, а вместо орлиного носа зияла дыра.

— Отдай мои кеды, — бесстрастно повторил он.

— Не отдам! — попятилась Оля. — Не отдам! Это теперь мои кеды! Ты отбросил их, а я подобрала. Они мои по законным основаниям.

— Тогда я возьму кое-что другое, — сказал мертвец-Паша и вонзил свои зубы в лицо Оли. Спустя мгновение она, безносая, лежала на асфальте, из раны хлестала кровь. Паша же будто растворился во тьме. Словно никогда и не шел с ними.

Оставшиеся беглецы приложили все силы, чтобы спасти Олю, перепачкались в крови, но так и не смогли удержать ее в мире живых.

— Почему он только сейчас на нее напал? Этот призрак... — спросил Жека чуть погодя.

— Не знаю, — признался Вовка. — Может быть, ждал, когда она вспомнит.

5. Вот и все

— Потусторонние существа любят устраивать шоу, — поделился соображениями Валя. И тут же натолкнулся на одного из них.

От неожиданности он чуть не упал. Перед беглецами стоял улыбчивый молодой парень довольно дикого вида. В заломленной на затылок кожаной кепке, русской народной рубахе, галифе и кирзовых сапогах. Он щелкнул пальцами, и в руках у него, откуда ни возьмись, появилась балалайка. Парень заиграл и запел:

На окошке два цветочка —
Голубой да аленький.
У покойничков на коже
Синие проталины!

Мы давно уже не пели,
Берегли мы горлышко!
Я у вас в руках не вижу
Ни факелов, ни колышков!

Вы зачем сюда пришли?
Жить вам надоело?
Если плоть вам объедят —
Я скажу «за дело»!

Гроб за гробом высится,
Град, из дуба сделанный!
За что людям помирать —
Спрашивать не велено!
Эээээх!

После этого парень принялся горланить частушки про каждого в компании. Оскорбительные частушки. Какое-то стэндап-выступление. Большинству современных русскоязычных рэперов стоило бы у него поучиться. Но в каждом куплете была скрытая угроза, становившаяся все более явной с каждой секундой.

Все шестеро стали медленно отходить назад, пока не услышали за спиной какие-то странные звуки. Это было то ли рычание, то ли мяуканье. Обернувшись, они увидели, что со все сторон их окружили странные существа. Полукошки-полусобаки, размером примерно с ротвейлера. Глаза хищников недобро светились желтым огнем.

Между тем демон-балалайщик заиграл нечто совсем уж неистовое.

И тут с неба вновь пошел опилочный снег. Вскоре он повалил так густо, что и собако-коты, и балалайщик скрылись из виду. Поднялась метель. Опилки застилали глаза и уши. Всем одновременно невыносимо захотелось спать. И они уснули.

Проснулись у гнилого пенька, на том самом месте, которое описывал Юра. Все шестеро. Костет тут же крепко расцеловал Настюху.

— Мы вернулись! — расплакался он.

Доехали до города на попутке, которой оказалась вместительная газелька. Судя по обшарпанности, еще недавно она рассекала по улицам города в качестве маршрутки. Это было подозрительное везение. Но на то, чтобы проявлять подозрительность, ни у кого уже не было сил.

ЭПИЛОГ

Я не знаю, о чем мы говорим,
да это и безразлично,
важно то, что мы рядом,
что снова звучит нежная,
чуть слышная музыка прежних времен,
эти летучие каскады предчувствий и томлений,
за которыми шелком переливается
зелень лугов, поет серебряный шелест тополей
и темнеют мягкие очертания горизонта юности.

Э.М. Ремарк

1. Последний вопрос

Настюха решила не возвращаться сразу к своим родителям. Не только из-за страха перед их вполне адекватной неадекватной реакцией на то, что ее не было больше года. Она так и не успела истосковаться по их пьяным заскокам. Тем более, Костетова мамаша как раз снова свалила на дачу. Так что девушка расположилась у своего ненаглядного.

Ночью оба спали как убитые. Без всяких мыслей о разврате, но крепко прижавшись друг к другу.

Утром, потчуя девушку овсянкой с яичницей, Костет задал вопрос, давно его мучивший:

— Почему ты больше не являлась ко мне после того случая? К Масякину этому приходила, а ко мне нет. Чем я хуже?

Настюха тяжело вздохнула.

— А ты думаешь, легко мертвым возвращаться в мир живых? Это ведь целая история. Там все в бюрократии погрязло. Сначала у одного разрешение получить, потом у другого — отсутствие возражений, у третьего — выпросить соответствующие санкции... Цель у нас была одна — остановить злодеев-извращенцев. Спасти не только тебя, но и весь мир. Вот мы и действовали наверняка. Прямо в Мудров решили звонить. Напрямую. Мы ведь думали, что ученые умные и все поймут. Кто знал, что Масякин такой дубиной окажется.

— Понятно...

— Дурачок ты.

— Почему сразу дурачок? Я, между прочим, скучал по тебе.

— Я тоже, — Настюха поцеловала Костета.

— Давай тогда сексом займемся, наконец?

— Не могу... — на лице девушки появилось искреннее сожаление.

— Почему?

— У меня эти дни...

Тем же вечером Настя вышла из туалета и прибежала к Костету с потрясающей новостью:

— Представляешь? У меня месячные зеленые!

Оба расхохотались.

— А знаешь что, — сказала как-то Настюха.

— Что? — спросил Костет.

— Я рада, что ты меня съел. Я много думала об этом, когда была бестелесна. И еще до того, когда жива была. Мне всегда хотелось чего-то такого. Чтобы ты съел меня, а я съела тебя. И то и другое одновременно. Звучит глупо, я в курсе... Хоть наполовину, но ведь получилось. Ты понимаешь меня?

— Ага, — Костет пододвинулся к ней поближе. — Мне бы тоже очень хотелось, чтобы мы были друг в друге. Чтобы ближе близкого. Ближе, чем это вообще возможно. Ты ведь об этом?

Настя улыбнулась и поцеловала его.

2. Шашлыки

Валя нашел себе новую работу по специальности. Перебрался в другую квартиру. Тоже коммунальную, но поближе к друзьям-воспитанникам — Вовке, Жеке, Костету, а теперь еще и Настюхе. Мало ли чего. Ведь они знают всю подноготную мироустройства. А она такая, что расслабляться нельзя. Нужно быть всегда начеку.

На новую квартиру Валя забрал и Бориса Андреевича, вместе с тремя полосками обоев, на которых он проявлялся. Без него было бы скучно. И вообще друзей никогда не стоит бросать, даже если они воображаемые.

От новой квартиры до лесопарка — рукой подать. Лето уже закончилось. А как так — наступят морозы, а шашлыков они так и не пожрут, что ли? Нельзя было такого допускать. И они не допустили.

Позвали всех участников эпической битвы со сверхъестественным злом. И Юру, и Рафаэля Яковлевича, и Масякина. Если бы Тамара Цой и Кондуктор были живы — наверняка тоже нанесли бы визит. Попытались бы всех прихлопнуть одной атакой. Но им обоим было уже не до того.

Масякин пришел последним, с солидным опозданием. Уже бухой.

— Налейте-ка мне штрафную! — потребовал он, подмигнув. — Я сегодня обрел самоуважение!

— Как так? — удивились все.

— А вот так: американцев я послал!

— Куда послал?

— Откуда пришли, туда и послал. Янки, гоу хоум. Они меня в Америку приглашали. Предлагали продать секреты Рафаэля Яковлевича и к ним перебраться. Чтобы у них в Юэсэе нано-водку гнать. Но я отказался.

— Пьяный был?

— Да вы что?! Как это пьяный? Тогда грош цена была бы. Это я потом набухался. От счастья.

— А сколько они тебе предлагали? — поинтересовался Рафаэль Яковлевич.

Масякин назвал сумму, и все присвистнули. Шпионаж нынче стоил дорого. Только сейчас Валя заметил, как изменился Масякин: перестал загоняться, спокойный стал. Располнел слегка, но ему так даже лучше.

— Я очень всегда любил американскую эту культуру, — разоткровенничался Масякин. — Там ведь все так просто, доступно, вкусно и питательно... Мне казалось, что вот это и есть настоящая жизнь... Ан нет. Настоящая жизнь, это знаете что?

— Что? — спросили у него другие.

— Настоящая жизнь — это то, что было с нами в Мудрове. Когда она проходит в точке между жизнью и смертью... «Тот самый миг между прошлым и будущим». Поэтому пофигу, где ты живешь, если ты живешь.

Помолчали. Никто не ожидал, что Масякин когда-нибудь сделается таким философом. Хотя, может, протрезвеет, и пройдет у него.

Пили, не чокаясь, за всех, кто не выжил. И за братьев Магомедовых: Биляла, Загалава, Аслана, и за Ленгварда Захаровича, и за Олю с Пашей и Игорем, и за сирену Лену, и за всех остальных Мудровских ученых, вместе взятых.

Пили обычную водку. Нановодку они не употребляли из уважения к Настюхе, — мало ли, капнут нечаянно, а у нее тут же незаживающая язва образуется. Да и то пили не все. У Вовки, Жеки и Костета желания пить не было. «Выпили уже свое», — объясняли они.

Валя тоже особенно не пил, но тут как-то разошелся. Он весь вечер хотел поговорить с кем-то о Лене, но никак не представлялся случай. Не решался он поднять эту тему. Не получалось остаться наедине ни с Вовкой, ни с Жекой, ни с Костетом, ни с тремя одновременно. По трезвости он об этом мало думал. Гнал тяжелые мысли. А тут как навалилось...

Вернувшись домой, он долго всматривался в обои, пока не увидел Бориса Андреевича во всех подробностях. И тут его прорвало, как тогда, в Мудрове. Валя говорил про любовь, про Лену, про то, что она спасла его, и только она, и что он, конечно, ждал чего-то, пока был под действием лекарства ведьмы, но ждал он совсем не черного троллейбуса, а любовь свою внезапную и настоящую, как у Костета, и что именно поэтому он понял ее сложный посыл тогда, одними глазами, и она сказала ему не только о том, что Кондуктор ненастоящий, но еще и о том, что любит его и хочет уйти из города демонов вместе с ним, и тогда вообще никаких проблем бы не было, жили бы долго и счастливо, это была такая телепатия, что лучше любого секса, и секс ему вообще в последнее время разонравился, после такой-то телепатии, любому бы разонравился, но дело не в сексе, конечно, хрен бы с ним, с сексом, в любви все дело, но теперь-то чего об этом, если Настюха еще как-то вернулась с того света, то Лену уже никак не вернуть, она уже навсегда ушла, ведь так, ведь правда?

Но Борис Андреевич ничего не ответил Вальтеру Михайловичу.

3. ?

— Как ты думаешь, это демоны нас вынесли из своего секретного места? Ну, там, в благодарность за участие в разоблачении самозванца, — спросил Вовка у Жеки, когда они сидели на скамейке на территории детского садика «Веселые Нотки» и пили тан из литровых пластиковых бутылок. — Я думаю, что они.

— Кто его знает. Но в этом случае они к нам вряд ли еще докапываться станут. То есть мы снова нормальную жизнь будем вести, — продолжал свою мысль Жека. — Бабы, работа, мебель, дача, а потом и дети пойдут... Скукота муторная.

— Есть такое, — проговорил Вовка. — Рутина, как ее называют. Куда собираешься после путяги?

— В Морской Технический Университет пойду. В «Корабелку». Только пролететь боюсь.

— Ну, мы тебя подтянем. Я с Костетом говорил, он тоже туда собирается. Так что все втроем туда и двинем.

— Хорошо бы, — сказал Жека и сделал большой глоток полезного кисломолочного напитка. — Только все равно скучно. Рутина. Ага.

СОДЕРЖАНИЕ

Глава V

Глава VI

Глава VII

Глава VIII

Глава IX

Ingram Content Group UK Ltd.
Milton Keynes UK
UKHW022331050623
422929UK00005B/181